紅眼意外調查公司之八
鬼牌
下
黑潔明

當年

傾盆大雨，當頭而下。

豆大的雨滴又大又密集，嘩啦啦打在泥塵上，初時還濺起黃色的沙塵，未幾飛濺而起的已全是泥水，再不久路上泥水已四處匯聚漫流，創造出屬於它們自己的水道，積成了一窪又一窪的水坑。

水坑倒映著天空和大雨裡馬路兩旁的景物，但水坑裡的風景，不斷被密集的雨水打破，變得扭曲又模糊，看不清。

啪的一聲，小小骯髒的赤足一腳奔踏進泥水坑，震蕩出老大的水花，踩碎了水坑裡的整個世界。

赤足的主人奔過長街，身上單薄的衣早已濕透，雨水沖刷著他削瘦的身體和骯髒的衣物，他一點也不介意，只是緊抓著手上的皮夾，拔足狂奔，在大雨中奔過幾棟新蓋好還沒上過漆的水泥屋。到了街尾，他腳下不停，沒沿著拐彎的泥巴路前進，只跳過幾個老高的螞蟻窩，無視路邊老舊的警告標誌，衝進堆滿落葉的草叢中，繼續往人們不敢輕易進入的林子裡衝進去。

不顧大雨，一路追趕他的大人停在了泥巴路邊，怒氣衝衝的叫罵著，他沒有停下來，甚至沒浪費時間回頭看，這片森林的地雷還沒清除乾淨過，但他知道有時有人氣昏了頭，還是會不怕死的追進來。

所以他繼續跑，小心的辨認早先做過的記號，雖然跑得飛快，但他每一步都踩在能踩的地方，像個小老鼠一樣靈巧，卻忽然聽到接二連三的槍響。

他嚇得抱頭鼠竄，跑得更快，飛快遠離那條路，正當他以為能逃過一劫時，卻看到有個黑影從眼角閃過——

他心下一悚，那東西落下的方向，讓驚懼恐佈瞬間抓住了他的心，揪緊了頭皮，沒有想，他反射性抬腳踹在一旁的樹幹，硬生生讓自己改變了方向，往另一邊躲閃，試圖盡量遠離那東西，他知道那會發生什麼事。

還在半空中，他已蜷縮起身子，抱住了頭，爆炸火光幾乎在他落地的同時在斜前方爆閃，他能感覺到那爆炸震動著空氣和他，無數碎片劃過他的頭臉身體，疼痛和淚水同時迸發，但當他觸地時，他仍飛快張開四肢穩定自己，不讓自身滾動，當他張開眼，看見另一顆地雷就在他張開的手指前不遠處，原本掩蓋在其上的落葉沙石已被方才的震動吹開，露出了地雷的一角，他若沒及時穩住，早已摔在上頭。

他大口大口的喘著氣，有些耳鳴和暈眩，恍惚中，好像還有人在大叫，他抬起頭，發現自己不知怎地轉了一圈，變成面對著來時的方向，草叢後，路邊那些人亂成一團，大多都趴在地上，但有個人衝了過來，他心一驚，那蠢蛋會踩到地雷的，就像剛剛不知哪個人丟過來的東西一樣，他想起身再跑，遠離那不要命的笨蛋，但世界在搖晃，眼前的東西好像都重疊在一起，雨下得更大了，他起身時沒站穩，腳一滑，失去了平衡。

這一瞬，一切都變得無比緩慢，密集的大雨，他不受控的手腳，傾斜的大地與陰沉沉的天空，他看見自己就要壓到那顆剛剛才閃過的地雷。

啊，死定了。

他想著。

可惡，早知道昨天就把那隻笨雞烤來吃了。

恐懼與不甘充塞心頭，但他沒閉上眼，只眼睜睜的看著那顆地雷越來越近，徒勞無功的伸長了四肢做著最後的掙扎，想抓住什麼、撐住自己，挽救自身的一條小命，雖然明知一旁的樹枝林葉都離他太遠，他太小了，手腳太短，什麼也搆不到、抓不著，就在他以為自己的臉會就這樣壓上去，讓那顆地雷在他臉上爆開，把他的腦袋都炸到開花時，忽然他的手抓住了某個東西。

那東西滑溜溜的卻像個鐵鉗一般，反抓住了他的手，他緊緊抓著，死命抓著，在這一剎，他就懸在地雷上方，腦袋近到只要他嘴一噘，就能碰到它。

他屏住了呼吸，下一秒，那滑溜溜像鉗子的東西將他往上往後一扯，讓他撞到另一個溫暖又堅硬的物體上。

怎麼會有東西是溫暖又堅硬的呢？

這念頭不知怎地在這危急關頭冒了出來，但他兩眼仍緊盯著那顆差點要了他小命的地雷，心跳如雷鳴在他耳中怦怦作響。

「靠，好險！」

聽見這句中文，他一怔，抬眼才看見，抓住他的是個男人。那滑溜溜的鐵鉗是他被大雨淋濕的手，溫暖又堅硬的是男人的胸膛，男人的心跳和他的一樣跳得飛快。

男人看起來很年輕，雖然也是黑髮黑眼的黃種人，卻比當地削瘦的年輕人要結實壯碩許多，即便被雨淋濕，可他的衣著打扮、說的語言、一口潔白健康的牙，在在都顯示他不是當地人，但這傢伙看起來也不像觀光客，雖然他衝入滿佈地雷森林中的愚蠢行為還蠻像的。

「喂，你還好嗎？」男人低頭看他，這一回，說的是英文。

他眨眨眼，擺出一臉茫然，裝聽不懂。

男人一挑眉，說：「別裝了，我知道你聽得懂。」

說著，男人看向他手中緊抓著的皮夾，讓他眼皮一跳，男人見了只是露齒一笑，道。

「放心，我不是要找你麻煩。我住在那間新開的飯店，你知道吧？我想你是知道的，我看你機靈得很，這陣子老在飯店和酒吧附近晃來晃去，那些人以為你不要命了才衝進地雷區，但你很清楚這地方哪裡有埋地雷，哪裡沒有，對吧？」

他剛剛看這孩子衝進來時就發現這件事了，一般人都會直直一路往前衝，但這小鬼卻拐七彎八的，顯然早知要往哪跑。

聞言，男孩警覺得看著眼前的傢伙，忍不住退了一步。

「嘿、嘿，別跑。」他緊抓著這小鬼的手，露出人畜無害的笑，說：「這樣吧，我們打個商量，我這陣子需要有人幫忙帶路，你把皮夾交出來，我們還回去，我不會讓人找你麻煩，你幫我工作，我給你錢，保證加起來的工錢會比這皮夾裡的多。」

他仍有些暈眩，面無表情的瞪著眼前的傢伙。

可男人看到這男孩眼裡的警戒和瞳孔裡迸射出的光彩與驚訝，透露出他確實聽懂了這提議。

男人笑了笑，道：「幫我工作總比當扒手好，工作期間，我包吃包住，這是訂金。」

說著，直接從口袋裡掏出一張一百美金給他。

他見狀就要去拿，男人卻瞬間把錢抽到半空，挑眉微笑伸手討要，「皮夾。」

男孩眼微瞇，遲疑了一下。

這傢伙若要硬把皮夾搶回去，他是擋不住的，有固定工作確實也比當扒手好，而且這人給的是美金。

看著那帶笑的臉，再看了眼路上那些吵嚷的人們，他知道經過這件事，自己是不可能繼續待在這裡了，至少要離開好一陣子，等人們忘記他的模樣，才有辦法再回來；這裡是很大的觀光區，最多觀光客，其它地方的肥羊都沒有這裡那麼多，但如果這外國人雇用他，那就另當別論了。

所以他深吸了口氣，看著這人，用簡單的英文，開口道。

「錢，每天，先付。」

「可以。」男人聞言，露齒一笑。

他聽了，這才把那看起來有些肥厚的皮夾交出去。

男人同時把那一百美金給他，邊笑著道：「我叫韓武麒，你可以叫我武哥。」

他抓著那一百美金，反覆檢查，確定不是假鈔，這才收了起來。

見這男孩沒理會他，韓武麒抓著那皮夾，一手仍抓著他的手，邊往回走，邊問：「你叫什麼名字？」

他一動，男孩就驚了一驚，怕他踩到地雷，然後他才發現，這男人竟然準確的避開了所有可能有地雷的地方。

是碰巧的吧？他又驚又疑的看著眼前的男人，就見他回頭挑眉再問。

「你的名字？」

「達樂。」他隨口胡謅著，一邊注意男人前進的方向，生怕他一個不小心踩在地雷上，但這傢伙一步也沒踏錯，幾乎就像是也認得他做在樹上的記號一般。

韓武麒看了這小鬼一眼，這名字唸起來就是英文中美金的發音，八成是假名，他沒有戳破他，就只是說：「好，達樂，等一下那些人會試圖找你麻煩，但你不要跑，你一跑，這事就沒完沒了，一會兒都聽我的，OK？」

他無所謂的應了一聲，反正再糟就是被揍一頓抓去關幾天，還有免錢的飯可以吃，至少他一百美金已經到手了，不過為了以防萬一，他還是伸手把那百元大鈔換了更隱密的地方藏了起來。

等到了路邊，那些人兇狠的大呼小叫著，他頭昏得很也沒力氣多說，大雨讓他渾身直抖，但男人和那些人似乎互相認識，還有一張很厲害的嘴，先是交回皮夾，一邊指責對方不該在這地方掏槍，還蠢到拿東西往地雷區丟，又一邊展示他頭臉手腳上的傷口，一邊說他只是個肚子餓了半個月好幾天沒飯吃的可憐孤兒，餓到不行才會下手行竊，用得著對這樣一個孩子趕盡殺絕之類的話，搞得被扒的男人又驚又怒又羞又窘，一拿回皮夾，擔心非法持槍和引發地雷的事會被當地警方追究，就和同伴匆匆離開了。

等男孩回神，他已經被這姓韓的帶回飯店，丟到浴室裡洗澡，這傢伙還幫他吹乾了頭髮，清理了傷口、替他上藥，痛得他齜牙咧嘴的。

當男人脫去衣物，他頸背又一緊，警戒的看著那傢伙，他不是笨蛋，有些人不喜歡女人，特別喜歡小男孩，哪知男人看也沒看他一眼，只是大步走去洗澡。

看著關起的浴室門，他起身離開那張乾淨整潔又柔軟的大床，悄無聲息的走到男人脫下的衣物旁，手腳飛快的翻出褲子口袋裡的皮夾。

錢不多，他一張不剩的抽出來放到自己口袋裡，然後快步往房門口走去，誰知一開門，就見一名女服務生站在門外，還推著餐車，正要敲門。

看見他，服務生露出親切的笑容。

「你好，這是韓先生叫的炒河粉和烤雞。」

那香噴噴的味道，讓他口水直流，他遲疑了一下，本要落跑的小腿停了下來。

雖然他什麼都沒說，但這傢伙方才提及他的情況時，倒也說得八九不離十。

他確實餓了很久，他也的確是個孤兒。

看著那台餐車，聞著那香噴噴的烤雞，最終饑餓的腸胃，還是迫使他退回了房間裡，讓服務生把食物送進門。

服務生把食物都放上桌之後就走了，他看著那些各自都準備了兩份的豐盛餐食，想起方才這傢伙說他包吃包住，本以為他只是隨便說說，如今看來倒也不假。

看著那烤雞，他站在原地猶豫了一會兒，然後才走回那濕透的衣物旁，把錢掏了出來，塞回那傢伙的皮夾裡。

當韓武麒走出浴室，看見男孩坐在餐桌旁大塊朵頤時，就知道自己搞定了這個小鬼，同樣是孤兒出身，他太瞭解這機靈的小鬼在想什麼，又會如何權衡得失利弊。

他若趁他洗澡時跑了，就當他看走眼，但他相當確定這小鬼很聰明。

這幾天，他看過男孩好幾次，這小子雖然會和一些孩子一樣在觀光客出現時蜂擁而上，試著販賣明信片、討要糖果，但那卻不是他真正的目的，觀光客的錢包才是，他總會趁亂擠上前，然後伸出第三隻手。小鬼技術很好，幾天下來才被抓到一次，可惜就剛好遇上個脾氣太差、腦袋有洞的，差點賠了小命。

不過也因此讓他確定，這小鬼確實有本事替他帶路。

噙著笑，他圍著浴巾在桌子的另一頭坐下，拿起筷子也開始大吃特吃。

等他吃得半飽，才聽見那從頭到尾不吭聲的男孩，吐出一句。

「你怎麼不怕踩到地雷？」

韓武麒抬眼看他，笑了笑，「我怕啊，怎麼可能不怕。」

「你避開了它們。」男孩看著他，指出心中的疑惑。

「不是我，是你。」韓武麒笑著說：「我只是跟著你前進的路線走，怎麼進去，就怎麼出來。」

男孩聞言，不敢置信的瞪大了眼。

他當時已經跑進林子好一段距離了，但這傢伙竟然全都記得？

看見他吃驚的表情，韓武麒笑了笑，只問：「所以，你怎麼知道哪裡有地雷哪裡沒有？」

男孩看著他，抬起下巴說。

「這是商業機密。」

這下換韓愣了一愣，笑了出來，沒逼他回答，只再問：「你英文和誰學的？」

他再啃咬了口雞腿，面無表情的回：「外國人。」

這答案有說和沒說一樣，韓武麒不惱不怒，只欣賞的看著眼前的小鬼，道：「你今年幾歲總可以說了吧？」

男孩看了他一眼，反問：「你幾歲？」

韓露出潔白的牙，笑道：「二十二。」

男孩聽了，才道：「十四。」

「我以為你只有十歲。」韓笑著說。

「我以為你只有二十。」男孩哼聲道。

「我以為你看了我的證件。」韓挑眉再道。

男孩沒有因為被逮到而驚慌，只以超乎尋常的冷靜看著他說：「上面寫你二十五。」

「沒錯。」韓武麒嘻嘻笑著，直視著他：「上面寫我二十五。」

男孩黑瞳微縮，這傢伙現在是在承認他用假證件嗎？他有些驚疑不定，不知這傢伙為何要和他說這些，是想讓自己信任他嗎？哼，他可沒那麼傻。這傢伙說出口的年紀八成也是胡扯的。

男孩再咬了一口雞腿，慢慢咀嚼著。

韓武麒看著這小鬼緩慢的咀嚼動作，更加確定自己沒看錯人，小鬼很餓，所以一開始還是忍不住吃得很快，但他很快減慢了進食的速度，這裡的生活很艱困，在艱苦的生活中還能有這樣的自制力是很難得的，當日子有一餐沒一餐，有得吃時，總是會忍不住吃太快吃太飽，可胃口若養大之後，就會更難忍受饑餓。他是在許多年後才領悟到這個道理，至少比這小鬼的年紀再大一些，不過話說回來，他小時候的情況確實也沒小鬼所處的環境這麼惡劣。

或許因為如此，這小鬼非但沒有卯起來狂吃，還能一邊警戒著他。

小鬼不信任他。

他知道，卻也因此更加欣賞這小子。

因為說真的，換做是自己，也不會相信像他這樣的陌生人。

韓武麒噙著笑和男孩一起吃著烤雞，一邊開始交代男孩，接下來幾天，他需要男孩幫忙做的事，和打聽的消息。

男孩機靈的很，馬上反應他剛剛只要他領路，打聽消息或另外辦事，他要另外收錢，讓他笑得停不下來，一番討價換價之後，一大一小終於握手達成了協議。

那時，男孩以為這只是一時的交易。

那天，男人也以為和男孩的緣份也就這幾天。

他與他都沒想到，兩人的命運，會從此交集在一起……

第十一章

熾熱的豔陽高高掛在天上。

女人走在古城小小的人行道上，一路沿著紅色的磚牆來到城門邊，穿過城門，走入門前廣場。

這裡觀光客不少，沒人多看她一眼，大部分人的視線都被那古老的城牆、木造大門，和那滿地的鴿子吸引了。她穿過廣場時，幫觀光客拍照的小販跺地大喊一聲往前衝，驚起鴿子滿天亂飛，一旁同伴飛速的幫觀光客拍下鴿子在紅牆大門邊起飛的紀念照。

她沒料到這突如其來的聲響，微微一驚，待看清狀況，才放鬆下來，快步穿過城門前的廣場，順著前方的道路繼續往前走。

出了古城，道路寬廣了些，兩旁的店家依然不少，倒是觀光客明顯沒那麼多了，至少沒那麼擁擠，街上的人三三兩兩，多數處於漫步閒晃的狀態，她試圖讓自己慢下腳步，不要走得那麼急促。

天氣太熱，她戴不住假髮，離開曼谷時就自己剪短了頭髮，哪知道光剪短沒用，頭髮短了，反而整個蓬鬆起來，熱氣散不出去，感覺比長髮時更熱了，早知道還不如綁馬尾就好。

不，綁馬尾會露出她整張臉，太危險了。

她邊走邊流汗，雖然出門前已再三確認過，但汗流成這樣，她還是忍不住擔心臉上會脫妝，或有小矽膠突然掉下來。那男人之前幫她化妝時，她特意的去記住了所有步驟，可不知為何，明明用的是同樣的一組化妝品，她化的妝，就是無法像他那樣持久，也不夠服貼。

我有一雙靈巧的大手。

他那得意的笑臉，莫名又浮上心頭。

她有些惱，卻不知為何，也有些想笑。

發現自己又再想他，她奮力把那傢伙的笑臉從腦海裡推開。這男人真的是太危險了，她真的得專心一些。

深吸口氣，她把心神拉回來，快步往前方目標走去。

不久後，她看到了之前上網查到的換匯所，可在兩間店之前，她還是忍不住先打開手機裡的相機，檢查自己的妝容沒有問題，確定還可以後，才舉步走過去。

換匯所裡等著換錢的人不少，不只有冷氣還有幾個讓人等候的座位，冷涼的空氣迎面而來，讓她心口微微一鬆，抽了張號碼牌，找了個空位坐下，耐心等著。

這間換匯所雖在古城外，但能換匯的匯率較城內划算，加上人多，沒人會多注意來換錢的人到底有誰。人們來來去去的，櫃檯裡的小姐動作快速又俐落，沒有任何人引起任何問題。

輪到她時，她遞出事先準備好的護照和要換的美金，鎮定的摘下墨鏡，讓對方看清她的面容，小姐眼也不眨的就把錢換給了她。

她鬆了口氣，將墨鏡重新戴上，拿了錢清點轉身離開，誰知回身抬頭就看見那個她以為早在幾天前就甩掉的男人。

她吃了一驚，愣在當場，眨了眨眼。

男人還在，薄唇噙著笑，很自然的開了口，順手遞上一瓶礦泉水給她。

「喏，妳要的礦泉水。」

有那麼一秒，她不知該不該伸手去接，他挑釁的挑起左眉，黑眸裡透出一抹興味，這傢伙清楚她不會想在這裡引起旁人注意。

她有些惱，伸手接過了那瓶礦泉水，往門口走去。

「妳想先吃飯還是先去做SPA？」他拿著自己那瓶礦泉水跟著她走了出去，叨絮的說著觀光客們會說的話題：「城裡有幾間店不錯喔。」

「你怎麼找到我的？」一等出了那間換匯所，確定沒人會聽到兩人對話，她立刻就開口追問，在這之前，她本來很確定已經完全擺脫他了。

「我用了一些特殊的管道。」他乾笑兩聲。

「什麼管道？」她邊問，邊快步往古城走回去。

「一個叫做小肥的管道。」他喝著水，口氣有點無奈。

「小肥？」她一愣。

「紅眼意外調查公司的小女傭兼管家婆。」他咕噥著說。

「我以為你說你已經離職了。」

「我離職不表示我不能和前同事保持友好關係。」他嘆了口氣，道：「小肥的老公阿震是天才駭客，我和她說我被偷了，拜託她請阿震幫我追查我租的車和妳手機的GPS定位，結果租車在南邊出現，妳的手機定位卻跑去了印度，這招不錯，浪費了我不少時間，本來我真的以為妳去了印度，但阿震說海關沒有妳那些假證件出境的資料，我猜妳手機要不是被偷了，要不就是妳把手機賣給印度觀光客。」

他再喝一口冰水，輕鬆跟在她身邊，說。

「不過我猜妳還在這裡，但到底是在哪裡呢？我不覺得妳會去搭火車，我也不認為妳的目的地就在這個國家，不過妳不在印尼、馬來西亞、越南甩掉我，卻在這裡才離開，一定多少有些原因，既然妳沒去印度，表示妳要去的地方就在這附近，我決定賭一賭，賭妳想從清邁這個國際機場出境，或者混在國際背包客中，搭車從陸路離開，運氣好說不定能在出境時讓海關以為妳只是普通的背包客。」

這男人的思緒讓她有些吃驚，這一秒，忽然明白他知道她住在哪裡。

她沒有停下腳步，他也沒有，只是開口告訴她。

「若要當背包客，像妳這樣白白淨淨單獨出行的女人很容易引起不需要的關注，我相信妳也知道和我在一起，絕對比妳自己闖關容易。」

因為車多，她在馬路前停了下來，等車流過去，還是沒理會他。

達樂看見她握緊了手中的礦泉水。

可惡，這不是個好預兆。

古老的城牆橫亙在前方，城門前的廣場就在對街，滿天飛舞的鴿子們早已又被飼料吸引回地面，一隻隻低頭啄食著，觀光客依然四散在其中，追著鴿子亂跑的孩子、恩愛的情侶，群聚拍照的旅行團——

人太多了，這女人八成想等過馬路後，在廣場引起混亂，趁機甩掉他。

見到有人要過馬路，車流停了，她舉步往前，他只能跟上。

不想處理那可能發生的混亂，當兩人穿過馬路，踏上那熱鬧的門前廣場時，他決定賭一把。

「我知道妳不是倪文君。」

這一句，有效的讓她渾身一僵，頓了一頓。

他在她反應過來想動作時，匆匆再道：「拜託別拔腿就跑，除非妳想引起旁人的注意，相信我，在我們想擺脫追蹤時，讓人記得我們真的不是個好主意。」

她停下腳步，轉身看他。

「你說什麼？我不是倪文君？」她哼聲嗤笑著，「你瘋了嗎？」

即便極力遮掩，他仍能看見難掩的恐懼就在那雙黑眸眼底，可他看得出來她在思考，沒有把礦泉水扔到他臉上，沒有轉身就跑，這是個好跡象，他正色的迅速開口。

「別害怕，妳也不需要擔心，目前除了我沒人知道這件事。」

達樂直視著她的眼，放軟了聲嗓，道：「我看過倪文君的照片，照片裡的女人和妳很像，非常相像，但還是有些不一樣，髮線的高度，耳朵的形狀，未修剪的眉毛自然生長的寬度與長度，額頭上不顯眼的舊疤凹陷，一些人們不太會注意到的小地方，大部分的人若只看過照片和那些只有短短幾秒的影片，八成都會以為妳們是同一個人，可我不是大部分的人，我受過專業的訓練，我對人臉辨識有獨特的天份。」

眼前的女人瞳眸收縮，啞聲開口爭辯：「影像透過鏡頭拍攝後，與本人本來就會有些不同。」

達樂看著她，柔聲再道：「妳是右撇子，所以妳無論持槍、拿水、提包包都習慣用右手，手串則戴在左手。但倪文君在她的社群照片和影片中，手上的錶和繩結都戴在右手，她揹著斜背包時，也是從右肩斜到左側的，拿飲料、撐傘時也習慣用左手，那表示她是左撇子。」

她緊抿著唇，防備性的再次把冷酷的面具戴上了臉，眼裡也再次如闇黑的冰石一般。

「一直揹同一邊會酸，我習慣換手、換肩。」

她的聲音冷如寒冰，即便如此，他依然能從她冰冷的眼底看見一絲慌亂，

他知道自己沒錯，只盯著她的眼，繼續說。

「倪文君是臺越混血，父母都過世了，確實沒有什麼太親近的家人了，她不是雙胞胎，也沒有兄弟姐妹，我猜妳們只是剛好長得很像，我看她在社群媒體上的貼文、照片和影片，感覺她性格和妳差了十萬八千里，那女人開朗愛笑，傻到有點呆，生活發生的什麼芝麻綠豆大的事都會發文發照片甚至拍影片傳上網，如果那些貼文和照片、影片不是她刻意營造出來的形象，那她真的單純到讓人傻眼，那個女人和妳絕對不可能是同一個人。」

在他提到那女人愛笑呆傻的形象時，她無情的眼中閃過一抹痛楚。

她試圖壓住那痛，卻壓不住，那讓她眼角輕抽，教她臉上冷酷的表情開始皸裂，破碎。

達樂看著血色從她臉上消失，看著那時不時就會浮現的愧疚再次出現，繼續道：「倪文君所有的社群，在多年前就陸續停止更新了，她最後幾則貼文，

說她想要把握機會，趁年輕去世界闖一闖。」

她直勾勾的瞪著他，從蒼白的唇中擠出字句，「我就是這樣和你說的……」

他嘆了口氣，瞧著眼前逞強的女人，狠心指出：「沒錯，妳就是這樣和我說的，我猜妳和她就是這樣認識的，差別大概就在她傻到會上網發文，而妳應該半個字都沒在網上提過。妳聰明些，她則是個傻白甜，可那些需要員工的組織才不管這些，妳們都被騙去海外工作。她太傻太單純，搞不好在這之前都沒遇過壞人，但妳不一樣，妳發現了問題、察覺到不對，在那樣的環境裡，像她那樣的人，不可能活得太久。最終，妳生存下來了，她沒有，對嗎？」

這幾句話，像把劍，狠狠戳上心頭，痛得她不禁瑟縮。

這一秒，過往那張天真燦笑的臉，浮現腦海。

嚇我一跳，好像照鏡子一樣，剛剛有人和我說妳和我長得很像，我還以為對方是開玩笑的，沒想到是真的。

女孩擠到她身旁的位子，喋喋不休的說著。

好緊張，我第一次出國呢，剛剛要過海關時，我真的好擔心會被攔下來遣返回國——

過往舊日鮮明如昨，戳刺著心，她拋下那男人，掉頭就走，可那張臉仍在腦海中笑著。

哇！妳房間有自己的浴室耶！我的是不是也有？耶！我的也有！好讚！

她穿過廣場，擠過人群，卻甩不開那些回憶畫面。

我和妳說，我啊，這輩子最大的願望，就是努力工作賺錢，等我存夠了錢，老了就要到鄉下買個有院子的房子，自己種菜養雞養小狗……

單純的女孩開心的說著。

抱歉，我真的有點笨，害妳留下來幫我加班，還教我這麼多……謝謝……

女孩愧疚又感恩的，用那雙星星大眼看著她。

回憶晃動著，片片如飛雪，花白了眼前的世界。

聽說有個都市傳說，說這世界上會有三個長得一模一樣的人，我們是其中兩個，如果遇到第三個，就會死掉耶，我剛聽到覺得好可怕，不過現在我覺得那一定是瞎說的，我好高興能遇見妳，幸好我有遇見妳，才不寂寞。

驀地，那雙單純的黑眸湧現關心與擔憂。

我聽說妳目擊到那起墜樓意外，妳還好嗎？

她沒有理會她，但那自來熟的女孩，一次又一次的來到眼前。

喏喏，這是我自己做的巧克力磅蛋糕，聽說巧克力含有什麼什麼酚的，吃了心情就會好喔。

妳還好嗎？我第一次看妳喝這麼醉，都吐了，是不是發生了什麼事？妳確定妳真的沒事嗎？

沒事的，妳不想說也沒關係，我會在這陪妳的。

那女孩是個傻瓜，又傻又天真。

怎麼有人可以這麼天真？

她這樣想過許多次，千萬次。

下一秒，那張甜美的臉不再甜美，只萬分狼狽地含淚笑看著她。

哈哈，我是個傻瓜，對吧？哈哈哈哈……

她以為那傻瓜會怨恨她，會怪她沒警告她，但那女孩只是一直道歉。

不由自主的，她從快走轉為小跑，想擺脫那些回憶，滿地的鴿子被驚得飛起，她沒有停下，只是往前狂奔，但女孩的臉仍在眼前，道歉仍在耳畔。

對不起，都是我太笨了……對不起、對不起……

她喘著氣，試圖把那張笑著的臉推開，試著把那張哭著的臉推開，卻做不到。

倏地，她再忍不住那積壓在胸腹中的噁心感，彎腰吐了出來。

抱歉、我很抱歉……拜託妳……答應我……

垂死的女孩緊緊抓著她的手，用盡所有的力氣抓著。

我知道這要求很過分，但是拜託妳……

黑色的瞳眸盈滿淚光，懇求。

答應我……

她喘不過氣來，看不清眼前，男人卻在這時拉住了她，一時間，驚懼惱怒竄上腦海，她沒有想，反射性轉身握拳就朝他腹部痛擊，可他另一隻大手早擋在那裡，她抬腳屈膝攻他下體，他鬆開緊抓她的手，反手格擋，她沒退開，反而左右手連擊他的下巴、喉頭、太陽穴，肝臟、腎臟、心臟，手被擋下就用腳，腳被揮開就用膝，短短一瞬間，她出了六七招，想逼他退開，可他非但沒退，招招沒落下，每招都在瞬間接住擋下。

當他再次擋開她的右拳，她沒改用左手，只順勢屈手，猛地以手肘往上痛擊他的臉，他閃過了肘擊，但她的左手已等在他退閃的方向，兩根手指，直直往他的雙眼戳去——

就在這一瞬，她即將挖出這男人的雙眼時，才意識到自己做了什麼，心下一悚，猛地強行停下攻擊動作，可即便如此，仍慢了一拍，可他的手在最後一秒上抬，反手抓住了她的手，她能感覺到指尖掃過他的眼睫毛，若不是他動作快，她恐怕早已挖出了他的眼。

她心跳飛快，臉色發白的瞪著眼前人。

他緊抓著她的手腕，拉下了那隻手，轉過臉來看著她，一雙黑瞳除了殘留的驚，還透著一抹難以置信。

那眼神，讓心跳更快，教羞愧憤怒都上心。

卻在這時，看清自己在哪裡，發現他沒退開，是因為兩人正在紅牆旁，他整個人擋住了她，所以才沒引起騷動，若他退開，就會被人看到她在攻擊他，引起旁人注意。

這一刻，更惱更怒更羞慚。

「別跟著我！」她紅著眼，伸手用力推開他，咬牙狠聲叱道：「下回我會直接挖出你的眼睛！」

丟下這句，她轉身就走。

但羞恥仍在，痛苦依然，惱恨如影隨形。

一顆心，痛到快要裂開，過往記憶和眼前的畫面不斷交錯，她快步小跑起來，卻逃脫不掉，下一秒，只聽到一聲刺耳的喇叭聲，她猛地回神，恍惚中只見一輛巴士疾駛而來，而她正在馬路中央，眼看就要被迎面撞上，可幾乎在同時，一雙大手抓住了她，將她攔腰拖離了原地。

巴士從她身旁衝了過去，揚起了一片塵土，刺耳的喇叭仍按個不停，像女孩的尖叫，像過去那些年，她在遊戲畫面中曾聽過的淒厲尖叫，那些臉孔、那些尖叫在耳邊迴盪著，一叫再叫，不停的叫——

然後，她們全數化為那張臉，那一張，和她一模一樣的臉。

拜託妳，答應我……

答應我……

積壓在心頭的苦痛，在那驚喘中，化為滾燙熱淚，泉湧而出，灑落一地。

她被人拖到了路邊，就在護城河旁，那河映著藍天白雲，她卻只看到那張哭泣的臉，只聽到那虛弱的懇求。

答應我……

她沒有開口，只狠心拉開了那蒼白卻染著鮮血的小手。

她要活下去，她想活下去，所以她拉開了那隻手。

女孩眼裡浮現失望，可跟著卻笑了，再次含淚笑了起來，眼中沒有怨怪。

對不起……

那有著和她同一張臉的女孩小小聲的說。

謝謝妳……

蒼白的小手垂落，鮮紅的血在其上蜿蜒，順著指尖滴落。

她大口大口的喘著氣，卻無法控制從胸腹中上湧的痛，無法遏止淚水一再滑落。

愧疚、苦痛，爬滿心胸，充塞四肢百骸，從眼鼻口中滿溢而出。

驀地，男人的聲音，灌入耳中。

「不是妳的錯。」

這一句，低沉沙啞，萬般堅定而溫柔。

她在痛苦的恍惚中，才發現不知何時，男人緊擁著她，即便她試圖攻擊他，差點挖出他的眼，他仍再一次伸出雙臂為她屏擋掉整個世界，讓她將扭曲痛苦淚濕的臉頰埋在他胸膛、藏在他懷中。

「妳沒有錯。」

他擁抱著她，在她耳邊重申。

可那溫柔的懷抱，讓罪惡感又上心頭，反而讓她奮力的推開他，但那男人像是早預料到，他沒就此退讓，腳下一動也不動的，雙臂如鐵箍一般堅定的環著她。

「放開我……」她惱怒的含淚低叱。

「妳沒有錯。」他再說一次。

她渾身顫抖的揪抓著他的衣，語不成聲的開口：「你不……不知道……」

擁抱著她的鐵臂，收得更緊，他啞聲說。

「嗯，我不知道，但我曉得，妳一定已經盡力了。如果能救，妳一定會救，就像妳出手救我和大小姐一樣。」

梗在胸中多年的悔與痛，化為熱淚驀然又再上湧，盈在眼眶。

「我沒……」她再受不了，吐出那悔恨的痛：「我沒有…我沒救她……」

可下一秒，她感覺到他的嘆息，然後他吻著她的髮，大手輕輕拍撫她的背，溫柔但堅定的再道。

「不是沒有，是不能夠。」他垂首在她耳畔低語：「我不曉得當時發生了什麼情況，但那樣的困境不是妳造成的，倪文君不幸的遭遇也不是因為妳，妳和她一樣都是受害者。那不是妳的錯，妳沒有錯，妳只是活下來了，活下來沒有錯，妳不需要責怪自己。」

這話無比熱燙，宛如救贖灌耳入心，讓她淚水驀然又再奪眶，壓在喉頭的苦痛，終於再壓不住，脫口而出。

她那萬般壓抑的哽咽抽搐，讓達樂鬆了口氣，他知道自己賭對了，對這女人的心疼與不捨充塞心胸。

天很藍，雲很白，但這世界他媽的總是藏著許多禽獸。

他認得那些髒東西，再清楚不過。

可她不是。

就因為不是，所以才會那麼苦、那般痛，才會愧疚。

不由自主的，將懷中這千辛萬苦才從那人間煉獄中死命爬出來的女人緊擁。

✣ ✣ ✣

古城，是一座擁有護城河的城。

等她冷靜下來，終於有辦法控制自己時，才發現之前失控時，她跑了一大段距離，不只遠離了門前廣場，也遠離了正門那一大段殘存下來較為完整的古老紅城牆。

雖是古城，但磚牆只殘留了一部分，倒是圍繞古城的護城河還算完整，河岸兩旁種滿會開花的樹，樹下則有完善的人行道。

男人幫她揹著編織提袋，牽握著她的手，和她併肩走在其上。

他和她手上各自又拿了一瓶礦泉水，原先那兩瓶早就在方才的混亂中灑落一地，不過他還是將空瓶撿拾起來，拿到附近的店家丟掉，為自己和她都買了新的礦泉水。

藍天一望無際，河岸兩旁的大樹偶有落葉隨風飄落。

雖然情緒已經不再那般激動，可不知為何，哭完之後，她緊繃的腦袋反而因此放空了，莫名的恍惚籠罩著她，一旁的街上車水馬龍，可感覺起來都像在遠方，只有握著她的大手，是堅實而穩定的存在。

他帶著她沿著河岸走，然後過了橋，穿過馬路，走進古城內的街巷中，這裡是觀光城，但觀光客多走大路，小巷中人不多，其中分岔不少，兩旁有不少旅館民宿或餐廳、小店。

他散步似的在街巷中東繞西拐，前進的速度不緊不快，幾乎是有些悠閒似的走著，旁的人看了，可能以為他與她就是不小心迷路的觀光客，可他沒有一次帶她走進死巷，對這兒熟門熟路的像是在自家後院。

巷子裡的屋舍中，不時有九重葛、雞蛋花、芭蕉葉會從牆中探出頭來。

太陽很大，她走得滿身大汗，他的T恤也早已被汗濕，可她沒有要求他停下，不知為何，和他這樣走在這些街巷中，有種莫名的安心感。

然後她意識到，是因為這男人知道自己在做什麼。

他一直很清楚他的目標與方向。

然後，他再次繞出了小巷子裡，來到較為寬闊的街道，她過了好一會兒才發現這裡是古城另一條大街，通往另一座城門，他帶著她來到那城門附近的早市，買了一些熟食和水果，他甚至在市場外的巷子裡，買到便宜又好穿的純棉T恤。

當他一手提著那些採買好的食物，一手牽著她走出市場，往她住宿的地方走去時，她明白他的確知道她住在哪裡。

說不定在她早上出門時，他就已經跟著她了。

所以當他一路牽著她來到她住的那間，雖然老舊沒電梯，但價格便宜實惠的旅館時，她也不覺驚訝了。

他和她一起上樓，她走到自己的房門口，掏出鑰匙開了門。

房間不大，一張雙人床一小張茶几就差不多滿了，不過有間浴室和陽台。

出門前，她沒把遮光窗簾打開，室內十分陰暗，他把她的提袋和買回來的食物放到邊桌上，直接走到窗邊把窗簾拉開，才拉開他就笑了，因為窗簾後雖然是個落地窗，還有個小陽台，但已有鴿子進駐。

「難怪妳不開窗簾。」他笑著轉身，倒也沒把窗簾再次拉起來，只乾笑著說：「外面都是鳥屎，現在我知道城門外那些鴿子住哪了。」

她沒有笑，但注意到日光照亮一室，把房間裡的陰暗驅散一空。

他噙著笑，如之前那般從一旁浴室裡拿出浴巾，鋪在床上，然後把那些買回來的食物一一擺放上去，待回神，她已習慣性的摘下墨鏡，坐上床，把礦泉水遞給了他。

他接過手，打開來喝了兩口，彎腰從被她偷走擱在床邊的背包中，拿出之前的餐具給她，開始吃飯。

她沒有胃口，但仍接過餐具，沉默的吃著。

本以為他會試圖和她說話，可他也沒有，就只是和她一起吃著那些買回來的熟食，一直到吃完飯，他和她一起把餐具清洗乾淨，又換掉了那件沾滿了她的眼淚鼻涕的T恤。

因為淚水與汗水，她臉上的妝早就花了，就連墊在下巴和鼻梁上的矽膠都已微微脫落，她到浴室卸了妝，洗了把臉，出來時就看見他把一頂草帽戴到她頭上，再次朝她伸出手。

「走吧。」

走去哪？

她應該要問，可她沒有問，她不想說話，她其實也不想出門。

大概是看出她沒有那個意願，他告訴她：「放心，妳不需要再重新化妝或易容，戴著這頂草帽就可以了，人們通常在旅客登記入住後，就不會再去查驗護照，大部分的人看的都是妳的身高體重，穿的衣服模樣，也不太會去細看妳的臉。」

這話沒有完全說服她，此時此刻她只想要回到床上睡到天荒地老，可只要在房間裡，他就可能會追問她當年的事，但若和他出門，或許就不需要說話。

「來吧，我們是觀光客，這時還待在房間裡不正常，既然是觀光客，就得做點觀光客會做的事，妳路上還可以想想之後要怎麼甩掉我。」

他是對的，她知道。

待回神，她已經起身握住了那隻溫暖的大手。

他拿起她的提袋，揹在肩上，不忘塞了兩瓶礦泉水進去，這才和她一起下樓出門。

她注意到，他沒有拿那包被她偷走的背包，她不知道他想幹嘛，她也沒力氣去想，她現在只想放空，而在這男人身邊，她確實可以放空。

讓她意外的是，這一天，他就只是帶著她在這座古城裡散步，帶她去吃烤串，去逛寺廟，一路還不忘當起導遊。

「早上那座有鴿子的廣場叫塔佩門，我都叫它塔佩鴿子門。有市場的那邊叫清邁門，我叫它清邁市場門，反方向的大門叫松達豬腳門，因為門外夜市有個賣豬腳的很好吃，最後一個門我都叫它白象大廟門，那裡有間大廟擋住整條路，要繞過去才能到後面……」

「這裡很流行按摩，除了精油SPA，泰式按摩很不錯，不只按摩店裡有，不少寺廟裡也有按摩師傅，價格便宜技術也不錯，不過妳若是想按摩放鬆一下的話，我很推薦熱石按摩，做完整個肌肉都鬆開了……」

「那些印著大象的長褲非常輕透涼爽，妳要是不喜歡這種活潑的樣式，還有另一種用同款布料，但顏色比較低調的樣式在前面那幾間店……」

她一路沉默，放空的任他喋喋不休，帶著她四處漫遊，然後忽然間，他停了下來，她才發現他帶她到了一間寺廟的院子裡。

在那院中，有棵被低矮白牆圍住祭祀的大樹，粗壯的樹幹足足需要數個大人才能環繞，大樹綠葉成蔭，遮擋了烈日，微風徐徐吹來，心型綠葉在枝上如鈴隨風翻轉，讓人心曠神怡。

她愣住，不禁仰頭看著那綠意盎然、仰天納地的大樹。

他掏出零錢走上前去，在白牆前的祭壇旁一個老舊的電子儀器上投入錢幣，下一秒，大樹兩旁忽然有水柱噴灑出水花，澆灌著那棵巨大的樹。

「這是菩提，據說活了好幾百年了。」他告訴她，笑著說：「這機器只要投錢就會自動朝大樹澆水，武哥和我第一次經過看到時笑半天，覺得這樹太厲害，都活了好幾百歲了，還有辦法賺錢自己養自己，超勵志的，讓我們佩服的五體投地，後來只要經過，我都會供獻一些零錢，希望我到老還能像這樹一樣。」

她轉頭朝他看去，只見陽光穿透林葉，灑落在他臉上，在他帶笑的眼。

他沒看她，只是如她先前一般，仰頭看著那枝開葉散的菩提樹，噙著笑說。

「我啊，小時候很不喜歡這種樹，但我很會畫它。傘狀的樹冠，心形的葉，樹下再畫一頭大象帶小象，只要筆和紙，就能畫成明信片拿去賣錢，觀光客真的很吃這一套。」

這話，讓她一怔。

男人握著她的手，將視線從綠葉上拉回來，垂眼看著她，扯著嘴角說。

「一開始，我用觀光客給我的原子筆畫，後來換成鉛筆，又換成黑筆，之後我發現彩色的價格更好，就改畫水彩和油畫，但顏料很貴，畫布也很貴，其實紙也蠻貴的，哈哈，不管哪種我都買不起，所以我就去偷人家的。」

看著他黑亮的眼眸，她再忍不住，張嘴問。

「你是這裡的人？」

「不是。」他吐出這兩個字，扯著嘴角道：「但我小時候待的地方，也有很多觀光客，只是那裡不像這，那地方非常窮困。」

她愣住，就見他牽握著她的手，往外走去。

「我是個孤兒，連我媽是誰都不知道，打我有印象時，我就一直在流浪，像跟屁蟲一樣，到處跟著從各國來的觀光客，哪裡有錢賺就去哪。在我都還不太會說話前，我就知道只要跟著那些衣著光鮮的外國人，就能有東西吃，有錢賺。」

他邊說邊帶著她繼續在古城裡散步。

「我第一句會說的英文，就是one dollar，我第一句會說的中文也是這句，一塊錢，只要一塊錢，美金一塊錢。」他回憶著往事，道：「一塊錢對那些觀光客不算什麼，卻可以讓當時的我吃上好幾餐。我喜歡錢，所以當我遇到武哥，他問我叫什麼名字時，我告訴他我叫達樂。」

說到這，他再次笑了出來。

「他應該知道我是胡扯的，雖然他給我錢讓我幫他工作，但我不是笨蛋，即便當時年紀小，可我見過壞人，我知道那些大人能做出什麼事，我知道人這種動物，可以多麼邪惡糟糕。」

他神色自然，一臉平靜的說著，可她卻能感覺到，他不自覺握緊了她的手。

這個人，是從泥沼中，摸爬滾打出來的。

就如她先前的猜測一樣，他和她一樣，很會看人臉色，因為只有如此才能生存下去，只是她沒想過，這人兒時的遭遇竟這般艱難。

不自禁的，她回握著他的手，聽著他再道。

「我不信任那傢伙，所以瞎扯一個名字，可那男人沒質疑我，從此之後，他就叫我達樂，他帶我離開那裡，替我申請證件護照時，也都幫我填上達樂。我沒有抗議，我喜歡這名字，他也喜歡，他和我一樣喜歡錢，我愛錢，他也是。事後想想，說不定就是因為我說我叫達樂，他才覺得我看起來很順眼，哈哈哈哈哈……」

她有些無言，又忍不住好奇，聽起來他當時年紀很小。

「那時，他找你做什麼？」

「幫他帶路。」達樂握著她的小手，往回走到古城中心，道：「那個國家很窮困，因為在那之前不久都還有戰爭，內戰。後來有一方贏了，為了賺錢，才對外開放古蹟賺觀光財。」

聽到這，她一怔，忽然明白他出生在哪裡，不由得朝他看去。

他沒看她，只是依然看著前方，淡淡道。

「雖然對外開放了，但野外到處都是不同的人馬多年埋設的地雷，因為打了太多年的內戰，沒人知道哪裡曾經埋設過地雷，政府只清除了已知的，還有大路上的，若不走觀光客走的路，誤走到野地林子裡，隨時都有可能誤踩到地雷被炸斷一條腿，甚至一條小命。」

聞言，她心頭一抽，就聽他說。

「當年他需要進入森林，他知道我熟悉那地方，他看出我摸透了那附近，找出了辦法，知道如何安全的穿過那些森林野地，所以找我帶路。」

她光是聽，就覺得毛骨悚然。

「一個孩子怎麼可能知道地雷埋在哪裡？」

「喔，我真的知道。」他笑了起來，告訴她：「我是個扒手，偷了東西會被追的，所以我早早想出了辦法，摸出了幾條安全的路。」

「什麼辦法？」

達樂好笑的轉頭看她，對著她挑眉：「一開始是因為狗，我看過有些狗穿越那些掛著警告牌的林子，我知道我只要照著狗走過的地方就不會有事，但有些野地連狗都不去，後來我偷了別人的羊，趕著牠們到林子裡，動物們走過沒被炸掉的，就是安全的路。」

她震懾的看著他，「你那時幾歲？」

「發現這辦法的時候嗎？還是我遇到武哥的時候？哈。」他帶著她買票，進入另一間佔地廣大的寺廟，摸著下巴思考了一下，說：「我那時不是很清楚我自己的年紀，別人問我，我都瞎扯，後來武哥帶我到紅眼，阿南才透過我的牙齒判斷我大概幾歲。阿南是紅眼的醫生，他說看我牙齒和骨頭，我那時應該十二歲了，倒推回去，我發現那辦法時，大概七八歲吧？我花了好幾年才陸續找出那附近森林哪裡才能走，我在樹上做記號，大家都知道那林子裡有地雷，沒人敢進林子裡追我，可有一次，我扒錯了人，那傢伙有槍，他雖然沒追進來，卻因為太過火大開槍射我，他的同伴還朝我丟東西，我被逼得差點踩到地雷，但武哥當時也在那裡，他在關鍵時刻及時衝進來救了我——啊Shit！」

達樂突如其來的詛咒，讓原就已經聽到頭皮發麻的她嚇了一跳，轉頭就見他好氣又好笑的咒罵道。

「該死，他一直說救命之恩，我只記得後來那一次，忘了還有這一次！」

她呆看著他，就見那男人轉過頭來，認真叮囑她說：「妳之後見到那傢伙，千萬別提醒他這件事！」

她有些無言，看著這傢伙，還是忍不住問：「他救了你兩次？」

「欸。」達樂嘆了口氣，伸手耙過黑髮，笑著說：「他當時在追蹤一票國際恐怖份子，對方躲在林子裡，我幫他帶路，結果被對方發現，那些人挾持了我，一陣混亂之後，我就中槍了。」

她記得他身上的傷疤，這男人身上不只一處舊疤，但確實有道槍擊的疤痕，就在他腰側，雖然已過去很久，那疤看來還是有些觸目驚心。

「腹部的槍傷通常很致命。」她聽見自己說。

「嗯。」他扯著嘴角，繼續和她漫步在那寺廟中，一路往那聳立於前方，已頹圮的高塔走去，一邊聊著過往前塵，「我原本以為自己死定了，我只是個連自己姓名年紀都不曉得的流浪兒，像我這樣無父無母無姓名的孩子，就是死在那裡也不會有人曉得，也沒人會在乎，我原本是這樣想的，但那傢伙是個瘋子，竟然在槍林彈雨中衝過來，替我止血後，揹著我一路狂奔去找醫生，我到現在都不曉得他是怎麼辦到的，我在半路就昏死過去了，醒來已經在醫院，睡在乾淨潔白的床上，還有醫生護士在照顧我，那傢伙已經不見了。」

達樂帶著她來到那座巨大的古蹟前，仰望著那驚人龐大的高塔。

她跟著他進來時，走到一半就已經看到這座高大的佛塔，這座塔超乎她的想像，之前在路邊她遠遠有看到過一眼，還以為只是比較高的古建築，真的走進來，一路走到塔底，才發現那是距離造成的錯覺。

這高大的佛塔無比巨大，就像突然拔地而起的小山。

高塔光是正面底部直徑，看起來就超過五十公尺，不知多久以前的人們以磚石由底部層層往上堆疊，在這底座之上，是座看似華麗宮殿的佛塔，佛塔上有佛，但因為所在的位置太高了，其實看不太清楚。

眼前這座宛如宮殿的佛塔，其高度與寬度都超乎想像，它讓之前她在古城裡看到的其它佛寺佛塔都相形見絀。只是不知何時，它的頂部已經坍塌了一大塊，即便如此，眼前的建築還是非常驚人。

高塔的正面中間有著陡峭的階梯，階梯底部左右兩旁，各有一座龐然恐怖的五頭大蛇如門神一般守護著。

人們在大蛇前的水缸裡栽種荷花，階梯被圍了起來，不能上去，但階梯前方也供著佛像讓人參拜，佛像前的供桌，擺滿了鮮花。

他牽著她繞著那大佛塔走，因為已近黃昏，觀光客有些零落，人們都趕去吃飯了，大佛塔周圍沒剩多少人。

他與她漫步著，繼續說。

「那時，我以為我從此不會再看見他，以為自己傷好之後，就會被送到孤兒院去，我不想去孤兒院，半夜想從醫院逃走，誰知才翻過牆就被他逮個正著，結果他說他只是離開一下，去搞定那些恐怖份子，後來他就問我要不要和他一起走。」

「我當時不知道他打的主意。」想起當年，達樂好氣又好笑的道：「他說他將來打算開間公司，需要像我這樣聰明靈巧的員工，在這之前會送我去上學，還供吃供住供學費，雖然我也想說天底下哪裡有那麼好的事，但他救了我一命，又真的很會說，我一時鬼迷心竅就答應了。」

說著，他停下了腳步。

她這才發現兩人已走到佛塔後方，當她來到這裡，才知道他為什麼特地買票帶她進來。

他牽握著她的手，仰望著那美麗的佛塔。

看著那座塔，她一瞬間屏住了呼吸。

他是特別停在這的，因為站在這裡，在這個角度，可以清楚看到，夕陽照在那座殘破的高塔上，把整座巨大的佛塔都映照成瑰麗的粉橘色。

那景象不可思議的美麗。

夕陽將一切照亮，讓人能鉅細靡遺的看清它當年的風華壯麗與如今的坍塌頹圮。

「很壯觀吧？」他看著那大佛塔，緊握著她的手。

「嗯。」她不由自主的應著。

「這座佛塔，剛建成時有八十二公尺高，後來遇到地震，上面就坍塌掉了，現在據說只剩六十幾公尺高。」

他說著，笑了笑，伸手指著上面其中一層較為寬大的地方，道。

「妳看那一層，上面原本都有往外凸出的石雕大象，但前面那邊的大多已經壞了，剩這一側的還在，不過這側守護階梯的大蛇也壞得差不多了，看起來沒那麼可怕了吧。」

她隨著他指著的方向看去，才意識到前面那裡，原先應該都如這裡一樣，是有整排巨大的大象雕刻，但現在前方多數的大象早已消失，而在這一側塔底的五頭巨蛇，兩旁的蛇頭也早已斑駁脫落，露出其中的紅磚。

「這東西是人建造的，當年建造的人，八成想著可以千秋萬世，可這世界上沒有什麼東西真的可以千秋萬世，只要是人造的，就能由人毀掉。」

她一怔，不由得朝他看去，就見他在夕陽餘暉中，垂眼看著她。

她瞪著他，忽然知道他說的不是這座塔，也明白他為何會和她說起他的過去，她心跳飛快，卻仍忍不住說：「我以為你說它是因為地震才垮的。」

「這座塔確實是如此，但那曾經存在的王國卻不是。」他凝視著她，告訴她：「人們可以一磚一石的往上蓋，就能一磚一石的拆掉它，再龐大的宮殿，再巨大的王國，都不可能存在永遠，邪惡的更不能，至少我不希望活在那樣的邪惡能夠存在的世界，有人能蓋，就有人能拆。」

再一次的，她屏住了呼吸，有些氣窒的啞聲說。

「你不知道自己在說什麼。」

「我知道。」他凝視著她，唇邊眼裡都再無笑容，只是握著她汗濕的小手道：「雖然我很不願意承認，但韓武麒那小氣鬼真的很有幾把刷子，而且他相信公理與正義，他不會也不可能坐視有人在那邊搞什麼邪惡的獵人遊戲，如果這世上有誰會瘋到槓上勢力龐大的跨國邪惡組織，那八成是他。最糟糕的是，紅眼的人被他洗腦了那麼多年，只要他想、他需要，紅眼每一個人都願意伸出雙手幫他拆那些磚石，即便明知這磚石早已層層高疊到天上，要拆掉有如天方夜譚，那些人也會傻到奮不顧身的上前獻出雙手、血汗、心肝與小命。」

說著，他無奈嘆了口氣。

「很不幸的，他還真的成功過。」達樂告訴她：「那讓紅眼的人更加相信那個男人。」

這一刻，她終於明白，他想說的話。

「你也是。」

男人聞言，唇角微揚，直視著她的眼說。

「嗯，我也是。」

眼前人的雙眼如泉般清澈，也如黑夜星子那般閃亮，夕陽霞光照亮他的臉龐。

「我不會叫妳不要害怕，我也不會叫妳相信我，我知道妳不是傻瓜，就像我不是傻瓜，我們都看過人性醜惡的一面，妳不會無條件的相信任何人，當然也不會相信我，但如果妳有想做的事，妳可以利用我。」

她震懾的看著他，一時無語。

「為什麼？」不自禁的，再問了一次：「你為什麼要幫我？」

「因為我喜歡妳。」他眼也不眨的說。

她氣一窒、眼微抽，在這一秒，整個人又變得無比僵硬。

他見了，心微緊，不禁抬手，以指背輕觸她的臉。

「別露出這樣的表情。」他站在夕陽下，苦笑的開口：「好像我捅了妳一刀似的。」

她黑瞳微縮，緊抿著唇，想瞥開視線，卻又做不到。

他仍握著她的手，輕輕的攏握著，而那在她臉上的撫觸更是無比輕柔，讓她喉緊心顫。

他將她被風吹亂的髮絲掠到她耳後，微微一笑。

「妳很聰明，十分機靈，也非常識時務，懂得看人臉色，能忍常人所不能忍，但必要時妳也會做妳該做的事。」

她愣看著他，只見他在粉色的彩霞下，對著她笑，眼裡透著一抹柔情。

「一般人逃離了邪惡的組織得到庇護時，並不會像妳一樣，急著再次逃跑，更別提那庇護明擺著背後還有巴特家源源不斷的金援，但妳還是跑了，我認為妳會想要離開那座島，不是為了妳自己。」

她眼角微抽，唇抿得更緊。

見狀，達樂將語調放得更緩，但仍指出：「在曼谷時，妳刻意讓我看到妳在查飛往印度的航班，是想讓我或其他可能在追蹤妳的人，以為妳想離開這個國家繼續往西走。可當我發現妳沒有離開這個國家，還特意北上到這座有許多外國遊客的觀光城時，我知道妳只是想誤導我們。我和阿震調了資料，查看妳提供給紅眼的所有情報。世界各地都有那組織的相關公司，妳在很多公司都待過，妳能從這裡搭機去往任何地方，但到底是哪裡？妳想去哪？妳是想逃離？還是想……回去？」

這話，讓她心頭又一抽。

他深吸了口氣，自嘲的笑了起來。

「然後我很快就發現，妳告訴娜娜，妳當年去的那間進出口貿易公司是在越南，但我們兩人在越南時，妳甚至都聽不太懂當地最簡單基本的對話。」

他挑了下眉，然後說：「那是個謊話，妳為何要說謊？我猜妳想要讓我們發現妳往東南亞跑時，以為妳是要去越南，但妳實際上並不是要去越南，這反而意謂妳的目標確實是在東南亞，才會想混淆視聽，妳根本沒有打算要去搭飛機，所以妳才北上到這，但這裡經由陸路還是能到另外兩個國家，那我該往東走，還是朝西走呢？」

她瞪著他，心跳更快。

達樂溫和的陳述自己當時的思緒。

「我繼續翻看妳給的那些情報，但就像武哥所說，那些公司大多都倒了，要不就只是被威脅幫著做事，多數都只是不知詳情的棋子。不過，後來我想到一件事，妳雖然是個聰明低調的人，倪文君卻不是，她喜歡把什麼都貼到網路上，所以我上網去看她的貼文和照片，看她當年到哪工作，雖然她沒真的寫明她要去哪裡，但她下飛機後，曾拍了幾張街景照片上傳，而我認得那地方，我認得招牌上的文字，我在那個國家出生長大。」

她一怔，只覺唇乾舌燥，手心又冒出了汗。

一時間，想抽手，可他握緊了她，用那雙烏黑澄澈的眼凝視她說。

「搞半天，妳北上到這裡，依然只是個幌子，對嗎？不是東邊，也不是西邊，妳繞那麼一大圈，只是想隱瞞那間公司所在園區真正的所在地，妳要不是想毀了它，要不就是曾經藏了東西在那，或其它別的什麼原因，讓妳非得要徹底擺脫追在妳身後的所有可能才回去那裡，我可以繼續瞎猜下去，或者妳可以告訴我，然後利用我，讓我幫妳，就像當年我讓武哥幫我一樣。」

她瞪著他，這一剎，忽然明白一件事。

「你不會放棄的，對不對？」

就算她再次跑掉，他還是會追上來，這男人知道她要去哪裡。

看著她領悟過來的震驚表情，他揚起嘴角，微微一笑。

「對，我不會放棄。」他點頭，告訴她：「還有，如果妳有事想回那園區，我得到了情報，知道何時是最好的時機。」

這話讓她一怔，杏眼微睜。

「不管妳想破壞它，還是鏟平它，或是炸掉它，我都能幫妳。」說著，他笑著再次轉身，牽著她往外走去。

「好了，天要黑了，逛一下午，我餓死了，我們先去吃飯吧。」

第十二章

一早，她被明亮的陽光喚醒。

眼前的落地窗和陽台，不知何時被人清洗得乾乾淨淨，不再充滿鳥屎。

溫暖的光線透過乾淨的玻璃灑落房間裡，將一室照亮。

她眨了眨眼，那落地窗外的陽台，還是乾淨得像是剛剛才被人全新裝上。

那當然不是全新的，只是被人擦洗得閃閃發亮。

她真是不敢相信自己的眼睛，更讓她不敢相信的是自己竟然睡得如此熟，直到昨天的記憶冒了出來。

天黑後，男人帶著她去吃飯。

不過他所謂的吃飯，不是去什麼高級餐廳，而是拖著她跑去逛夜市，他什麼都想吃一口，如果可以，他八成會從第一攤吃到最後一攤，從滷豬腳、炸豬皮，烤雞翅，到酸腸、米線和河粉，從各式水果糕點到香蕉煎餅，他真的是一路吃過去，就連在一旁的她，也被他東一口、西一口的餵食餵到超級飽。

等回到旅館，吃飽喝足的她，早已累到什麼也無法多想，洗完澡一上床，她沾枕一秒就陷入昏睡。

睡夢中，她隱約聽到他在房裡活動的聲音，雖然覺得應該要起來查看，但在外面走了一天，她連睜眼的力氣也沒有，加上這幾天自己一個人逃亡，她神經始終繃得很緊，現在有他在好不容易不用時時警戒能安心睡覺，她很快就放棄了掙扎。

如今醒來，看著眼前那光明潔淨的落地窗，昨天夜裡那半夢半醒間的領悟，到此時此刻才真的有了確切的認知，讓她心一緊，然後又緩緩的鬆了開。

安心。

昨夜，她真的很安心，這麼多年來，她第一次感到如此安心。

這感覺有點陌生，甚至讓她有些害怕，她不該那麼信任一個人，她還以為她再也無法這樣相信人。

可眼前那被洗得閃閃發亮的玻璃，卻訴說著，其實她可以。

難以言喻的暖意，悄悄的裹住了心。

緩緩的，她轉過身來，看見他如她所料，一身乾淨清爽的躺在身後，而且在她翻身的第一時間就睜開了眼，微笑看著她。

瞧他一臉精神奕奕，她忍不住脫口。

「你整晚都在刷地擦玻璃洗陽台嗎？」

「還有浴室和房間。」反正也瞞不了，他很乾脆的承認，自嘲的笑著道：「我忍不住，我一想到那窗戶外面都是鳥白白就睡不著。我本來只想把窗戶擦乾淨，但擦了窗戶就忍不住洗了地板，洗了地板就想說牆也洗一下好了，後來回到浴室，又想說洗都洗了，那浴室也沒多大，順便也洗乾淨吧。等我出來想穿拖鞋，發現拖鞋被踢到床底下了，彎腰去撿，結果摸了一手灰，等我回神我已經在擦地了，哈哈哈哈……」

說到最後，他自己都不好意思的乾笑起來。

她有些無言，又覺得無比荒謬。

「我發誓我平常沒那麼誇張。」他舉手笑著說：「只是我心裡有事時，就會忍不住找點事情來做，分散一下注意力，有時候身體累了，腦袋反而能放空。況且反正我們還得在這裡住好幾天，乾脆弄乾淨點，住得也開心些。」

「好幾天？」她一怔。

「嗯，我忘了說嗎？」他伸手在枕頭上撐起自己的腦袋，垂眼看著她，微笑開口：「我知道妳想回當初那個園區，但我們需要再等幾天，妳在島上應該有聽到，紅眼有名員工在獵場失蹤了。」

「嗯。」她是有聽到，在島上時，那些人談這些事時，完全沒有避著她。

「那傢伙叫耿念棠，就是他放火燒了七區獵場。沒錯，就是當初讓大小姐嚇到跑來瘋狂敲門的瘋子，看來妳想起來了，哈，那小子真的很懂得怎麼讓人印象深刻。」

她確實想起來了，在她摔下樓的前兩天，監控室的人就注意到有兩個人闖入了獵場，那兩人一直沒被清楚拍到，但他們將所有獵物聚集在了一起，引起了不少麻煩，不過所有的人大概都沒想到最後其中之一竟然會放火燒了獵場。

說到這事，達樂忍不住又笑，告訴她：「阿棠那麼無法無天是有家學淵源的，他姐是武哥的老婆，韓武麒那怪胎喜歡的女人，當然也不是什麼普通角色，老實說我一直覺得那一家子從大到小腦袋都怪怪的。總之，因為阿棠是武哥老婆嵐姐的弟弟，他當然不可能放著不管，再過幾天等時機成熟，他會帶著大隊人馬去襲擊七區獵場，把那地方掀了。」

這消息讓她雙眼大睜，整個人都清醒了過來，飛快坐起身匆匆確認。

「紅眼要攻擊七區獵場？」

他見了，笑意更甚。

「沒錯，到時所有人的注意力都會在七區獵場，如果妳有事想做，那時就會是我們最好的機會。」

她震驚的看著眼前男人，思緒有些混亂，不禁脫口。

「你告訴我這些，不怕我說出去嗎？」

「妳會說出去嗎？」他挑眉反問。

她一時無言，半晌，方道：「你並不能確定。」

他笑了起來，忍不住伸手抓起她的小手，輕輕攏握，「嗯，我不能確定，如果有必要，妳可能會把我賣了，但與其出賣我和紅眼給妳痛恨的組織，我想妳應該會更傾向讓我幫妳。」

這男人實在太過危險。

他的大手無比溫暖，那輕柔的撫觸，引發一陣酥麻。

她應該要把手抽回來，立刻離開這裡，遠離這個一再擾亂她心神的傢伙。

但那太蠢了，他知道她想去哪裡，這傢伙會一路追過來，而那會破壞她的計劃。

她現在最不需要的，就是引起更多的注意，紅眼攻擊七區時，確實是她最好的機會，千載難逢的機會。

「紅眼的人知道你在這裡，對嗎？」

「對。」

「他們也知道我在這裡。」

「嗯。」

「你一直有在和他們連絡。」

「這倒沒有。」他舉起一手發誓笑著說：「妳跑了之後，為了找妳，我才打電話回去的。我知道妳不想讓人知道妳想去哪，所以我沒多說，嚴格來說，我只告訴他們，我們在這個國家。」

他看起來不像在說謊，她也不覺得他在說謊。

看著那攏握著她的大手，她喉頭緊縮，然後在自己後悔之前，抬眼看著他，啞聲開了口。

「我有個條件。」

達樂雙眼一亮，怕驚嚇到她，他壓下胸中激越，安份的維持原來側臥半躺的姿勢，只是撐著自己的腦袋，握著她的手，看著已經坐起來垂眼看他的女人。

「在我完成想做的事情前，你不能告訴任何人，我回那裡去做什麼。」

「我若同意這條件，妳就不會再試圖逃走？」

她喉頭緊縮著，然後點了點頭，啞聲道：「對。」

「好，可以。」他眼也不眨的點頭。

「如果出了狀況，你必須以我的意願為優先。」

「OK。」他再點頭。

男人全面的同意，反而讓她有些緊張的垂下了眼，看著他摩挲著她手背的拇指，那撫觸一直很溫柔，沒有因為這忽如其來的沉默而停下，只是一再緩緩、徐徐的來回著，安撫著，沒有半點逼迫。

他的手很暖，真的很暖，那暖意往上蔓延，爬上手臂，來到心頭。

然後，她抬眼開口，告訴他。

「你說得沒錯，我要去的地方，就是你出生的國家，我需要你去和紅眼的人確定最終的時間，我們要在事前就到那裡。」

「但我不能告訴他們？」

「對。」她知道這要求太超過，但她不能冒險。

他看著她，問：「完全不考慮？」

「不。」她堅定的說。

「可惡。」他笑著低咒出聲，讓她渾身一僵，卻見他好氣又好笑的指著窗外，道。

「不是，我不是不同意，只是鴿子又來了。」

她轉頭看去，看見一隻鴿子不知何時來到了乾淨整潔的陽台，在她回頭時，那鴿子展翅飛走，只在地上留下一坨鳥屎。

她一陣無言，卻在這時感覺到他鬆開她的手，她回頭看他，就見他正翻身去拿手機，忽地明白他要做什麼，她手不由自主的一顫，想阻止他，但那男人像是知道她在想什麼，她還沒伸手，他已翻了回來，看著她微笑保證。

「放心，妳不同意，我不會說的。」

一時間，有些窘又有點驚，她不知該說什麼，只能沉默。

見她眼裡仍有驚懼，他打開手機，飛快輸入幾個字，給她看螢幕上他傳給武哥的訊息。

確定時間後，通知我。

然後他抓起她的手指，按下螢幕上的傳送鍵。

那條訊息刷地傳送了出去。

對方速回，沒有多餘廢話，只傳了一個OK的圖案。

她抬眼看他，眼前的男人只是把她的小手拉到了唇邊，笑著輕輕啃了一口。

「好了，現在，我們就只能等了，妳有什麼打發時間的主意嗎？」

他一臉不懷好意的笑，熱燙的舌頭還偷偷舔了她的指節一下，讓她瞬間明白他在想什麼，幾乎在那一秒，身體就熱了起來。

那一夜的激情，就算她腦子想忘，她的身體也不想。

「我們得先趕到園區附近等著。」她開口說，聲微啞：「那裡離這裡很遠。」

「太早過去，只會打草驚蛇。」他噙著笑，道：「根據我對武哥的瞭解，我們至少還有些自由時間。」

「我以為你一夜沒睡。」她聽見自己說。

「是沒有。」他黑瞳發亮，翻轉她的小手，緩緩在她的手腕內側又印下一吻，聲音變得無比沙啞的說：「因為妳在床上，而我滿腦子都在想那天晚上，我若不找點事情來做，我一定會忍不住對妳亂來。」

我心裡有事時，就會忍不住找點事情來做……

驀地，想起他方才說過的話，這才明白困擾他一夜，讓他變成潔癖鬼的心事是什麼，這突如其來的領悟和那熱燙的唇舌，還有他那火熱的眼神，讓她小腹抽緊，心跳加快。

然後，他噙著邪魅的笑，輕輕握著她的手，將她的手放到他身上，就在他的胸膛上。她沒有抽手，眼前的男人太過誘人，她不由自主的將掌心貼了上去，感覺他溫暖光滑的皮膚，和他如她一般飛快的心跳。

這個男人，有一副很漂亮的身體，宛如希臘雕像那般美麗。

而且他很清楚她喜歡。

她真的喜歡。

她也喜歡當她撫摸他時，他陣陣顫慄的反應，還有那不自主的吸氣，和當他用力時，那些浮現在她掌心下的強壯肌理。

這時候再拒絕就太虛偽了。

所以，她傾身上前，張嘴吻了他。

他在涼被下，什麼都沒穿，這男人早有預謀，她一點也不意外。

從再次見到他的那刻起，她就能感覺到他的慾望，他只是沒表現出來而已，但那性張力一直都在，始終存在她與他之間。

情不自禁的，她再次爬到了他身上，捧著他的臉，和他唇舌交纏，放縱自己和他重溫那難以抵擋的激情慾望。

✣ ✣ ✣

午后，微風徐徐而來。

那自然的微風帶來不遠處街上人們說話的聲音，讓她醒了過來。

待睜眼，才發現是因為他將落地窗開了一點縫，沒全關上。

房間裡有冷氣，但這陣子，她發現這男人無論去哪，還是習慣會開一點窗透氣，讓屋子裡有些新鮮空氣，除此之外，他也總會挑選有退路的房間，如果前門有人試圖進來，總也能從陽台出去。

如果可以，他也會挑視野好一點，不會被人窺看的房間，她想她也在不覺中被他影響了挑選房間的習慣。

此時此刻，當她從落地窗看出去，只看見一片無垠的藍天。

當然，還有那鴿子遺留下來的鳥屎。

身後的呼吸，長而深，這男人昨晚一夜沒睡，此刻早已陷入睡夢之中。

她悄悄起身，回頭看他。

男人沒有動靜，仍維持原來的姿勢，胸口規律的上下起伏。

看著他放鬆的睡顏，她遲疑了半晌，有那麼好一會兒，心底仍有股戒慎恐懼的聲音，要她趁機離開，告訴她不要相信任何人。

萬千思緒，在心底飛竄。

可奇異的，到最後，心底的恐怖害怕與驚懼，都被這男人熟睡的臉和曾說過的話給驅散。

因為我喜歡妳。

那溫柔的話語，悄悄在腦海裡迴盪著。

有些人，為了達到目的，什麼也說得出來。

她早就明白曉得這個道理，她看過太多了，但他說這話時，眼裡沒有任何遲疑閃爍，幾乎就像是……真的……

這念頭，教她莫名屏息。

沒有人對她說過這句話，讓她即便現在想起，一顆心依然不覺大力跳動起來，教渾身發熱。

看著眼前的男人，有那麼一刻，她幾乎忍不住想伸手觸摸他的臉，確定他真的存在。這好蠢，他當然是真的，她能感覺到他的呼吸，他身體的溫度，她甚至能看到他長長的睫毛，高挺的鼻，看來十分Q彈的唇瓣。

他烏黑的髮有些自然捲，洗去髮膠之後，看來十分鬆軟柔亮，讓人想將手指插入其中撫弄。

這男人真的把自己保養得很好，她清楚記得他嚐起來的味道、摸起來的感覺——

一時間，臉耳又熱。

怕自己真的忍不住伸手，她深吸口氣下了床，卻在這時發現自己左手上戴著黑色的手繩。

她一愣，抬起左手看著那黑色的金剛結手繩，然後伸手推動它，繩結綁得很緊，但真的很用力還是能撥動。

雖然從那重量中，她已隱約察覺，等真的看到繩結之下的金屬，她還是愣住了。

金色的光芒在她手腕上閃耀著。

那是她為了逃跑，花了好幾年時間，在各地買的小金飾，慢慢湊到足量小心熔鑄成細條的黃金，這些年她一直將其藏在內衣裡，在小島上因為知道之後若要逃走勢必得過海關，黃金藏在內衣裡太可疑了，她才將它改藏在手繩裡，過安檢時可以隨時取下來，之後再戴上就好。這些年，她想了很久，研究很久，確定黃金的量持有多少才不會引起注意，若海關問起她也能說只是怕被人搶才包起來。

可她賣掉了，在上一座城市賣掉的。

賣了她才有錢。

可如今，這兩條黃金都再次出現，被戴回她手上。

它們出現在這裡，只有一個可能。

她回頭看向那個在床上沉睡的男人，有些不敢相信，但又不能不相信。

這人一直追在她身後，甚至找到了她賣黃金的人，還將它們買了回來，甚至重新綁上了金剛結。

有那麼好一會兒，她只能握著手中的黃金，愣愣看著他熟睡的面容，只有一顆心，跳得飛快。

她不知該怎麼想，她不知他在想什麼。

他可以不用去買回來還她的，她賣了，拿到了錢，藉此逃命。

我喜歡錢，所以當我遇到武哥，他問我叫什麼名字時，我告訴他我叫達樂。

他曾說過的話，浮現腦海，教喉頭與心口都一併緊縮了起來。

匆匆地，她拉回視線，不敢再看著那男人。

不敢再想。

她套上衣物和短褲，走到浴室裡，將穿過的衣物清洗乾淨再晾起。

浴室裡，一塵不染。

就連鏡面都被擦得乾乾淨淨，不留一滴水痕。

那男人真的很愛乾淨。

待回神，她已經拿了衛生紙，回到窗邊打開落地窗，把那鳥屎清掉。

因為過了好幾個小時，它已經乾掉了，衛生紙只弄掉了一些，她拿紙杯裝了水和清潔劑，帶著刷子回到陽台，蹲在那裡，慢慢拿刷子與清潔劑把那殘餘的鳥屎刷起來，最後再拿水沖洗乾淨。

當她將那地方清潔完畢，拿著水杯和刷子回到房間裡時，看見他不知何時已經睜開了眼，唇角掛著一抹笑，側躺在床上看著她，都不知看了多久。

一時間，臉耳又熱。

她沒理他，只回到浴室把刷子和手都洗乾淨，將紙杯回收，這才洗去一身汗水。

等她洗完澡出來時，他已經又閉上了眼。

她重新回到床上躺下，還沒躺好，他的手已經伸了過來，將她朝他拉了過去，不過卻什麼也沒做，沒脫她衣褲，沒對她亂來，只是抱著她，心滿意足的用臉蹭了蹭她的頸窩，然後深深吸了口氣，再緩緩吐出來。

貼在他身上，她能清楚感覺到，他的心跳漸緩。

他一句話沒說，彷彿像是又已再次睡著。

她不知道，也不想再去猜測了。

落地窗那處，時不時，仍有午后暖風悄悄溜進，冷氣機在另一頭奮力運作著，身前的男人的胸口徐徐起伏，心跳一下，再一下。

不自禁的，她也悄悄深呼吸，將他的味道吸入心肺裡。

他身上帶著淡淡的香味，聞起來有些像是柑橘混著些許森林的味道，十分溫和舒服，一點也不刺鼻，她認不出來是什麼，八成又是他不知從那買來的按摩油或乳液。

她喜歡這個味道。

她想著。

在這之前，她從沒想過男人身上會有這麼舒服的香味，感覺好像很違和，可在他身上出現香味，似乎一點也不奇怪。

她喜歡。

聽著他的心跳，她闔上了眼。

昨天在城裡走了一整天，早上又做了激烈運動，此刻心一鬆，身體的酸痛與倦累慢慢開始浮現，爬滿全身上下。

幾個呼吸後，心跳漸緩。

然後，她聽見自己說。

「蘇舒……」

兩個字，很輕，很小聲。

那久違的姓與名，飄浮在空氣中。

規律的心跳，依然規律。

她忍不住，悄聲再道。

「我的名字叫蘇舒……」

她閉著眼，悄悄說，跟著就感覺到，擁抱著她的男人緩緩抬起了手，將那溫暖的大手擱到她後腦上，像摸三歲孩子一樣的，摸了摸她的頭。

然後，那隻大手，就這樣覆在了那兒，沒有挪走。

莫名地，眼微濕。

她沒再開口，他也沒追問。

那一天，兩人就這樣靜靜的躺在床上，直到睡著。

✣ ✣ ✣

白粥。

那是一碗被熬得開了花的白粥。

粥很香，米香，沒有混雜著任何其它酸甜苦辣的味道，就只是單純的米香。

她從浴室裡洗臉刷牙出來時，就看見那碗白粥在床上，當然下面墊了大浴巾，怕它傾倒，為了讓它站穩些，那男人還放了一本書在底下。

蘇舒不知那本書哪來的，可能他方才買早餐時買的。

半小時前她醒來時，他已經穿好衣褲，說他要去買早餐，他問她想吃什麼，她說都可以，沒特別指定要求，對現在的她來說，吃飯不是什麼太天大地大的事，只要能填飽肚子就好。

可直到看見這碗粥，她才忽然發現，原來自己真的有想吃的東西。

她已經很久沒有吃白粥了。

男人坐在床邊，見她出來，一張臉亮了起來，小狗似的對著她笑，一邊把其它小菜拿出來放上。

「喏，昨天我們睡了一整天，我記得妳幾乎沒吃，應該很餓，但餓太久突然吃太重口味的不好消化，先吃點粥開開胃吧。」

她走上前，和他一樣坐在床邊，接過他遞來的碗筷，喝了一口那溫潤的米粥。

米粥很香，入口的那瞬間，讓她想起許久之前，曾有過的溫暖平安。

男人滑開手機，播放軟體歌單。

蘇舒靜靜的吃著碗裡的白粥，和他一起聽著那些，在清晨的日光中飄盪，萬分悠閒慵懶的鋼琴樂。

她睡得很好。

經過一天一夜的休息，她身體依然還有些酸痛，但腦袋清楚多了。

有時候身體累了，腦袋反而能放空。

這句話，莫名浮現，她抬眼看向坐在對面的男人。

他神態輕鬆的吃著另一碗粥，即便如此，她依然領悟到，那天這男人會拖著她滿城走，就是要讓她累到無法思考，心裡有事就找點事來做，才不會一直去想，想著她的悔與痛。

要她做點觀光客的事，只是藉口。

這男人雖然擁有無數面貌，可在那些面具之下的，一直是同一個人。

把粥吃完後，她和他一起收拾餐具。

「你說得沒錯，我不是倪文君。」

這話冒出來時，她看到男人收東西的手一頓，她沒有抬眼，她自己也有些嚇到，但她沒有停下來，她知道她必須把話說出來，所以繼續道。

「那年我們兩個一起進入公司，她就像你說的那樣，是個天真單純的女生，和我完全不一樣，但我們長得很像，雖然性格不同，髮型裝扮也不是一個風格，但我們長得真的很像。」

想起當時，蘇舒喉頭有些發乾。

她垂著眼，看他繼續拿紙巾把餐具擦乾淨，他沒有打斷她，甚至沒有停下，方才那些微的停頓，幾乎就像是錯覺。她在他把餐具都疊好收到垃圾桶裡時，將浴巾收折好，繼續說。

「倪文君是那種，愛吃愛笑愛撒嬌的女生，單純、善良，很興奮能有機會出國工作，對未來懷抱著美好的夢想。一開始我覺得她有點笨，整理個資料也可以弄半天，後來我才發現，她不會用快捷鍵。我簡直不敢相信竟然有人都大學畢業了，還不知道怎麼用電腦裡的快捷鍵，一問之下才知道原來她之前做報告都是用手機做的，相較電腦，她更熟悉手機。不要說Excel了，她連對Word也只懂得打字，所有的複製貼上之類的功能她雖然會用，但全都用滑鼠操作，只會慢慢在那邊點來點去的。」

達樂回到了床邊坐下，沒有開口，安靜的聽著她說過往前塵。

蘇舒雙眼仍垂著，語氣很輕，沒有什麼起伏。

「那時她動作太慢，工作做不完就得加班，即便如此，她還是弄不完，那些工作就會落到我頭上，害我也得一起加班，我只好去教她怎麼用電腦，卻發現原來她也不是太笨，只是之前家裡沒電腦，所以才不太會用，我教的她都很努力的記起來，不懂的也會主動跑來問，怕麻煩到我，她把所有的快捷功能鍵都抄寫起來，壓在她的辦公桌上隨時查看。」

她平鋪直述的說。

「自從我教她怎麼用電腦，那次之後，她就常常跑來找我聊天，但比起和人聊天追劇說八卦，我更喜歡自己在房間裡看書，大概是發現了我反應冷淡，她後來就少來了，但偶而還是會拿些吃的過來，和我說公司裡誰和誰在一起，誰又喜歡誰，誰和誰又有些不愉快之類的，我覺得很無聊，告訴她我不想聽，她就漸漸少來了。」

幾不可見的，那單調的語音，有了一絲波動。

「後來，我發現公司有問題，我知道我得想辦法離開那裡，在我萬般戒慎恐懼的時候，那傻瓜卻跑來和我說她戀愛了。」

說到這，她眼角微抽，雖然語氣依然平靜，可達樂看見她抓緊了折好的浴巾。

「戀愛？我心想她在和我開玩笑嗎？公司裡都有人跳樓了，可屍體被送走後，水一洗、地一擦，所有人照常上班，該升職的升職、該加薪的加薪，晚上慶功會照開，那裡就沒一個正常人，我嚇得要死，她卻有辦法和人談戀愛？我本來是想警告她的，但倪文君的男友是公司高層，就是個高富帥，說對她一見鐘情，兩人的相遇就像愛情電影一樣夢幻，我一聽就覺得不對，她卻樂得心花朵朵開，還告訴我公司裡對結婚成家的諸多福利和育兒政策——」

蘇舒再吸口氣，如今想來還是覺得無法置信。

「結婚？他們才認識多久？已經想到結婚生孩子去了？我整個毛骨悚然，她卻興高采烈的和我說那個男的有多體貼溫柔、多紳士浪漫，一副戀愛腦全開的模樣，我聽了立刻打消想警告她的念頭，她那麼天真，又傻得可以，我一說，她轉頭說不定就跑去和她那位高權重的男友說，我哪敢？所以我只是提醒她結婚是人生大事，最好要再多考慮一下，可她聽不進去，我只好閉上我的嘴。」

發現自己揪抓著浴巾，她鬆開了手，但那雙小手微微抖了起來。

達樂見了再忍不住，伸手將其緊握，她僵了一下，他原以為她會抽手，可最終她仍讓他握著，只是顫顫再吸口氣，穩住情緒後，再說。

「那回之後，我一句沒吭過，即便我覺得一切巧合得有點太過恐怖，我依然緊閉著我的嘴，就這樣過了好些日子。在這之中，倪文君和那個男人閃電結婚，辦了婚禮、入了籍，生活得幸福美滿，讓我一度以為，是我自己精神錯亂，我搞錯了，那裡沒有那麼可怕，跳樓自殺的同事也只是不幸患了思覺失調，而倪文君真的遇到了她的白馬王子，可以從此幸福快樂一生……」

她抬起眼，看著他。

那雙黑眸，盈滿苦痛和愧疚。

「我真的……希望我是錯的……」

她臉色蒼白的道。

「倪文君是個好人……」蘇舒看著他，啞聲說：「就算我嫌她煩，在我假裝喝醉嘔吐的時候，她還是會留在我房裡照顧我，陪我一整夜……在我心情不好的時候，帶她親手做的巧克力給我……我應該試著再警告她的……」

說著，她扯了下嘴角。

「可我沒有，我不敢。」

憶起那時的恐懼，達樂看見她黑瞳收縮著，驚懼讓她的手不自覺輕顫，但也就那一瞬、那一秒，她隨即強迫自己停下來，那反射性的控制，揪緊了他的心。

那麼多年來，這女人顯然一直處在這樣緊張的狀態，小心謹慎、步步為營，不敢讓人發現、察覺。

她舔了舔乾澀的唇，雖然看著他，卻又沒真的將他看在眼裡，她的眼神有些失焦，恍若出神的說。

「即便我已經察覺那裡的種種不對，就算我明白了那些福利政策都是狗屎，知道那些婚姻都是經過設計安排的，知道他們鼓勵員工結婚生子不懷好意，我還是緊閉著我的嘴。我告訴自己，她都不覺得不對了，我有什麼好說的？她婚後我不再和她聯絡，小心做好自己的事，我告訴自己，顧好我自己就好，我們本來就不算朋友，只是長得比較像而已，我就閉上我的嘴，找機會離開就好——」

她說著，手又抖，唇微顫，她飛快再次控制下來，雙眼迷濛的悄聲低語。

「但事情沒有那麼簡單，所有的一切都超乎我的想像，不要說離開了，我光是要活著都是千萬難，我接觸到的每件事都只讓我越陷越深，公司安排我上許多課程，我的職位升得更高，知道了更多的事。幾年後，有天深夜，倪文君跑來敲我的門，我打開門只看到她一身狼狽、神情驚恐，滿身是血的抓著我說了一大堆公司內幕，人體實驗、獵人遊戲、跨國組織——」

蘇舒說著，顫顫再吸一口氣。

「最扯的是，她會知道這些，是因為她先生愛上了她，真的愛上了她，他不再願意讓兩人的孩子被當實驗品，想帶著她和孩子一起逃跑，但沒成功走成，她跑來找我時，已經中了槍，她用盡最後一絲力氣跑來，是為了想警告我。」

她笑了出來，輕輕的，諷笑著，淚水卻再次盈上了眼眶。

「想警告我呵呵……」那輕柔的笑，讓她平靜冰冷的面具開始破裂。

蘇舒含淚笑著，柔聲說：「她說的事，我早就知道了，住我們那區的人全都曉得，就她以為是什麼天大的秘密……呵……那男人還真的是很愛她，把事情瞞得那麼天衣無縫……」

她在笑，眼裡的淚水卻不斷的滿溢，串串滑落，那痛苦的笑與淚，讓達樂再也忍不住，伸手將她擁入懷中，她渾身僵硬，一度想推開他，可那寬厚的懷抱如此溫暖，讓她不由自主的閉上了止不住淚水的眼，聽著他的心跳，瘖啞吐出壓在心中多年的痛。

「她求我……拜託我……找機會帶她的孩子一起離開……」

一聲破碎的笑，又逸出了她的唇。

「那地方……到處都有監視器……」蘇舒悄悄的說著：「我知道有人在看……我知道他們在聽……」

想起那一夜，想起那女人的苦苦哀求，她緊握著拳，淚又滑落一串。

「所以……我拉開了她的手……」

女人眼中的痛苦絕望又浮現眼前，然後是那抱歉的笑。

「她沒有……沒怪我……只是笑著和我道歉……」

蘇舒揪抓著他的衣，唇抖心顫的輕聲說：「就是那時，我知道她終於明白她做錯了什麼，明白她不該來找我，所以她不再試圖拜託我……我連救我自己都做不到……又怎麼可能去救那孩子……所以我才依然在那……可是，那傻瓜還是對著我笑，對我道謝，謝謝我當她的朋友……」

蘇舒緊閉著淚眼，深吸口氣，然後如同當時一般，冷聲道。

「我告訴她，我們從來就不是朋友。」

她記得，女人臉上破碎的表情，記得那鮮紅的血，從那垂下的蒼白小手蜿蜒滑落。

「我告訴她，我不像她那麼蠢，只想靠著出賣身體攀附在男人身上。」
她記得，那雙曾經帶笑的眼眸，浮現難以掩藏的苦痛。
「我告訴她，與其相信男人，我更相信錢，更相信我自己。」
她狠著心，冷著臉說。
「我告訴她，如今她的下場，都是她自己造成的。」
蘇舒睜開淚眼，看著前方那被他洗得無比乾淨的玻璃窗，冷冷的說著。
那清冷的聲音，無比冷酷，如堅冰一般，但她聲越冷，他心越痛，他沒打斷她，就聽著她吐出那些殘酷的字句。
「我直視著她的眼，說我從來沒想過要離開，這裡和外面沒有任何不同，這世界就是個人吃人的世界，只有像她這麼愚蠢的女人，才會相信這世上還有自由公平，還有什麼自以為是的公理正義。我告訴她，那孩子不需要拯救，留在這裡對那孩子來說，才能學會如何在這弱肉強食的世界生存下去，而不是像她一樣，被人欺騙、遭人利用，只能成為生產機器，最後客死異鄉——」
她記得，那愚蠢天真的女人睜大了眼，震驚又痛苦的看著她，因為過度的打擊而搖搖欲墜，然後再也撐不住的跪倒在地。

「我在她將死之際，彎腰告訴她，我對那孩子沒興趣，就算將來我有機會見到那孩子，我也絕對不會讓那孩子成為像她這樣愚蠢的人。」

聽到這，達樂雙臂收得更緊，抱著她輕輕搖晃，低頭憐惜的吻著她的額。

只因，他終於明白，她眼中為何總是充滿愧疚，又為何如此執著。

「妳需要她恨妳。」他不捨的嘆了口氣，說：「那是個承諾，對嗎？只有她是恨妳的，妳才有機會活下去，她的孩子才有一線生機。」

聽到這話，她心一酸，喉微哽，不敢相信他真的明白。

「她聽懂了嗎？」他啞聲問。

蘇舒閉眼點頭，含淚又輕輕諷笑出聲。

「多好笑，在最後一刻，那女人竟然聽懂了，她做了這輩子最聰明的一件事，她伸手攻擊我，將我撲倒在地，試圖挖出我的眼睛，她早已失血太多，過度虛弱，我輕易將她制服在地，那時我本以為她沒聽懂，才要警告她若不把孩子下落交代清楚，那孩子可能會餓死在被她藏起來的地方，她卻在我開口前，用最後的力氣在我耳邊低語，告訴我她把孩子藏在哪裡，然後她和我說對不起，還和我道謝。因為如此，我才發現她聽懂了，攻擊我只是為了要掩人耳目，但到那時我已沒機會再多說，其他人已經趕過來了。」

說著，她又笑，不可置信的笑著。

「一個人到底能多天真？在發生那麼多事之後，我不敢相信她竟然還有辦法信任我。」

那乾啞的笑聲，帶著痛，聽在耳裡，如同在哭一般，讓他萬般心疼，幾乎想要她別說了，可他知道她需要說出來，把發生過的事，一吐為快。

她顫顫吸氣，再吸氣，然後在那悠揚的鋼琴聲中，告訴他。

「我轉頭就把那孩子的所在位置告訴了所有人，讓他們去把孩子找出來。」

「妳不得不。」他知道。

蘇舒含淚輕柔的說：「我不可能帶那孩子出去，當然更不可能偷偷養那孩子，只有我主動交待孩子的下落，那孩子才可能活下去。」

這一刻，突然明白，這就是為什麼她千方百計想甩掉他，費盡心思的想回去那地方的原因。

或許，這也是她為何能在那樣惡劣的環境中撐下來，還能繼續活著的原因。

她想藏的不是個東西，是個孩子。

她承諾了要救那個孩子，卻不得不親手將孩子交了出去。

就算想死，她也做不到，她不能夠。

她必須先將那個孩子救出來，然後才能放棄她自己，因為她若放棄了，那孩子就得永遠被困在那裡。

✣ ✣ ✣

鋼琴聲如水晶一般清透，仍在空氣中迴盪著。

當她情緒比較平靜之後，達樂倒了一杯水給她，蘇舒捧著那杯水，喝了一口，緩聲道：「倪文君是個好人，她才是應該活下來的人。我能活著，是因為我是個自私自利的賤人。」

他聽了只道：「別傻了，妳如果是個自私的賤人，那這世界上大概沒好人了。妳夠聰明，所以才有辦法自保，夠善良，才會自責內疚，而且真的有夠傻，才會試圖甩開我，不善加利用我這個自動送上門的萬能小幫手。」

蘇舒抬起那雙黑眸凝視著他，苦澀的說：「我把她的孩子交了出去，那為我打開了另一扇門，因為那件事，從此公司沒再找過我麻煩，我得到了信任，他們認為我是個冷血無情的反社會主義者，是個他們所需要的人才，因為這樣我才有辦法活到現在，我欠了倪文君一條命，欠那個孩子一條命，你懂嗎？」

他伸出手，撫去她臉上的淚痕，問。

「妳確定那孩子仍在那園區裡？」

「他們成立了托兒所和學校。」她點頭，深吸口氣，道：「美其名是為了員工著想，讓人能安心工作，但那園區從一開始就是為了那些孩子才存在的，他們在世界召募不同人種的女性職員，本來就是為了要讓我們生孩子，他們拿孩子做基因實驗，組織裡不少人說服自己相信，這能讓自己的孩子擁有更好的基因，比較不容易生病，更聰明、更有體力和耐力，他們稱那些孩子是新人類，相信自己的下一代會改變世界。」

「但妳不認為？」他好奇的挑眉。

「我認為，一個會搞出獵人遊戲的組織，根本不在乎人命，對他們來說，我們只是低等動物。」蘇舒看著他，告訴他，在心底潛藏多年的恐懼：「我認為，這個組織，能有如此的規模，不是一年兩年，不是五年十年就能做到的。我認為，他們不是這幾年才開始做基因實驗的。我認為，公司裡有些人，就是在組織裡長大的。孩子若從小教育，就會深信大人灌輸給他們的一切，對公司和組織來說，這樣更有利、更方便。」

蘇舒緊緊抓捧著水杯，說。

「園區裡所有的孩子，出生後就會做基因檢測，被分門別類，體能好的就去受武術訓練，智商高的就受精英教育，每天都有專門的科學團隊為那些孩子做記錄測量，我不是很確定他們實際上對那些孩子做了什麼事，但我知道他們想要做更多，他們只是在等那些孩子長大，我後來就被調離了，沒辦法接觸到更多相關的訊息，可就我所知，無論是聰明不聰明，有沒有特長，那些孩子每一個都被教育成組織想要的樣子，成為他們需要的工具，我不能讓倪文君的孩子留在那裡。」

「我不能。」蘇舒看著他，強調：「那不該是像倪文君那樣的好人該有的結局，我無法救她，至少要救她的孩子。」

「那麼，」他抬手輕撫著她的臉，道：「我們就去把孩子救出來吧。」

看著眼前沒有絲毫遲疑的男人，她心一緊，啞聲開口。

「我也不能讓任何人，知道我要回去。」

「我知道。」

「這表示你不能讓紅眼的人知道，我們要去哪裡。」她重申：「組織裡的人以為我死了，我可能只有一次機會，我不能冒險。」

「我曉得。」他清楚她想要保護那孩子。

「這不是你的事。」她提醒他。

「嗯，確實不是。」他點頭同意，然後笑著道：「可當年，我也不是武哥的事。如果我曾和他學到什麼，那就是欠錢容易，欠債難還，特別是人情債，更難還。而我啊，不知道為什麼，真的很想妳欠我一點人情債。」

這話，讓她眼一熱。

「不用多，一點點就好。」他以拇指撫著她的唇，看著她的眼，悄悄說：「讓妳能把我放在心上的一點點。」

那字句，溜進了耳中，落在心上，烙印在那裡。

一滴淚，莫名又再奪眶。

他嘆了口氣，吻去那滴淚，在那悠揚溫柔的鋼琴聲中，將她擁在懷中，心疼的笑著說。

「別哭了，如果我們要去救人，我還得先教妳怎麼化妝才不會浮粉呢。」

這話，讓心更緊了。

「還有這頭髮，妳到底去哪剪的？怎麼沒打薄剪層次？這種鋼盔頭，妳應該熱死了吧？哈哈哈哈……」

琴聲輕輕，柔軟的音符交織成優美的旋律，可這一刻，她只聽到他以幽默包裝的溫柔安慰。

如果可以，她真心不想拖他下水的，但到頭來，她還是不由自主的，抬手環抱住這個男人。

✣ ✣ ✣

他幫她重新剪了頭髮。

在她告訴他，這鋼盔頭是她自己的傑作之後。

聞言他笑個不停，但還是出手相救，去買了一把剪刀和一把扁梳，在鏡子前，熟練的幫她厚重的髮型打薄，小心仔細的剪出好看的層次。

看著鏡中那個站在身後的男人，蘇舒忍不住問。

「你去哪學的手藝？」

「教我易容的老師教的。」達樂拿著剪刀，噙著笑將她的黑髮梳起一小段，邊做最後修整邊說：「易容就是要改變造型，除了化妝之外，剪髮當然是基本功之一。」

說到這，他想起一件事，忍不住笑著說。

「不過我本來沒把這事放在心上的，想說差不多可以就行了，結果後來聽說武哥為了省錢把小肥的頭髮剪得像狗啃一樣，還害她跑去躲起來哭，我聽到後才想到好像應該要好好認真的學一下，反正他學費都幫我付了，既然老師是現成的，真的不學白不學，一技在手受用無窮，將來若想轉行，也不用怕餓死。妳轉過來，我修一下瀏海。」

她乖乖轉身，就見他低頭垂眼，放下梳子，用兩根手指左抓一小撮，右抓一小溜，東一刀、西一刀的，修剪她額前和兩旁的髮絲。

他靠得很近，她能感覺到他吐出的氣息，不知為何，不敢抬眼看他，只低垂著眼，看著他結實的六塊肌，害她又一陣手癢，只能將兩手插在短褲口袋裡，卻感覺耳朵又莫名熱了起來。

達樂撥弄著她的黑髮，確定怎麼亂撥，黑髮都會乖乖回到原位，這才放下剪刀和梳子。

「好了，妳轉回去看看。」

她鬆了口氣，轉身朝大鏡子看去，然後整個人就愣在那裡。

達樂見了，滿意的笑著拿起新買的另一面小鏡子，透過前方鏡子的反射，照給她看。

「小姐，這樣可以嗎？」

蘇舒聽到這話，才猛地回神，她看著鏡中那看來萬般年輕的女人，不禁左右轉頭查看。

腦袋上的一頭厚重黑髮變得十分輕柔，在她轉頭時飛揚起來後又圈著她的臉，可愛到讓她瞪大了眼，不禁脫口。

「我看起來像十七歲。」

他真的很厲害，剪出來的髮型，輕巧透氣且十分有型，又不會太塌，完全不輸專業的設計師，難怪他之前在過海關時，有回曾假扮成髮型設計師，真要有人考他，他也不會漏餡吧。

「十七歲才好啊，外面找妳的人都以為妳快三十了，這年齡差，包準別人想不到。打薄後，妳應該會涼快一些，真的需要戴假髮時，也不會太熱。」

瞧著她臉上的驚訝，他得意洋洋的挑眉，笑著放下鏡子，兩手回到她臉頰兩旁，把她兩頰的黑髮往後撈，擱在耳後。

「好了，接下來，我們得來上點化妝課。」

蘇舒眨了眨眼，依然對鏡子裡的自己感到驚訝，沒想到光是髮型的一點小改變，就能造成如此大的差異。

他笑著伸手指向前方早先排放好的保養品們，道：「妳先洗把臉，擦好保養，然後到外面來。」

她聞言也只能乖乖洗臉，擦好保養走出浴室時，就見他已經把工具包裡的東西拿出來，她之前借用他的包包時，就是為了那工具包，但老實說，大部分她都不太會用，而且讓她很意外的是，雖然之前她試圖偷學，但她依樣畫葫蘆畫出來的樣子，就是和他不一樣。

「來吧，這裡坐。」他拍拍床，要她在床邊坐好。

蘇舒看到他已經把小桌子拉到床邊，在那裡放了一面桌上立鏡，她走過去坐在鏡子前，他跨坐到她身後，拿了個有著毛絨絨的貓耳頭箍戴在她頭上，把她的瀏海和散落在臉旁的黑髮都往後固定住，然後從她肩頭上，透過鏡子看著她，噙著笑說。

「妳是不是很好奇為什麼同樣的東西，我用和妳用效果卻差那麼多？」

蘇舒一怔，不禁抬眼看著鏡子裡的男人，然後點了點頭，「嗯。」

「因為我比妳瞭解這些材料和用具，想善用工具前，要先瞭解它。」他拿給她一瓶粉底液，「首先，是粉底，妳是新手，我會建議用這瓶粉底液，這間公司的彩妝是特別為新手去設計的，簡單好用也不易脫妝浮粉。」

「我之前就是用這瓶。」看著那瓶粉底液，她忍不住說：「它後來還是浮粉了。」

「我知道，那是因為妳不知道怎麼用。」他笑著說：「而且妳平常也沒在保養，就算妝前先敷臉，臉上的保水度還是會不夠，妝吃不住很正常。」

她聞言，瞬間有些尷尬。

他看到她的表情，又笑，「沒事，放心，這間公司就是很明白人的惰性，所以才研發出這種救急的產品。喏，我現在告訴妳，它的使用方法，妳把手伸出來，擠一些上去。」

蘇舒乖乖把手伸出來，掌心朝上。

他見了，更加確定她之前真的沒在研究化妝，在她要擠粉底液前，飛快笑著將她的手翻轉，讓手背朝上。

「在手背上試，會更像塗在臉上的感覺。」他告訴她。

「喔。」她沒想過，不知為何，臉耳又紅。

她擠了一些在手背上，他以手指沾取了一些，看著鏡子裡的她，沾在她臉上。

「一開始我們先在沾一些在臉頰這兒和這兒，用量不需多，一點就好，然後拿這支較大的刷子往旁刷開，像這樣均勻一點。」

他的動作很輕柔，低沉的嗓音就在耳邊，雙手在她兩旁移動，整個人幾乎像是環抱著她，有那麼一秒，她有些分神，然後就聽到他在耳畔笑著說。

「嘿，妳有在聽嗎？還是我們需要先做點運動？」

她猛地回神，面紅耳赤的看著他。

「當然有，不用，我是說，我有在聽。」她尷尬又匆匆的說。

「我只畫這半邊，等一下妳得自己畫另外半邊喔。」他笑著警告她。

「知道了。」她看鏡子裡的男人，輕咳一聲，再次強調：「我有在聽。」

他聞言，這才笑著繼續道：「比起一開始就用粉撲，用刷子更好控制用量，鼻翼這裡最後再上，然後刷子在鼻翼這兒繞圈，讓粉底液遮住毛孔，妳看，這樣是不是就比另一邊好很多了？」

蘇舒看著鏡子裡的自己，不由得又一愣，因為這半邊被他上過粉底液的地方，毛孔真的變得很不明顯。

達樂看著她驚訝的模樣，笑著輕點她的鼻尖，道：「新手常常會把粉底用得太多，若看到有刷痕，就是用量太多，再拿粉撲拍掉一些，整臉上完一層薄薄的粉底之後，這時妳要等一下，讓它成膜。」

她呆了一呆，「成膜？」

「哈，我就知道妳不曉得，這間彩妝公司雖然才成立沒幾年，但用的是最新科技，有專利的，就算平常沒保養，妝前沒特別保濕，這瓶刷上去乾了後就會在臉上形成一道薄膜，就像戴了一層薄薄的面具一樣。它們每一盒產品中，都有一張小小的紙本使用說明書，瓶底下面也有QR code，讓人掃碼就能上網看教學。」

達樂興沖沖的解說，邊說還邊秀出瓶底給她看，跟著再道。

她有些傻眼，還真的沒想到竟然有QR code和彩妝教學，不禁伸手接過來，多看一眼，脫口道：「這點子好厲害，真聰明。」

他聽了更樂，笑著再說。

「妳之前沒等它乾就開始上妝對不對？這瓶粉底液上了之後，妳要等它乾啊，就像畫水彩一樣，上了一層顏色後，要等它乾，然後才好上下一層顏色，妳想想看，如果在一杯水裡滴上顏料，再滴上另一滴不同的顏料，它們顏色是不是就混在一起了？粉底液是液狀的，含水量高，若沒有等它乾就上彩妝，顏色很容易就整個混在一起，最後就會變得髒髒的，除了原先的粉底，又加了後來彩妝的粉，才又乾掉的話，就易浮粉，如果有好好依照說明使用，稍微等一等，就能讓它貼服妳的臉。」

聽到他的說明，蘇舒恍然過來。

達樂看著她，笑著拿起第二支刷子，說：「接下來呢，我們就要善用這支遮瑕小刷刷，一樣先用手指沾一點點，然後在臉上這邊有小疤的這裡，輕輕摸兩下，然後用小刷刷在邊緣輕點，點點點、拍拍拍，溫柔的將邊緣模糊融合，黑眼圈這裡也可以這樣做，先在前方這裡畫個小三角形，再柔和邊緣。哇啦，妳看，這樣小疤和黑眼圈也不見啦。」

原來是這樣，之前她偷學，還以為就這樣遮上去就好，但經過他的指導說明後，才發現還有許多她沒觀察到的小訣竅。

蘇舒不由得萬分專心的看著鏡子裡他的示範動作，聽著他的指導教學。

見她認真起來，達樂也教得更加仔細。

他教她在手背上調整用量與顏色，教她怎麼打腮紅、上眼影，如何畫眼線、貼睫毛、畫眉毛的訣竅，然後讓她自己試畫另外半張臉。

她是個很聰明的學生，他只要說過一次的事，她就會清楚記下來，並且迅速的融會貫通，舉一反三，讓他忍不住也越教越多。

他告訴她如何利用在臉上不同的部位，加深陰影、打高光，製造出立體感，解釋在哪裡上彩妝，能讓臉部更瘦長或更圓潤，只是簡單的幾個差別，就能造成鮮明的改變。

這些關於立體感的說明，讓她看向他的臉，不禁開口問。

「你的長相，不像東南亞這裡的人。」

他看著鏡子裡的自己，和在他身前的女人，扯著嘴角笑道。

「我也這麼覺得，小時候我就覺得自己和其他人長得不太一樣，雖然一樣曬得很黑，又乾又瘦，還是會被人排擠，後來聽人說，才知道我應該是混血兒，不是我爸媽那代有印歐血統，就是他們的雙親有一個是，早期當地的戰爭背後有各國勢力暗中牽扯在其中，像我這樣的混血，雖然不多，但也不會太少。」

他神色輕鬆的說著，像是早已不再在意自己的出身。

或許她也不該在意。

「我也是孤兒。」她畫眉毛時，這話輕輕的溜出唇瓣。

他聽了，半點也不訝異，只微微一笑。

「嗯，我知道。」

她抬眼看著鏡子裡那坐在她身後的男人，他伸手環抱著她，把臉擱在她肩頭上，刻意的把鼻子埋在她頸窩，深深吸了一口氣，才抬起那雙發亮的黑瞳，看著她道。

「我很快就發現，妳和我很像，有同類的味道。」

她有些窘，卻也可以理解他的意思。

這男人真的和她很像，雖然他演技很好，可她依然在一開始見到他時，就察覺到那種說不清楚的熟悉感，到了島上他卸下偽裝之後更明顯，兩人逃離島上後，那感覺更加鮮明。

他獨立自主，清楚生存之道，明白該如何在這殘酷的世界上活下去。

就好像在野地裡，一頭獸會認得另一頭獸。

他與她是同類。

只是她原先不確定，這人是不是和她站在同一邊，是不是有辦法認同，她的所作所為。

他可以。

她從來不曾這樣被理解、被認同。

在此之前，她不曉得原來被人理解認同的感覺這麼好。

換了旁人像他這樣坐在她身後，伸手環抱著她，就算她能強迫自己放鬆身體，心裡也會很不自在，可是這男人卻只讓她感覺說不出的舒適與溫暖，他一舉一動都沒有讓她感覺到威脅，只像是窩在一起的野貓舔著彼此的毛。

看著鏡中的自己和身後那個仍環抱著她，將臉擱在她肩頭上的男人，蘇舒忽然明白，為何倪文君當年會那麼快陷了下去。

他的眼裡有她，只注視著她。

那全心全意的模樣，讓人心動。

這世上，有個人如此在乎自己的感覺，真的很好，好得像走在雲端，光是被他這樣看著，都不自覺有些暈然，渾身微熱發軟。

像是看出她的想法，黑眸又浮現笑意，雖然這回他什麼也沒說，她仍有些窘，不禁拉回心緒，強迫自己把注意力放在畫到一半的眉毛上。

慢慢的，她繼續拿著眉筆小心的畫著眉毛。

在她試畫時，他一邊忍不住和她聊起各家化妝品牌的差異，評論起優缺點，讓她忍不住問。

「你每個都試過了嗎？」

「當然，我幹易容這行，產品好不好用差很多的。」為了讓她更好活動，也避免自己忍不住亂摸，達樂鬆開環著她的手，往後傾身以雙手撐著自己，坐在她身後看著她試妝，邊說：「我以前只要一有空，就跑去百貨公司專櫃或開架式化妝品試產品。」

蘇舒聽了一怔，「這樣不會很奇怪嗎？」

「有什麼好奇怪的？試用品就是要給人試用的啊。」他說完看到她的表情，才領悟過來，哈哈笑道：「是因為我是男的嗎？一開始好像是有點怪啦，我都說我要送人的，後來為了方便試妝，我乾脆直接易容成女生，我當時還算小隻，臉也沒長開，所以還好，後來我高中時武哥開了公司，我開始在紅眼打工就有錢買化妝品了。」

想起那時為了化妝品交的學費，達樂還是忍不住哼聲抱怨了一下，「不過有些化妝品真的很難用，要不然就是又貴量又少，用沒幾次就沒了，我那時真是繳了不少學費。」

她在這時畫好了另外半邊的臉，不禁往前湊向鏡子，檢查自己。

他見了坐起身，抬手扶住她的肩頭，將她定住：「好了，畫完不用湊太近看，這時反而要後退一點，退到一般人會看的距離，差不多就在這裡，人與人之間會有個人際距離，通常不會靠得太近，否則就會引起自我保護的戒備本能，因此正常情況下，除非是熟人才會湊得那麼近，一般人不熟的話，不會靠近到四十五公分以內，差不多就是妳手臂從指尖到手肘的範圍，所以在這個距離看沒問題就可以了。」

這男人真的很清楚這些事情。

聽到這，蘇舒再次認知到他確實很清楚從事這一行的危險，等她意識到時，她已經忍不住問了藏在心中好一陣子的疑惑。

「你為何用原來的模樣，去參加那場遊戲？」

這問題，讓他歪著腦袋，笑看著她說：「因為這樣最保險啊，玩家要參加VIP，不只要做身家調查，還得搜身，搞不好還要矇眼，有可能遇到有人對我動手動腳，被人碰到臉發現不對的機率太高了，與其先易容，不如進去後，再依情況隨之改變樣貌，行動時更不容易被發現。就是因為我有這雙巧手，和能夠隨機應變的腦袋，武哥才會找我去當玩家。」

她聽了，不禁再問：「你不怕事後會被人發現？讓人認出來嗎？」

他笑著反問：「如果這組織垮了，我就不需要害怕了，不是嗎？」

她透過鏡子看著這男人，心頭微緊，啞聲開口。

「若它沒垮呢？你要一輩子戴著面具做人嗎？你就那麼堅信，事情會如你所願，會依照你們的計劃去走嗎？」

「我沒那麼天真。」達樂輕輕一笑，道：「武哥也沒有，就因為如此，因為是他，我才會想試。換了任何其他一個人，我應該在離開那座島時，就拍拍屁股走人了吧。」

「你就那麼相信他？」

「我就那麼相信他。」他斬釘截鐵的說著，然後凝視著她，柔聲道：「況且這世界很大的，若我們沒把這組織搞垮，我們也能找到方法活下去。」

這話，讓她心更緊。

我們。

她從來不曾和誰是我們。

可這一刻，她忽然對這個詞，這個「我們」，有了一種難以言喻的渴望。

渴望能與他，真的是我們。

可這股深切到讓心顫抖的渴望，反而讓她更害怕恐懼。

看著她臉上眼底那藏不住的神情，達樂再忍不住，伸手環抱住她，大手壓在她心口上，凝視著她鏡中的眼，在她耳邊低語。

「別怕，不要怕。」

說著，他自嘲的笑了。

「我知道這樣說沒用，在我很小很小的時候就知道了，言語是無用的東西，承諾與保證都是空口白話。」

他低啞的聲，就在耳畔，鏡中那雙黑眸，有著她的身影。

「話說再多都沒用，可有人教會了我，身體力行的教會我，若有想做的事，多說無用，去做就好。所以，我會做我該做的事，而妳就做妳想做的事，我唯一的要求就是，不管接下來發生什麼事，我都會盡力活下去，我希望妳也是。」

她屏住了氣息，看著鏡子裡的他，輕輕在她額角印上一吻，悄悄說。

「將來，在那一個，我們努力存活下來的將來，妳就會知道，這一切都是值得的。」

第十三章

她的計劃很簡單。

至少前半是如此，就如他所料，她打算混在背包客中，坐幾個小時的客運過海關，確定無人追蹤後，再弄輛車南下到那座園區。

若照她原訂的計劃，要花上好幾天的時間。

他稍稍修改了行進路線，提議改坐飛機，她沒有抗議，這男人早已證實他的易容技巧能輕易騙過海關，況且如此一來，她非但不用長途開車在路上顛簸，也多了許多時間，好好改進練習她的化妝技術。

他甚至教她該怎麼用他特製的材料，墊高她的鼻梁、額頭、顴骨或下巴。

她很驚訝他願意教她這些，這男人非但教她怎麼用，還給了她一些特殊材料，教她怎麼用那些材料捏臉，並讓它好好的待在臉上不會掉下來。

她沒傻到問他為什麼要教她。

這男人不可能跟著她一輩子，而她需要這些易容技術，即便她一時三刻無法學全，但他教的這些技術、給的這些材料，已經足已讓她保命。

即便在事後，也能夠靠著這些離開這裡，活下去。

因為如此，她才領悟到，這人清楚知道這件事。

他說過，他要她活下來。

他是認真的，無論發生什麼事，他都希望她活下來。

若有想做的事，多說無用，去做就好。

他這麼說，也正在做。

剎那間，心更緊，不禁朝他看去。

察覺到她的視線，他也抬起了眼，衝著她咧嘴一笑。

「放心，今天妳學的這些技術，夠唬過一般人了，不過妳是新手要唬過電腦，多少得看運氣，我之前也說過，電腦這東西，搞個帽子、戴個眼鏡、口罩，只要遮蔽超過一定範圍，它目前仍無法辨識，但科技日新月異，之後會怎樣就很難說，不過至少現在的情況還是如此。妳唯一要小心的就是過海關，所以盡量別走那種國際機場，不過這妳應該很清楚。」

這話，更加證實了她的想法。

一顆心，微微的又顫。

那天他從車上下來時，她雖然知道他可能是紅眼的人，但那時他看起來真的很可怕，完全集自大、驕傲、好色、無恥於一身，即便是演的，也很可怕，什麼樣的人可以把那樣的人演得活靈活現？如果他沒有深刻的瞭解，又如何能夠？說不定他本來就是那樣的人。

那時，她真的以為自己做了錯誤的決定。

可一路走來，他的所作所為，推翻了她的所有認知。

她怎樣也沒想到，到頭來，這男人竟是這世上唯一一個，願意給予她幫助，卻不求回報的人。

「OK，不管妳現在在想什麼都保持下去。」達樂朝她眨了下眼，笑道：

「我喜歡妳這樣看我的樣子。」

熱氣瞬間上了臉，她有些尷尬，可這回卻沒挪開視線，只繼續看著他，開口說。

「你是個好人。」

這突如其來的稱讚，讓他愣住，下一剎，讓她訝異的，是一抹尷尬熱紅竟也上了他的臉。

他張了張嘴想說什麼，結果卻一個字也沒說出來，只有臉耳更紅。

這男人突然當機的傻樣，讓她笑了出來。

見她笑了，他這才跟著笑了起來，找到自己的舌頭反駁道。

「我以為妳沒那麼傻。」達樂面紅耳赤的笑著低叱：「我也是有利可圖才幫妳的，好嗎？妳給我園區的情報，我幫妳救人，事情就是這麼簡單。一個好人？嘖，這真的不是稱讚，OK？」

見他那尷尬到想找個地洞鑽的模樣，蘇舒抿唇忍笑，點頭同意他那一點也沒說服力的說法，「OK，你不是一個好人。」

「沒錯。可惡。」他說著抬手耙過黑髮，笑著咒罵：「媽的，我聽起來很蠢對不對？」

「是很蠢。」她忍不住脫口點頭，然後才意識到自己說了什麼，忙笑著道：「抱歉。」

「道歉要有點誠意——」他說著往前傾身，轉眼逼到她眼前，卻在碰到她之前，又猛地停下，將意圖不軌的雙手收回來環抱在胸前，往後跪坐回腿上，有些老大不爽的叱笑道：「可惡，妳還是先把園區的情報和我說一說，免得我忍不住把妳撲倒。」

這下換她紅了臉，他見狀這才露出白牙，咧嘴一笑。

「很好，現在妳知道我不是個好人了吧？」

蘇舒又羞又窘又好笑的看著他，不禁也跟著往後退開一些。

她能清楚感覺到，兩人之間強大的吸引力，確實離遠一點要安全些，況且她也的確該把事情先講清楚，若紅眼有了新消息，兩人才能盡快行動。

她收攝心神，清了清喉嚨，這才拿起他那些瓶瓶罐罐當做建築物，和他示意說明園區的地理分佈。

「我當初待的那座園區佔地廣大，實際的面積就連我也不太清楚，因為它過去幾年一直在擴大，那地方所有對外公開的地圖，包括衛星地圖都是被修改過的，沒有參考價值，我只能和你說個大概。」

她邊說邊在床上擺放那些小東西，很快把大概的雛型弄了出來。

「東區這邊大多是工廠，南區則多是辦公行政大樓，西區這十幾棟都是宿舍，東北邊靠河這部分是層級較高的住宅區和別墅區，中間這裡大部分是商場、超市，北區這一塊則是學校，幼稚園、小學、國中、高中都在這裡，成績頂尖的孩子在讀國中時，就會被要求住校——」

「國中就住校，沒有家長覺得奇怪嗎？」達樂好奇問。

「那是精英班。」蘇舒看著他，說：「他們告訴所有人，你得是人上人，才能進得去，孩子若是進了精英班，甚至能幫助你升職加薪，除此之外，孩子能得到最好的資源，之後有很大的機會能保送上高中精英班，然後是大學，畢業出來直接就是公司高層，家長們搶破頭也想讓孩子擠進去。」

達樂扯了下嘴角，點頭表示了解。

「所以後面這空地是操場，這幾棟是教室？」

「對，這兩排都是教室。這裡是操場和籃球場。」

「那孩子應該還沒上國中，妳確定孩子人在校區？」

「失去雙親的孩子，不只一個。」蘇舒深吸口氣，道：「那些孤兒無論資質如何，都會被安排住在學校宿舍。」

「這園區有守衛吧？妳打算怎麼混進去？」

「我的上司凱吉，你記得他嗎？」

「當然，胖子凱吉嘛。」他挑了下眉。

蘇舒指著那些用粉餅擺放出來的別墅區道：「凱吉的全名叫凱吉・哈特，他也是這個園區出來的，和我不一樣，他一直住在這裡，他家就在別墅區這邊。」

說著，她深吸口氣，抬頭看著達樂說。

「園區大門有守衛，要進去需要驗掌紋，當然還有人臉辨識系統。我在拿到紅眼那支錶，確定紅眼的人會上船時，就已經找機會在系統裡做了一個bug，我更改了倪文君的死亡記錄，偽造了她過去幾年的資歷，同時把她的資料掌紋改成我的，電腦不是人，你告訴它什麼，它就會以為是什麼。事實上人們也是如此，如果有人去查閱文君的相關資料，對此也不會有所質疑。」

「妳復活了她。」聞言，達樂恍然過來，這女人真的非常厲害，所以她才告訴他，她叫倪文君，倪文君後期的資料全都是她偽造的，即便紅眼的人掌控了安全系統，查看的也是倪文君的資料，這樣若是她逃走了，他們也沒有正確的線索能追蹤她。

蘇舒點頭：「至少對電腦來說是如此，倪文君已經死去許多年，公司裡沒人會特別調她的資料記錄出來看，而我和倪文君有同一張臉，對公司來說，我已經死了，系統收到我已經死亡的通知後，若拍到我這張臉，會自動辨識我是倪文君。」

「OK，所以電腦會以為妳是倪文君，但認識妳的人，看到妳會以為妳是蘇舒，妳打算賭那裡的人不知道妳死了，是嗎？」

「那天船上的情況很混亂，雖然不少人看見我中槍知道我死了，但我不認為他們有空到處發我的死訊，就算發了，可能也沒人會注意，對他們來說，不過就是死了另一個人。」蘇舒深吸口氣，繼續說：「電腦若以為我是倪文君，園區的安全系統也會把我當成倪文君，進入園區後，我就能以倪文君的身份出入學校，行政大樓，甚至實驗大樓，每一處的系統都會認為我是孩子的母親，要找到孩子就會相對容易一點。」

聽到這，他突然意識到一件事。

「妳這幾年都沒見過那孩子，對嗎？」

她心一緊，點頭啞聲承認：「嗯，我沒見過，我若表現出關心，對那孩子和我都太危險了。」

「妳知道孩子是男是女，叫什麼名字嗎？」

「男的，今年五歲了。」蘇舒看著他說：「我不知道他的全名，我更改倪文君的死亡資料時，曾試著查過，和園區的安全系統不同，學校的電腦不連網，我查不到，也不敢多試，唯一能確定的，是教職員辦公室裡的電腦有所有孩子的資料。我有孩子的出生年月，就算他們沒有註明孩子的父母是誰，要找到無父無母同年同月生的孩子，我想並不困難。」

「好，所以我們的重點是先去教職員辦公室，確認孩子的身份和樣貌，然後去校區裡找人，對嗎？」

「嗯。」她拿起幾根刷子擺放在床上，「校區大門在這裡，前面這邊是車道和花園。最前方這一排是行政大樓，一樓中間是禮堂，兩旁是教職員辦公室，第二排建築都是教室，右側這棟是實驗大樓，第二排後面這裡是操場，操場後有一排防風林，林子後是圍牆，牆後就是河，左邊這棟教室再過去是草坪，然後有一棟圓形的三層建築在草坪中，那是圖書館，再過去這兩排就是學生宿舍，宿舍北邊這棟後半段是浴室澡堂，前半段是餐廳。」

她拿一瓶面霜當圖書館，折好的毛巾當宿舍和餐廳，邊擺放邊告訴他。

「宿舍另一邊是空地？」

「是座院子，種了一些樹，過去一樣有道圍牆，牆後同樣是河。」

他看了一下，她剛好把東西排放到了床角，也就是說——

「這裡都是河，對嗎？院子外面，澡堂、餐廳、操場後面這裡，床的外面這邊，就是一條河？」

「對。」蘇舒點頭，發現他的空間感很好，讓她悄悄鬆了口氣，「那條河剛好在那裡拐了個彎。」

「所以這裡有圍牆和河，河對面仍是園區嗎？」

「算是，不過那裡還未開發，基本上就是野地叢林。我知道你在想什麼，我們不可能從那邊進出，雖然不像獵場那樣河中佈滿水雷和鱷魚，但情況也不會好到哪裡，監視器是基本配備，圍牆有通電，無人機三不五時會在那裡巡視，而且我懷疑那叢林裡還有設置別的東西，我從來沒看過有動物或園區守衛以外的人出現在那裡。」

「從來沒有？」他挑眉。

「從來沒有。」她確定的點頭，然後說：「而且對這些人來說，這些孩子才是最大的資產，我不認為那條河或那座叢林像表面上看起來那麼簡單。」

他插著腰，看著床上那些瓶瓶罐罐擺出來的地圖，「所以最簡單的方式，還是從正門進出？」

「對。」蘇舒深吸口氣，再道：「如果可以的話，我希望能安靜的出入，盡量不要引起任何人的注意。」

「照妳的說法，園區門禁森嚴，他們又把這些孩子當做重要資產，妳確定我們帶著孩子離開，守衛會輕易放行嗎？」

「所以我需要你扮成凱吉，他是高級主管，看到他，那些守衛說不定都不會檢查。問題在掌紋，我沒有他的掌紋，但如果你適時的發點脾氣，或許能矇混過去。」

聞言，達樂露齒一笑：「這妳不用擔心，我應該能弄到凱吉的掌紋。」

她一怔：「你能？」

「在船上的時候，我們不是掌控了安全系統？依照我對肯恩和阿震的瞭解，他們應該把所有東西都做了備份，我只要打一通電話，應該就能弄到。」他微笑開口：「只要有那數據資料，我就有辦法做出來。放心，我不會讓他們知道我在哪。」

「怎麼做？」她脫口再問。

「有一種特殊材料可以完全複製指紋和掌紋，將它固化做成假皮黏在手上。」達樂挑眉笑著說：「總之妳不需要擔心這件事，我想要過那園區大門應該是沒問題的，不過妳確定胖子凱吉現在人不在園區裡嗎？」

「在紅眼把七區搞得雞飛狗跳的現在？」蘇舒確定的道：「我認為他就算下了船，也沒空回來，八成在其中一處指揮中心試圖控制情況。」

「也對。」聞言，達樂笑了出來，伸手點著那些建物，做確認道：「大門、辦公室、教室、操場、籃球場、實驗室、圖書館、宿舍、浴室、餐廳、後院，所以我們現在就是要從大門這兒進園區，去學校，到教職員辦公室，確認資料，再去後方校區裡找到孩子，然後帶著他出來，對嗎？」

「差不多就是這樣，你有問題嗎？」蘇舒問。

「既然凱吉的老婆在這。」達樂挑了下眉，問：「妳得告訴我他的家庭狀況，還有他家在哪一棟？」

「我們不會去住宅區。」她說著，不等他回神已明白過來，道：「你不用擔心遇到他的家人，他老婆是個家庭主婦，平常都待在別墅區活動。他兒子是精英班畢業的，已經進入組織裡工作，沒意外的話也不會出現在校區。凱吉家在別墅區，C區12號。」

蘇舒指出大約的位置，達樂見了，再問：「凱吉是負責VIP郵輪的高級主管，他平常是從機場進出的，是嗎？他是有專車接送，還是自己開車？」

「開車。」她回答後，微微一愣，猛地抬頭朝他看去，「你覺得他把車停在機場？」

達樂笑看著她，說：「如果我和他一樣胖，就算能坐商務艙，但在搭飛機幾個小時甚至十幾個小時後，與其搭小計程車，我真的寧願自己開大車。」

她一怔，有些佩服的道：「他是有輛紅色的吉普車。」

「很好，那麼我想我們進園區前，最好先找到那輛車，開著他的車進入園區，會更容易取信於人，降低守衛的戒心。」

確實如此。

蘇舒點頭同意：「那輛吉普車很顯眼，要在停車場找到它應該不難。除此之外，還有別的問題嗎？」

說完，蘇舒緊張的朝那男人看去。

「沒有，扮胖子比扮皮包骨容易多了。」達樂掏出手機，飛快滑了兩下，秀出那位胖子凱吉的照片，挑眉說：「凱吉是這位吧？」

蘇舒嚇了一跳，「你怎麼拍的照片？」

「那支錶有許多功能。」他噙著笑告訴她：「我們特地讓妳走私它進去是有原因的，在船上時，我把所有人都拍了照。」

她愣住，就見達樂再道。

「別擔心，我把妳拍得很美，妳看。」

說著，他再次滑動手機，秀出她的照片給她看。

照片中，陽光從上方灑落，她直視著前方，看似平靜，眼底卻有著怒意。

她愣住，過了一秒才想起來，那是在溫室花房裡，當時他想去找大小姐，她本來想阻止他。

看著照片中女人眼底的怒意，她心下一悚，有些驚懼。

「妳以為妳藏得很好，對嗎？」

達樂抬手輕撫她緊繃的眼角，柔聲道：「但我想，妳已經到極限了，雖然有保命的本能，試圖麻痺自身的情感，但這些壓力與無能為力的愧疚感，長年層層堆疊著，早已快把妳壓垮了，所以妳在荷西想殺大小姐、想宰了我時，才會忍不住插手。」

她愣看著他，不知這人怎能將她看得如此透澈，可看著他的眼，她也才恍然過來，他明白，是因為他也有過相同的境遇。

他知道那是什麼樣的感受。

這領悟，讓蘇舒看著身前的男人，啞聲承認。

「我不想再感覺無能為力。」

「我知道。」達樂歪著頭，微微一笑，「妳不是無能為力的，我們都不是。」

她心微熱，只希望真是如此。

達樂看出她的疑慮，忍不住伸出食指強調：「嘿，關於易容，還有件事很重要，妳知道是什麼嗎？」

「什麼？」

「要相信，相信自己能成功。相信自己美得冒泡——」說到這句，達樂頓了一下，改變了聲線和表情，瞇眼擠出了雙下巴道：「或者是個看似和藹可親，實則奸詐功利的胖子。」

他那神情和凱吉如此之像，讓蘇舒一怔。

可轉瞬間，他又張開眼，揚起下巴，抬手撥開他垂落額頭的黑髮，挑眉擺出一個自信俊帥的模樣，用那雙黑眸看著她，壓低了聲嗓，沉聲道：「或深深相信，我就是帥到是個萬人迷——」

他這模樣和聲音，和那雙彷彿會放電似的眼，教她忍不住想往後退。

「等等，妳後退是什麼意思？」他見了不爽的朝她靠近：「我不迷人嗎？」

「不是、我不知道。」熱氣驀然上了臉，她脫口就道：「感覺有點可怕。」

聞言，他笑了出來，「所以是很迷人囉？」

蘇舒傻眼看著他：「我以為我剛剛說的形容詞是可怕。」

「所以妳臉紅是因為害怕？」

他說著又往她湊近，一雙黑眸深深的凝視著她，聲嗓變得更低沉誘惑。

眼前這男人根本妖孽一般，那雙眼、那神情、那溫熱的氣息，還有他整個人散發出來的氛圍與氣勢，害她心跳飛快、全身發軟，不禁滿臉通紅的伸手抵住他的胸膛：「OKOK，你很迷人，我承認你很迷人，別再過來了——」

達樂見了這才滿意的停下來，笑著道：「事實上，我覺得不管做任何事都一樣，想成功的首要條件，就是全心全意的相信，打從心底去相信，我可以完成這件事，我們可以。」

他莫名的自信，不知為何，竟教她平添了一點信心。

「當然，要完成一件事，不是光憑相信就能做到的，在相信之下的，是全面的思考和努力，所以，除了A計劃之外，我們還要有個B計劃。」

這話，教蘇舒一怔。

「B計劃？」

「計劃有時就是趕不上變化，為了以防萬一，我建議——」

他說著開始和她討論所有他想到的進出路線與實現的可能性。

蘇舒愣看著他，沒想到這男人竟能在短短這時間，就想到這麼多，顯然因為有許多易容當臥底的經驗，他的思緒與考量極其縝密，在兩人討論之間，她對這一切，竟真的漸漸越來越有信心。

原本她打算隨機應變的許多事，都在與他的討論之中，確立了應對的方式，所有曾經的模糊不清，全都紮實的有了確切的樣貌。

這一切是可行的。

幾個小時後，當他再次開口問。

「我們可以，現在，妳相信了嗎？」

蘇舒看著眼前的男人，不禁點頭同意。

✣ ✣ ✣

黃昏夕陽，穿透層層林葉。

一輛紅色的敞篷吉普車駛過一條鋪著平整柏油的大馬路。

女人駕著車，男人則坐在一旁，悠閒的將手肘橫擱在車門上，手裡拿著巧克力棒，邊吃邊看著路旁的風景。

馬路兩旁種植著行道樹，行道樹後方是一座廣大的叢林，坐在車裡，達樂能從風中，嗅聞到熟悉的味道。

行到途中，他伸出手，張開手掌，感受著。

那將一切曬得發燙的豔陽，潮濕的水氣，在叢林中照不到太陽的腐爛樹葉，動物濃重的體味，花與草、樹與河，所有的氣味全都混雜在一起，撲面而來，讓他想起兒時的舊日時光。

差別只在，叢林之中出現的這條現代道路。

這條路，維持的相當好，就算是告訴他，這路上星期才剛建好也不奇怪。天知道，路旁行道樹之間，甚至有著以太陽能發電的街燈。

大約十五分鐘前，兩人就已順利通過了園區大門，但周圍一直差不多是同樣的景象，然後忽然間，他在前方的叢林中，看到了幾棟拔地而起的高樓大廈，它們就那樣突兀的出現在蠻荒的叢林裡。

那群高樓越來越近，馬路兩旁的叢林，也開始消失，不知在何時被人鏟平，成了正在建設的工地。

這座園區佔地極廣。

身旁開車的女人說過，但這裡的規模還是遠超過他的想像。

眼前那些建築群，不只是幾棟大樓而已，那是一整座的城鎮，在城鎮外圍甚至有條環城的高架道路，一棟又一棟的辦公大樓矗立在其中，當她把車開上高架道路繞過大半建築時，他看見遠方她所說的工廠和住宅區，有些大樓仍在興建，進入城區時，他也一眼就瞧見街上大多是最先進的無人駕駛電動車在載人或送貨，路旁還有配備機械手臂的工程車在修剪行道樹。

商場大樓外面除了一般的LED螢幕，還有許多看板是更省電的彩色電子紙。

這地方先進又整潔，除了辦公大樓，還有警局、消防隊、公車站牌，一座城裡該有的都有。

難怪當年這女人被騙來這裡工作時，不覺得奇怪，這地方看來如此欣欣向榮，比一般的科學園區都更新穎，無論建築或街道都十分整齊、乾淨，就像座科技示範城。

「妳之前剛來的時候，這地方就已經是這番光景了嗎？」他忍不住問。

「沒那麼大，不過大致上已經有了規劃。」蘇舒看著他又咬了一口巧克力棒，懷疑這男人到底為何有辦法在這時還有胃口，但他還有一大袋，出門前她看見他袋子裡都是，她讓自己別多想，告訴他：「高架橋是後來才蓋的，所有的道路、建築，都是依照計劃建造的。」

她聲音聽起來十分平靜，但達樂注意到，她不自覺握緊了真皮方向盤。

他猜她想起之前在這地方的日子，據她所說，剛開始有好幾年，她幾乎像是被軟禁關在這地區。如果沒有意識到這件事就算了，可她那時已經察覺，對她來說這裡就是當初困住她的地方，不可能不緊張。

更別提，如今組織以為她死了，她若被人發現，想再逃出生天，恐怕難上加難，九成九會被扔到獵場裡，成為獵物。

可這女人明知如此，還是回到了這裡。

她要給倪文君一個好的結局，讓那女人最終仍能以命救了她的孩子。

他能夠理解，因為如此，更加愛她。

啊，Shit！他剛剛是想了什麼？

達樂心頭一震，他等著驚慌浮現，但當他注視著身旁這女人時，只感覺到一股暖流上湧，裹著心。

她一臉專注的開著車，黑髮隨風飛揚著，神情略微緊繃，可眼底卻有著不容質疑的決心。

那裏在心頭，奇異溫暖的感受，讓他不自覺揚起嘴角。

啊……啊……原來就是這感覺啊……

比喜歡更喜歡，喜歡到光是看著，就滿心歡喜。

原來是這樣，他終於知道，為何武哥和紅眼那幾個傢伙，老是愛傻笑了。

深深的，他吸了口氣，將視線從她臉上拉開，看著眼前這座城市，知道自己無論如何，都會想辦法保住她。

昨天早上，他收到了武哥的通知。

武哥簡略的說明了他的小小計劃。

達樂算好了時間，和她一起搭機過來。

兩人在機場下飛機後，找了間旅館睡了一夜，早上他換裝易容成凱吉的模樣，等時間差不多了，方再次回到機場，她很快在停車場找到了胖子凱吉的吉普車，他則輕易搞定了那輛車的防盜。

開著這輛囂張的大紅吉普車，他與她一路通行無阻，來到園區大門，在看見凱吉的車和臉時，守衛甚至沒有等他伸手驗掌紋，就已先按下開門的按鈕。

人臉辨識系統的存在，或許也是守衛如此輕忽的關鍵之一。

守衛轉過身時，達樂看見那守衛手中的平板，顯示著凱吉與倪文君的大頭照和資料。

在車子開進園區的那一瞬，她鬆了口氣，他也是。

雖然早已聽她說了許多，可這座園區如此先進，仍讓他有些意外。

在這之前，他還以為，這地方只是這遊戲組織中一個微不足道的邊緣區域，可在一路穿越整座科學園區時，他意識這裡的重要性可能比他先前所想的還要重要。

當她把車開到那座學校大門前時，他更是不禁挑起了眉。

那所謂的學校不只大門是鍛鐵雕花，還有兩座那伽巨蛇石雕，差別在這裡的那伽不像清邁的有五顆頭，這邊有七顆頭。

而在大門與長長的車道之後，有座噴水池，噴水池中央有座跳舞的濕婆像，然後才是她之前告訴他的學校建築，那是一座巴洛克風格的建築，不只有著多立克式的雄壯石柱，華麗的中殿還有三角屋頂，整個宛若希臘神殿，但在那之中卻又混合著在地神廟才會有的捲曲花葉石雕裝飾，從窗框到樑柱屋簷下都是如此，看起來有種詭異的華麗感。

「這是學校？」

「對。」蘇舒點頭，提醒他：「前面要驗掌紋。」

他看到了那台機器，在她提醒的同時，將手伸到車窗外刷掌紋，大門瞬間就動了起來，緩緩往兩側打開。

蘇舒把車開進門，一路穿越車道，有些緊張的舔著乾澀的唇，問：「紅眼的人開始行動了嗎？」

「嗯，紅眼的人已經進入獵場找到阿棠了，計劃趁晚上吃飯交班時進一步行動大鬧一場，把阿棠和他的小可愛弄出來，我們和那裡的時區差了大概三小時，算一算差不多就是現在。不過計劃趕不上變化，我也不能保證會不會有別的意外。」

她點點頭，深吸口氣，把車開進噴水池旁的停車場說：「我知道，這已經很好了，只要沒人注意到這邊就好。你還記得教職員辦公室的位置嗎？」

「當然，在第一排中間禮堂右側第二間。」他在她把車停好時，握住了她冰冷的小手，微笑道：「妳太緊張了，吸氣，吸滿，不要吐出來，我知道妳覺得不可能，但這時再吸第二次，讓妳的肺完全擴張，充滿空氣，然後從嘴裡齒縫中慢慢吐出來，這樣能讓心跳減緩。」

她聽了，不禁照做。

「很好，就是這樣，再一次。」他邊說邊一起吸氣，緩聲說：「吸氣，吸滿，再吸，然後從齒縫緩緩吐出來。」

她隨著他的話吸氣吐氣，竟清楚感覺到，飛快的心跳確實減緩了下來。

蘇舒轉頭看他，男人的外貌是凱吉的樣子，但奇異的是，當她看著他那雙溫柔的眼眸，竟好似也能看見他在面具下的神情。

他笑了笑，然後鬆開她的手，用那已經變得略微肥胖的大手，拍了拍她的手背。

「可以了，我們下車吧。」

說著，他開門下了車。

她深吸口氣，也開門下車，和他一起走向教職員辦公室。

雖然已是黃昏時分，但這時間學生仍在教室裡上課，校園裡一片寂靜，兩人走上階梯，即便是第一次來，他仍是一副熟門熟路的樣子，挺著一個大肚子，在走上階梯後就往右轉，經過第一間辦公室，很自然的走入第二間辦公室。

就像一般學校一樣，上課時教職員辦公室裡的人也不多，就只有三位沒課的老師在自己的辦公桌上批改試卷或為明天的課程備課。

看見兩人進來，其中兩個只抬頭看了一眼就再次低下頭去，另一個戴著眼鏡的男人站了起來，殷勤的朝凱吉點頭問候。

「哈特先生，今天怎麼有空過來？」

「當然是有事才會過來。」

蘇舒有些緊張，但達樂神色自然的回著，直接朝那人走去，朝他笑問：「可以借用一下你的電腦嗎？」

蘇舒原以為這老師會追問他要做什麼，沒想到不知道是凱吉的笑容看起來太嚇人，還是單純只是不想惹事，眼前的傢伙根本問都沒問，只飛快退開了一步，讓出了自己的位子。

假裝成凱吉的達樂見了，也沒再上前，只回頭用下巴朝她示意，要她上前使用電腦，邊淡淡道：「男的女的都行，年齡差不多就可以了。」

她面無表情的上前，飛快坐下，敲打鍵盤，輸入她知道的出生年月和血型，搜尋所有的學生資料。

下一瞬，符合的資料跳了出來。

同年同月同血型的只有七個，四個是男孩，三個是女孩，這數量有點太多了，比她預料的還要多，資料上除了大頭照，出生年月日和血型、身高、體重之外，還有近期的健康報告。

但她一見到那些大頭照就心頭一震，幾乎第一眼，她便認出了那個孩子。

「他們都是孤兒，對吧？」達樂開口問。

「是的，這七位都是孤兒。」眼鏡男聞言忙回。

達樂隨意的擺擺手，問：「這幾個孩子現在在哪上課？」

「現在？」眼鏡男有些緊張的推了下滑落鼻梁的眼鏡，道：「大班的學生，應該都在圖書館看書吧。」

蘇舒立刻站了起來，達樂見狀，搶在她之前，開口對那眼鏡男說：「圖書館就圓形的那棟吧？」

「是的。」眼鏡男識相的立刻轉身，試圖帶路：「就在旁邊這，請跟我來。」

她眼角一抽，本想開口婉拒對方，但達樂朝她微一挑眉，她見狀閉上嘴，他眼裡露出一絲笑意，讓她莫名有些惱，就見他舉步跟在那眼鏡男身後，走出了辦公室，她只好安靜跟上。

「我聽說最近校區有點狀況？」他挺著大肚子，學著凱吉走路外八的樣子，大步走在那眼鏡男身旁，狀似無意的閒聊著。

「沒有、沒有，一切都很好。」眼鏡男略顯緊張的舔著唇，然後忍不住問：「是有人說了什麼嗎？我想只是有點太小題大作了，上星期是有位學生搞了點小事，但您也知道，青少年難免有些頑劣的，我們已經火速管教過了。」

「嗯，青春期嘛，我想也是。」他點點頭，兩手插在褲腰袋裡，和身旁這傢伙一起下了樓梯，走向那棟矗立在草坪上的圓形圖書館。

「是是是，青春期就是這樣。」眼鏡男頻點頭，附和笑著說：「我們給了幾顆藥，現在已經穩定了。」

達樂學著凱吉的樣子和藹的笑了笑，「有穩定就好，我們做事就是要穩中求好，是吧？」

「是的、是的。」見他臉上那和藹可親的笑容，眼鏡男頭皮又一陣發麻，忙再點頭笑著：「要穩中求好、穩中求好。啊，到了，到了。」

說著，他忙把臉湊到圖書館門口的人臉辨識系統上，然後在門開後，就這樣伸手壓著門，讓兩人通行。

蘇舒有些無言，可這人真的就只是因為來的人是凱吉，就這樣輕易放行了。

圓柱形的圖書館中，播放著和緩的音樂，三到六歲的孩子們散佈在書櫃之間，或坐或站的翻看著書籍，其中一處高起的木台，還有個女老師坐在那兒拿著一本大大的繪本，和圍在她身前的孩子說故事。

若不是早知道這裡是什麼地方，達樂真會以為這只是一所高貴很貴的高級幼兒園，然後他一眼就看到了那個孩子。

小男孩年約五歲，靜靜的坐在落地窗旁的木頭地板上看一本大繪本，夕陽灑落在他粉嫩的側臉上，將他的黑髮映照成了金紅色，讓穿著白色蓬蓬長袖棉麻衣的他就像個小天使一樣。

雖然方才有瞄到電腦裡的照片，但真的看到本人，他還是愣了一愣，然後下一秒他猛地清醒過來，這小男孩和她太像了，孩子不能讓她帶著，那會引起人們的注意，想起當年孩子的生母是誰。

所以他趕在她動作之前，快步走向那小男孩，在他身邊蹲下。

「嘿。」

小男孩抬起白裡透紅的小臉看著他，一臉天真。

他露出和藹的笑臉，用英文問：「你好，我叫凱吉，你叫什麼名字？」

小男孩只是用那雙烏溜溜的眼睛看著他，沒有開口。

「他叫西瓦。」一旁皮膚黝黑、臉上有著雀斑的小女孩聽到他的問題，幫著回答：「他很笨，他不會說話。」

凱吉看了小女孩一眼，發現那是另一個孤兒，不禁朝她微微一笑，「是嗎？那妳很聰明嗎？」

小女孩見了他的笑容，像是想起什麼，膽怯的抱著書本退了一步，猛搖頭。

一旁的眼鏡男見了，忙上前道：「哈特先生，這孩子真不會說話，要不要換一個？」

「不用，不會說話正好，這個就行了。」說著，他朝那男孩伸出手，「來吧，西瓦。」

西瓦眼裡閃過一絲恐懼，一旁的小女孩見了有些緊張，嘴唇動了一動，張嘴想再說話，但這男孩搶先站了起來，把小手交到他手上。就是在這一秒，達樂領悟到，這孩子沒人們以為的那麼笨，他沒有錯過兩個孩子臉上的表情，和那幾不可察覺的眼神交會。

人們總是以為這年紀的孩子很傻很笨，可他知道不是。

他記得當年的自己。

有些人一輩子都很幸運，不需要為生存努力，有些人則不然。

像是他，還有這裡的孩子。

這裡的孩子會被管教，不聽話的需要吃藥，所以這群孩子才那麼安靜，才在看到陌生人進來時，每個都把臉撇開，不敢正眼看他，不像一般孩子那樣好奇張望，這裡的孩子們很敏感，比大人所知的更加懂得生存，才會有這樣的反應，那表示他們知道被單獨點名的通常都不會有什麼好事。

如果笨一點，或許還好，可這兩個孩子不笨。

把手交到他手裡的這一個，或許還特別聰明，或者特別勇敢，顯然很清楚若不是自己，就會是身旁那個試圖維護他的小女孩了。

去。

達樂握住了那冰冷的小手，挪動龐大的身體，牽著那小男孩，轉身朝外走

蘇舒站在他身後，臉色有些蒼白，但看起來還算冷靜。

達樂朝她揚起下巴，淡淡道：「就這個了，我們走吧。」

然後，他就這樣正大光明的當著所有人的面，牽著那個小男孩往外走，一路通行無阻的和蘇舒一起走到停車場，眼鏡男陪著笑臉一路相送，就在這時，突然間警鈴大響。

蘇舒一驚，眼鏡男一愣，達樂臉一沉，張嘴就叱道。

「愣在那做什麼？還不快去看看怎麼了！」

眼鏡男聞言不疑有它，乖乖轉身就往辦公室跑去，蘇舒立刻要開門上紅色吉普車，卻被達樂拉住。

「不是這輛！」他扔給她一把車鑰匙，「開前面那輛銀色的！」

她一怔，仍是接住了鑰匙，「你哪來的鑰匙？」

「辦公室桌上摸的，那傢伙的桌面就是那輛車。」他一把將男孩抱起來衝上

前去。

她沒再和他爭論，直接按下鑰匙的中控鎖，果然前方銀色轎車發出解鎖聲，她立刻跑去開那輛銀色轎車，她才剛坐好，達樂已經抱著男孩衝上了車後座，喊道。

「GoGoGo——」

蘇舒踩下油門，旋轉方向盤，從後照鏡中看到他拉掉了頭臉上的面具和假髮，當她把車開出校區時，聽到他笑著說：「可惡，看來校區的電腦雖然沒有連線，但安全系統有，胖子凱吉應該發現他出現在不該出現的地方了。」

說著，他在那男孩震驚的注視下，一邊幫他繫上安全帶，一邊嘻皮笑臉的脫掉了上衣和他的假肚子。

「嘿，別緊張，我不是壞人，是個好人，OK？前面這位美女叫蘇舒，是你的守護天使，而我是她的幫手達樂。先說好，你要是乖乖坐好，不找麻煩，我之後就請你吃烤雞和冰淇淋！否則我就得直接弄昏你了，同意？很好，不回答我就當你同意了。」

也不管男孩聽不聽得懂，達樂沒等那瞪大了眼的男孩反應過來，就又從假肚子中翻出一套保全的制服穿上，然後掏出手機按了幾下，幾乎在同時，後方花園和遠方就接二連三傳來了爆炸聲響，與此同時，校門口也發出爆炸巨響。

下一剎，那扇鍛鐵雕花大門就這樣倒了下來。

蘇舒被嚇了一跳，有些傻眼，但可沒傻到停下來，只是踩著油門，直直衝了出去：「你什麼時候弄的？」

「我們剛剛進來刷掌紋那時，我順手扔了一個小的炸藥在門邊。」

他邊說邊在後座繼續脫掉肥大的長褲，讓她不敢相信的是他裡面竟然還直接穿著另一條褲子。

「其它地方呢？」她旋轉方向盤一個甩尾，朝北區最近的出口衝去。

「就一路開車進來的時候啊。」他笑著抓住車門上的把手在她甩尾時穩住自己。

蘇舒聞言一驚，這才知道為何他從頭到尾就把手掛在車門外。

「我以為我說過我希望能夠安靜的進出！」她有些火大的操縱方向盤，心跳飛快的查看後照鏡，擔心有追兵追上來。

「那是A計劃，記得嗎？我有說過若有意外，我們得有B計劃。」他笑著開口。

蘇舒忍著氣問：「我不記得B計劃是炸掉這裡！我以為B計劃是我們撤退到凱吉家，等到晚上再出城！」

「因為這不是B計劃，是最新的D計劃，B計劃是假設凱吉沒有發現有人假扮他，我們就撤退到他家逮他老婆來護駕，但現在不是這情況——」

「你並不知道現在是什麼情況！」這話讓她一把火冒了上來，開口怒斥。

「我當然知道。」他笑著掏出另一支摸來的手機給她，「喏，眼鏡男放在辦公桌上的手機，上面顯示最新的警訊要人抓住園區裡的凱吉．哈特，妳自己看。還有麻煩前面停個車，如果妳不想曝光，我們得換人開車。」

蘇舒一驚，猛地踩下煞車，同時接住他扔到懷中的手機，她低頭一看，就看見那條警示訊息，確實如他所說。

她低咒一聲，再回神他已經下車繞到前面來，打開了她這裡的車門，還塞了一頂帽子和墨鏡給她。

「別下車，直接坐到那邊去，帽子戴好、墨鏡戴上。」

蘇舒沒有和他爭辯，二話不說就爬到隔壁的座位，戴上帽子和墨鏡。

他一屁股坐上車，踩下油門，往前駛去。

蘇舒深吸口氣，要自己冷靜下來，在高速行駛的車輛中問：「OK，好，這是你的D計劃，所以，現在你打算要怎麼把我們都弄出去？炸掉北區大門嗎？」

「我是很想啦，但那樣會有一長串的跟屁蟲追著我們吧？哈哈哈哈——」

蘇舒一陣無言，卻發現他沒將車開得飛快，反而放慢了速度，甚至遠離了北區大門，就見他在街上東繞西轉。

「喂，你想幹嘛？」她吃驚的低問。

「等等啊，我找個東西，我記得我剛剛有看到，啊，有了，在那兒。」說著，他伸手朝車窗外的一條小巷子扔了一顆煙霧彈，往前又駛了一段距離後，就道：「好了，在這等我一下。」

話未完，他已經在路邊停下了車，沒等她回話就開門下車，往後方跑去。

蘇舒吃了一驚，沒來得及阻止他，那男人根本也沒讓她有機會阻止，她本想跟著下車，但男孩還在車後座一臉驚慌的看著她，才一個遲疑，她就看見那傢伙已經小跑步進了後方那棟建築，下一秒，接二連三的消防隊員跑了出來，衝上前查看那條冒煙的巷子，她這才慢半拍的發現他進去的那棟建築竟然是消防隊。

沒多久一輛又一輛的消防車就開了出來，更讓她傻眼的，是最後一輛消防車沒往那巷子去，反而往這裡開了過來，然後停在轎車旁，開車的人穿著消防隊的衣服和配備，但那不是別人，是達樂。

一眼看見是他，沒等他喊，她已經飛快爬到後座，解開男孩的安全帶，帶著他下了車，在消防車停下來時，火速開門將男孩抱了上去。

她還沒坐穩，達樂已經踩下油門，駕著這輛消防車，響著救火的警報，亮著刺眼的紅燈，一路往城外駛去。

當他把消防隊的帽子遞給她時，她二話不說就戴到頭上，讓兩人意外的是，當他們接近園區大門時，坐在中間的小男孩，非常識相的自己蹲縮了下去，把自己藏起來，沒讓人看到。

城外早已被他放的炸藥炸得大火直冒，園區大門的守衛甚至都沒有試圖攔下這輛車，直接開門就讓這輛消防車開往前方去救火。

他一路駛過熊熊燃燒的森林時，夕陽已完全西下，她回頭看，看到那烈燄大火和紫紅色的霞光混合在一起，好似將那座園區也燃燒了起來，但在那之中，她聽到遠處傳來消防車的警報聲，顯然有更多的消防車趕了過來，他一過大火處就把警示的紅燈關了，但這輛紅色大車仍有些顯眼，到這時，她已經不再懷疑他的能力，她猜他也早已有了打算。

果不其然，沒多久，前方就有輛車迎面而來，看到那輛車，原先已爬回座位上的男孩為之一驚，默默又要轉身縮回座位下，但達樂抓住了他的肩膀，阻止了他。

蘇舒有些緊張的朝他看去，卻見他一臉鎮定，只摸摸男孩的頭，慢慢的把消防車停在了路邊。

那輛車停在了另一邊，車上下來了幾個男人，身上都和他一樣穿著消防隊的制服，戴著消防隊的裝備。

看著那幾個走來的男人，蘇舒終於領悟到一件事。

「你說謊。」

達樂看著她，黑眼瞇瞇的，半點也沒有不好意思的點頭承認，笑著說：「嗯，我說謊。」

她心跳飛快，啞聲再說：「你一直有和紅眼保持聯絡。」

「差不多吧。」他瞅著她，歪著頭，噙著笑道：「我知道妳不相信紅眼，或許也不太相信我，我得先說服妳相信我，所以我只能說謊了，當我知道妳想做的事，是把這小鬼救出來時，我知道就算我不想，我也得和紅眼的人連絡，畢竟要來這鬼地方，不找後援真的太太太自大了，而我真的沒有這麼自大，也沒這麼蠢。」

他歪頭時，一綹黑髮落了下來，她看見他烏亮的黑瞳中，有著一絲自嘲的笑意。

「不過，我還是很高興，妳願意相信我，讓我感覺就像個超人。」

一時間，她不知該說什麼，各種情緒在她腦海裡奔騰，惱怒、羞窘、憂慮、恐懼、擔心、害怕——

「別怕，啊可惡，我又說了，哈哈，唉，說了沒用的，我知道。」他笑著輕咒一聲，嘆了口氣，看著她道：「好了，下車吧。我和武哥說好了，那輛車就給妳，其它的行李都還在旅館裡，妳想回去拿也行，想直接離開也可以，放心，等我回去後，會確定沒人跟著妳。」

「回去？回哪裡？」她慢半拍的醒悟過來，瞪著他問：「你要回園區？你想再扮成凱吉？你瘋了嗎？你拿他的臉招搖撞騙，無論他人在哪裡，他都會用最快的速度趕回來的！」

「不是凱吉。」達樂低頭對著因為她揚高的語調有些嚇到的男孩微笑，伸手拍拍男孩的腦袋，道：「嘿，別擔心，她平常脾氣沒那麼壞的，她是你的守護天使，這世界上，你最不需要害怕的人就是她，OK？」

男孩看著他，再朝她看來，她一時間有些窘，難以面對那純真的視線，不覺撇開了視線，卻聽到那男人開口道。

「這小鬼很幸運，有妳這個守護天使，所以才在這裡，可是那裡還有其他孩子，對吧？」

聽到這，她這才明白，這男人打算回去救其他孩子。

「他們有父母的。」她有些惱，忍不住脫口。

「不是每一個都有。」他扯了下嘴角，「那裡有孤兒，就像我一樣。」

這句，讓她渾身一震，不禁再次朝他看去。

可惡，她知道，該死的她真的知道！

蘇舒震懾的瞪著眼前的男人，一時間只覺得又怒又惱，脫口就道：「你打算怎麼做？帶著這票人就這樣回去？你知道那裡到處都有監視器！我們剛剛能順利出來根本就是個奇蹟——」

他聞言，只笑著打斷她：「嘿，我進去時沿路在變電箱上扔了炸藥，爆炸時炸掉了那附近的變電箱，讓那裡的監視器都暫時失效了，但還是謝謝妳的稱讚，真高興妳覺得那是個奇蹟，我很想告訴妳我接下來的計劃，不過那幾乎表示妳會再次被拖下水，我想那並不是妳的打算吧？」

蘇舒一震，瞬間啞口，猛地回過神來。

沒錯，那並不是她的打算，可在這時，她卻遲疑了，明明她應該立刻帶著孩子走人，她卻只能僵在當場瞪著眼前這男人，只覺各種情緒充塞心胸。

看出她眼裡的掙扎，達樂不自禁的試圖抬手輕撫她的臉，卻又在半途停了下來，反手耙過汗濕的黑髮，自嘲的笑道。

「欸，可惡，去吧，快點帶着這小鬼走開，去過他該有的太平日子。」

聞言，蘇舒心一緊。

消防車的門，在這時被人打開了。

她沒有動。

達樂見了，微笑嘆了口氣，提醒。

「記得嗎?倪文君該有個不一樣的結局。」

是的，那女人該有個不一樣的結局，她需要這個孩子待在安全的地方，過著太平的日子，才不愧對那又傻又天真，卻善良又可愛的女人。

那是過去這些年，她一心一意，唯一的願望，是她活下來的原因。

「妳得讓這孩子活下去。」他笑著柔聲再說：「去吧，好好活著，幫我請他吃些烤雞和冰淇淋。」

這一刻，她知道她不可能改變他的決定。

這男人已經打定了主意。

他要幫紅眼那群人，幫紅眼那神經病老闆拆磚拆牆，毀掉那邪惡組織，即便那是個不可能的任務，他仍要繼續。

他是個好人。

她不是。

蘇舒惱怒的瞪著眼前這頑固得很該死的男人，帶著男孩轉身下車。

門外其中一個男人把車鑰匙給了她，她接過鑰匙，穿過馬路，和男孩一起上了那輛車。

坐上駕駛座時，她看到其他人已經爬上了消防車，熟門熟路的待在他們各自應該待的位子，他發動引擎駕著那輛消防車在前方迴轉，經過她身邊，如來時一般，他把手擱在車窗上，一臉輕鬆自在的對她揚起嘴角，揮了下手。

那模樣，活像他只是要開車出去玩，而不是前往那困了她好幾年的邪惡園區。

她不敢相信，但他就這樣笑著拉回了視線，看向前方，載著那一車和他一樣瘋狂的傻子，堅定的朝前駛去。

莫名的惱火湧上心頭，讓她一腳踩下油門，握著方向盤，倒車迴轉，朝反向離開。

第十四章

月明星稀。

她沒有回去旅館，太冒險了。

園區一出事，一定會有人搜索機場附近，她清楚官方機構不能信任。

以金剛結編織的黑色手環沉甸甸的掛在她左手手腕上，離開清邁前，她把他給的那些易容材料藏了起來，她只要想辦法找到地方賣掉手上的黃金，帶著這孩子離開這個國家回到清邁，就能透過達樂之前告知她的資訊，去弄到孩子的假證件搭機離開。

那男人真的什麼都幫她想好了。

她一路往北開，只在途中停下來買了簡單的食物和水。

男孩一直很安靜也十分配合，她給他吃的他就吃，給他喝的，他就喝。

整個晚上，他都很乖，只有一次在忍不住時，輕觸她的手臂，她回頭朝他看去，看到他有些害怕的縮回了手，往後退縮，她不知道他想幹嘛，這孩子不會說話，然後她看到他夾緊著雙腿，雙手壓在腿上，整個人機靈的抖了一下，她才猛地意識到他想上廁所。

「抱歉。」她脫口就用英文道：「我馬上幫你找廁所。」

可前方一眼看去都沒有建築，她已經連開了好幾個小時的車，早就遠離了園區，眼前這條路連個路燈也沒有，道路兩旁漆黑一片都是荒野，大半夜的，就連對向來車都沒一輛，男孩忍不住又碰了她一下，知道他忍不住了，她乾脆把車快快停在路邊。

車子一停，他就飛快開門跳下了車，鑽到了樹林裡。

見他蹲在樹叢中尿尿，她沒有下車，就坐在車上等著，一邊查看地圖，看離國境還有多遠，手機顯示她再開兩小時，就能夠離開這個國家，這孩子沒有證件，過海關可能會有點麻煩，但孩子小，車上能藏的地方很多，應該不會有太大問題。

思及此，她抬頭朝那孩子所在的樹叢看去，卻沒看到應該存在的身影。

她一怔，低咒一聲，慢半拍的才開始擔心他可能會趁機逃跑，畢竟從男孩的立場來看，她才是突然冒出來綁架他的壞人。

蘇舒有些心驚的抓著手機，匆匆下了車。

「喂！嘿！西瓦——」

男孩沒有回答，四下一片寂靜，出了身後車燈發出來的光亮，到處一片黑暗。

「西瓦？西瓦！」

她快步跑進樹林裡，在林子裡四處張望尋找，但無論她往哪看去，都沒看到活動的人影。

該死！

「西瓦！這裡前不著村後不著店，林子裡可能有蛇，你別亂跑，好嗎？西瓦？」她不是故意想嚇他，但她真的不希望自己是對的。

可惡，她甚至不知道他聽不聽得懂她說的話。

蘇舒往林子深處走去，打開手機的手電筒四下探看，但還是沒有看到男孩。

別急，他不可能跑太遠的？不是嗎？五歲的男孩能跑多遠？

該死，達樂八歲時就聰明到能找出地雷了！而且那孩子是被基因改造過的，那些被改造過的孩子都出奇的聰明——

Shit！這一點幫助也沒有！

她把那男人的臉從腦海中推開，壓下心慌和恐懼，停下在林子裡亂走亂跑，站在原地，閉上眼，注意聽。

四周除了蟲鳴之外，沒有別的聲音。

她只聽到自己的心跳和急促的呼吸。

剛剛她查看地圖也沒多久，他不可能走得太遠，他才五歲而已，而且他很害怕。

她想起自己當年被送到孤兒院裡的反應，想起當年自己的恐懼，跟著想起達樂對男孩說話的樣子，他從來沒有把那孩子當做笨蛋，因為孩子不是笨蛋，她知道，她記得。

舔了下嘴唇，蘇舒告訴自己，冷靜下來，然後看著漆黑的叢林，張嘴開口，盡力溫和的道。

「我知道你很害怕，對不起，我不是故意的，我叫蘇舒，我是……我是你母親的……朋友……」這話讓她喉微哽，但想起倪文君那開心的笑容，她啞聲重複：「我們是朋友，那所學校，那些大人，不是好人，他們欺騙了我們，我和你媽媽，所以我才找人幫忙把你帶出來，因為我們希望你能平安長大……」

她張著嘴、喘著氣，看著黑夜叢林，四周還是一片安靜，這一刻好似連蟲鳴都消失了。

有那麼一瞬間，她覺得自己蠢到了極點。

挫折、恐懼、沮喪、憤怒佔據了她。

她抬手抹過疲憊的臉，感覺全身酸痛又乏力，這一刻，這世上好像只剩下愚蠢、白癡又無能的自己。

這個她應該要保護的男孩，可能會在林子裡失足跌倒，摔落山澗，被蛇咬、被野狗攻擊，或迷失餓死在這座叢林裡——

思及此，她挺起肩膀，深吸口氣，再次舉步，重新再次在林中喊著男孩的名，用手機手電筒微弱的光源尋找那小小身影。

「西瓦！西瓦——」

穿越著黑暗的叢林，嗅聞著腳下腐葉的味道，她一邊擔心那男孩，一邊惱怒的責怪自己到底在幹嘛？

她早就應該要停下來，找個地方好好和這孩子說清楚，就算他不會說話，也不表示他真的是個笨蛋，她不知道他哪裡出了問題，她不記得倪文君提過這孩子哪裡有殘缺，但或許因為那時他還太小，所以看不出問題？她不曉得，她沒當過母親，那女人結婚後，她甚至沒和她說過幾次話。

在這之前，她原先的打算，就是把孩子救出來，然後將他安全送回臺灣，交給倪家親戚，留一筆錢給他，讓他平安健康的好好長大。

「西瓦！西瓦——」

蘇舒心跳飛快的喊著男孩的名字，擠過另一叢低矮樹叢，沿著車子的反方向，往外輻射地毯似的搜尋著，腦海裡飛快的思緒卻仍停不下來。

她要讓倪文君活得值得、死得值得。

像那樣的好人，應該要有一個好一點的結局。

這些年，她就是靠這個念頭撐下來的。

好不容易，她終於救到了這個孩子，結果呢？她竟然過了好幾個小時，連最基本的好好和他解釋自己是誰，為何要帶他出來，想要帶他去哪裡都沒說。

因為我得先帶他逃命！得先離開那地方！

她在腦海和自己爭辯，可內心深處，她卻清楚，即便她自始至終都沒有回頭，一路開車北上，往著國境邊界駛去，但過去這幾個小時，整個晚上她滿腦子都是離開時，從後照鏡中看到的景象。

鮮紅的消防車，亮著刺眼的紅燈，義無反顧的一路衝向那熊熊燃燒的烈燄。

那是自找死路。

在組織裡待了那麼久，她很清楚這個組織有多恐怖、多龐大，深入多少企業與國家，掌控了多少資源和權利，那實實在在就是個帝國，無人能敵的邪惡帝國。

那男人很清楚，所以他才會帶她到那座大佛塔下，和她說那些話。

人們可以一磚一石的往上蓋，就能一磚一石的拆掉它……

她原以為，他會在到過那座幾乎不存在地圖上的園區城市後，打消那個念頭。

他看到了那座科技城市，也到過那艘誇張的豪華郵輪，他清楚獵人遊戲的殘酷——

可她仍能看見，那男人在笑，笑著在夕陽餘暉中，開車駛向那正在燃燒的火海煉獄之中。

那裡有孤兒，就像我一樣。

他的話，輕輕響著。

她也是孤兒。

可和他不同，顯然她把自己的人生，過得一團糟。

驀地，她腳下一個沒注意，被倒下的樹枝勾到，整個人往前摔倒，雖然在最後一刻，她及時伸手撐住了自己，沒摔成狗吃屎，可跪倒在地時，看著前方張牙舞爪的黑暗森林，她卻更加痛恨起自己。

暗黑的叢林裡，晦暗不清，只有幾束月光穿透下來。

跪在潮濕腐爛的草葉裡，蘇舒大口大口的喘著氣，仍壓不下充塞心中的悔與痛。

她自以為聰明，為了賺錢，未經查證就聽信了別人的言論，跑到海外工作。為了自保，所以她棄朋友於不顧，可到頭來，自己仍深陷其中無法脫身。因為想要活下去，才把拯救那個孩子當做理由、當做藉口，對需要幫助的人視而不見，助紂為虐的做出許多她不該做的事。

結果到頭來，她連這個孩子都顧不好。

不自禁的，蘇舒嘲諷的笑了出來，淚水卻也跟著奪眶。

媽的！她就是個自私自利、膽小愚蠢、貪生怕死的傻瓜！

如果當年她願意和倪文君開口，或許事情早就有了轉機，如果她和達樂一樣，不要那麼膽小、別那麼自私，願意握住那隻朝自己伸出的手，是不是情況就會有所不同？若是她早早就接受他的幫助，願意相信他、相信紅眼，那個孩子或許早就已經身處安全的地方……

不找後援真的太太太自大了，而我真的沒有這麼自大，也沒這麼蠢。

可她就是那麼蠢，因為她無法相信別人。

除了他。

在那個當下，她就已經明白了自己的堅持有多愚蠢，但那一瞬間，她只覺得惱怒，還有恐懼。

排山倒海的恐懼如巨掌當頭壓下，死死攫抓住了她。

她不想留在那裡，害怕再次被困在那園區。

當園區的人發現達樂假扮的凱吉時，她就和他在一起，凱吉很快就會發現達樂不是一個人，有個女人和他一起出現，那個女人是早就該在船上死去的她。

這個事實讓她害怕，無比的恐懼揪抓著心頭，過去這些日子感受到的自由，瞬間再次被剝奪，就是那一瞬，她才發現原來她竟然曾經覺得自由。

她害怕失去那個終於找回來的自由。

所以她跑了，帶著那孩子頭也不回的離開。

可一路上，她只能想著過去幾天那男人的所作所為，他不言而喻的溫柔、他溫暖熱情的懷抱，他爽朗開懷的笑……他讓她可以輕易開口要求幫忙，提供所有他能提供的資源給她，那男人即便到了最後，也依然給了她充足的理由，讓她可以逃跑，讓她能繼續擁有自由。

可她卻搞丟了那個孩子，就連那個孩子都保護不好。

這一生，她一事無成，也一無所有。

她沒有足夠的勇氣，沒有足夠的信念，所以才會落到如此的境地。

跪坐在原地，看著前方那一束束灑落黑暗的月光，她再壓不住堆疊在胸腹中的痛，那痛猶如岩漿一般往上蜂擁而出，化為滾燙的淚成串滑落。

她的人生，也曾有光。

一道美麗又燦爛的光。

那光保護了她，安慰了她，給了她自由與希望。

那男人是好人，不可思議的竟然喜歡上了她，但她卻因為恐懼害怕就跑了。

事實是，如果可以，她想要，很想要幫他，她很清楚那座園區的情況，比他清楚多了，她也想要當一個好人……她想要……

很想很想，成為一個像他那樣的男人，會真心喜歡上的女人。

她想要和他，真的能成為我們。

這個渴望如此強烈，佔據了她全身上下。

因為如此，那個想要掉頭回去的念頭一直在心裡湧現，但多年來對組織的恐懼深植於心，卻也因此更加擔心他的處境，不斷的想著，如果她和他一起，是不是他活下來的機率會更高？若是如此，紅眼會不會真的有可能毀掉那個邪惡帝國？可她怎麼敢賭？況且她是什麼？不過是組織裡多一個不多，少一個不少的一粒沙，她又能改變得了什麼？再說她早就把她知道的事都說了，她在不在都沒差，不是嗎？

不是嗎？

這些念頭一再上湧，一路上她不斷的在掙扎，才會忘了該好好照顧那個男孩。

這一刻，止不住的淚如泉湧，蘇舒低著頭，抬手遮住淚眼，卻只感覺到難以忍受的悔恨苦痛再次充塞全身上下。

事到如今，當她再次把事情搞砸，她才明白自己真心想要的，究竟是什麼。

她想回去，想去找那個男人，她想去幫他，即便有可能會失去自由，喪失性命，她還是想去，去和他在一起。

她不想活得這麼可悲，如此可憐，她不想再活得如此無能為力。

她想和他一樣，試著掌控自己的人生。

試著，成為某人生命中的一道光。

如果再給她一次機會，若能再給她一次機會——

驀地，一隻小手，輕觸了她的臉一下，打斷了她的思緒。

蘇舒一怔，猛地抬頭睜眼，就看見男孩不知何時，來到了在眼前，他全身上下都是泥巴與樹葉，骯髒的小臉看起來萬分狼狽，一雙黑眸透著複雜的情緒，混和著些許害怕、恐懼、憂慮，還有一絲……勇氣。

是的，是勇氣。

男孩看著她，張開了嘴。

「我很抱歉……」他吐出稚嫩的聲音，看著她的臉，含淚小小聲的用英文道：「我不是……我沒有逃跑……我癲癇……發作了……」

蘇舒不敢相信的看著眼前的男孩，愣愣的脫口：「你會說話？」

他點點頭，吸了吸鼻子，啞聲道：「我知道他們不是好人……他們……那些人……」他遲疑了一下，不知該怎麼解釋自己的情況，然後他鼓起勇氣，抬起那隻小手，觸碰她的額頭。

蘇舒本能的想縮，但她忍住了那個衝動，然後下一瞬間，她腦海裡忽然浮現一個顫動的黑暗畫面，有個人影在森林裡奔走呼喊著男孩的名字，她慢了半拍，才意識到那個人是她。

畫面抖顫不停，光線從後而來，男孩想伸出小手想叫住離得越來越遠的她，卻做不到，他發作時就倒在車旁不遠處的水溝裡，因為往下凹陷的關係，草叢和溝邊的大蟻窩完全遮住了他，加上車燈太亮，反而讓太近又下陷的溝裡更暗，讓以為他逃走而急著追人的她完全錯過了就在腳邊不遠處的他。

別走別走，我在這……

好恐怖、好可怕……嗚嗚是我的錯，是我活該……

她感覺到男孩的恐懼和自責。

就是這一瞬，她意識到自己看到了男孩曾看到的畫面，曾有的感受。

跟著下一秒，整個畫面忽然大亮變白，霎時間，她已在一間潔白乾淨的實驗室裡，不像先前的畫面顫動不停，這個畫面十分平穩明亮、無比鮮明，幾乎像是立體實境一般佔據了她所有的視線，她可以聞到藥水和消毒水的味道，可以看見前方有著一個又一個的孩子，男孩與女孩們排著隊，坐在不同的房間裡，有些人頭上包著紗布，有些人被剃光了頭，有更多人的紗布則纏在身體上，然後不管是哪種人都被抽了一袋又一袋的血，一袋再一袋的血，電腦螢幕上有著許多圖片，顯示著不同人的身高、體重、血型，進行著快速配對，並安排開始手術的日期時間——

然後輪到了她。

不，是西瓦。

他們也抽他的血，很多很多的血，每隔幾天都會抽一些，但他從來不曾被配對成功，然後他們不再大量的抽他的血，反而每天開始叫他去一個房間又一個房間，不同的器具、不同的實驗，他們讓他吃藥、打針，讓他操作一些儀器，讓他的頭很痛，很痛很痛，痛到倒地抱頭尖叫。

他很痛，很痛很痛很痛很痛很痛——

他好害怕，好怕好怕好怕好怕好怕——

那疼痛與恐懼如針戳火燒，教她都忍不住喊了出來，各種畫面在她腦海裡快速交錯飛閃。

手、腳、內臟、器官、血——

電腦、機械、線路、無數人的臉孔——

眼、耳、鼻、肉塊、爪子、毛髮、手術刀——

刺眼的光線、五彩斑斕的液體、成千上萬的數字字元——

太多的畫面、太多的資訊和聲音、氣味快速充塞腦海，就在她痛得快受不了時，男孩飛快抽回了手，可即便如此那股難以扼止的疼痛，還是讓蘇舒趴地彎腰吐了出來，她渾身顫慄，卻止不住那噁心和惡寒，只感覺到冷汗直冒，只能抖顫地喘著氣、驚恐萬分的抬眼看著眼前的男孩，男孩往後退了一步，像是做錯了事那般，將雙手緊緊交握在身前，一臉抱歉的含淚看著她，頻頻道歉。

「對不起……對不起……」

蘇舒不敢相信自己感受到和看到的東西，男孩不瞭解，並不真的瞭解，可她明白，這一瞬間，終於明白，過去那些困擾她的問題終於都有了答案。

那一切，讓她既驚又怒。

「不用，別和我道歉——」見他害怕的後退，她匆忙朝他伸手，將那孩子擁進懷中，含淚柔聲道：「別怕，沒事的，不是你的錯……不是……」

她不曉得之前怎麼沒想過，然後她領悟過來，因為以前她總不敢讓自己去深想，她告訴自己那些人對孩子很好，他們想創造新世界，這些孩子是新人類，是未來的希望，但即便經過基因改造，孩子還是不可能每一個都十全十美，總是會有不如人意的。

除了精英資優生之外，還有普通的，不被需要的——

孤兒。

所以，他們成了新鮮的血袋，成了備用的器官，成了實驗體。

對組織的恐懼在這瞬間全都化為滿腔的怒火和對懷中男孩無比的歉疚。

「對不起，我很抱歉……」淚水再次奪眶而出，蘇舒淚流滿面的擁抱著這個受盡苦難的孩子，渾身直顫、內疚萬分的道：「對不起……我不該拖那麼久……」

被緊緊擁抱的男孩大大的喘了口氣，淚水也流了下來，他可以感覺得到她的情緒，那真實而溫暖，萬分強烈的感情，愧疚、痛苦、恐懼……那些他說不清楚、講不明白的東西，她也有，和他一樣。

昨天在圖書館看到這兩個人時，他一開始很害怕，可當男人握住他手的瞬間，他就知道了，那個男人和其他大人不一樣，後來當這個女人抱著他上消防車時，他曉得這個女人也不一樣。

他們和他接觸到的大人都不一樣。

這兩個人，沒有想要利用他。

癲癇發作時，他看到她一直在找他，聽到她說的那些話，感覺到她真實的情緒波動輻射而來。

恐懼、後悔、自責、傷心……

如他一般。

因為如此，他才鼓起了勇氣，朝她走來。

西瓦唇微顫的，含淚開口吐出多年來不敢和人說的話。

「他們……讓我吃藥打針……後來我就能……能感覺到……很多事……可以做到一些別人做不到的事……」西瓦淚流滿面的，在這溫暖的懷抱中，哽咽說著：「我不敢、不敢說……我知道不能說……說了會被要求吃更多藥、打更多針、做更多事……所以我不說話……」

蘇舒心頭一緊，只能啞聲道：「你做得很好──」

可話一出口，心更痛，因為他沒說，所以他被當成了無用的孩子，遭受到更可怕的對待。

那些可怕的遭遇，讓她喉一哽，將這孩子抱得更緊。

西瓦一路上都感覺得到，他知道她和那個男人都不一樣，感覺得到她的情緒如他一般，所以他才沒有逃跑，他和她一樣想離開那個地方，那個恐怖又可怕的地方。

「我很害怕……」他悄悄的吐出心中的恐懼。

「我知道。」蘇舒抱著懷中淚如雨下顫抖著的男孩輕輕搖晃：「沒事、沒事了，我不會再讓任何人傷害你。」

這溫暖的話、那熱燙的情感，嚴嚴實實的裹住了他。

西瓦知道這個女人說的是真的，那個男人說的沒錯，她是他的守護天使。

但也因此，讓他更加難過，內疚。

「可是……可是……」豆大的淚止不住的滾落，他嗚咽著說：「雷玟……雷玟還在那裡……我丟下了她……」

蘇舒聞言一怔，幾乎在瞬間，明白他在說什麼。

那個小女孩，那個曾試圖想要保護他的女孩就叫雷玟，她在辦公室看過那女孩的資料，她也是個孤兒。

西瓦趴在她肩頭上，害怕又愧疚的哭著道：「我發作時……聽到……聽到雷玟在哭……她配對成功了……她很害怕……雷玟……雷雷沒有守護天使……她沒有……她沒有哇啊啊啊……」

說到這裡，他再忍不住積壓在心中的恐懼，放聲大哭。

蘇舒擁抱著懷中哭到停不下來的小男孩，心頭無比熱燙，淚水再次奪眶。

她明白他的內疚，瞭解他的懼怕，因為她也一樣。

可如今，她雖然還是恐懼、還是害怕，但憎恨與憤怒更如烈火一般在心中熊熊燃燒著，方才這孩子讓她看到、感覺到的，教她再也無法忍受。

人人生而平等，這就是句鬼話，生為孤兒，她知道也很清楚，這世界本來就不公平，在這之前，她一直告訴自己，她能接受這件事。

世界本來就是殘酷的，這就是現實。

她知道，真的知道。

被騙是她蠢，被當成獵物的人很倒霉，但沒辦法，這是命。

生而為人，有時候就是會做錯選擇、走錯路，做人不是贏就是輸，勝者為王敗者寇，這世界就是這麼糟，現實就是如此殘酷。

做人要認清現實，才有辦法活下去。

她瞭解，她對這一切無能為力。

她選錯了，她認。

可發生在這些孩子身上的事情，太過令人髮指！

人生本來就不公平，但就算是孤兒，也該有生存的權利，也該有往上爬的機會，可這些孩子被剝奪了所有可能，甚至不被當人——

這一切不公，只讓一直以來控制著她的恐懼全都化為滿腔怒火。

到這時，她方瞭解到，自己真正該做，真正想做的事是什麼。

在這惡夜叢林中，蘇舒看著那一束束灑落黑暗的月光，跪在滿是腐葉爛泥的林地上，緊擁著這勇敢的男孩，拍撫著他的背，開口告訴他。

「別擔心，沒事的。」蘇舒抹去臉上的淚水，沙啞但堅定的說：「雷玟有守護天使的，她有的。」

西瓦聽了，不禁滿懷希望，抽泣著問：「真的？」

「真的。」蘇舒含淚保證：「我知道到哪裡去找守護天使。」

她放開男孩，拭去他臉上的淚水，告訴他：「但雷玟的守護天使需要幫忙，那表示我把你送到安全的地方之後，需要暫時離開你一陣子，可以嗎？」

西瓦瞪大了眼，一張小臉燃起了希望，但眼裡也興起了些許的恐懼，不過他還是勇敢的點了點頭。

「可以。」

她深吸口氣，強迫自己對男孩露出微笑，含淚啞聲道：「你是個勇敢的孩子，就和你媽媽一樣。」

西瓦微微一愣，小嘴囁嚅了一下，最終還是沒有開口。

蘇舒看出他的想法，起身朝他伸出手，「來吧，我們回車上，我告訴你關於你媽媽的事。」

他仰望著她，這一回，毫不遲疑的把手交到了她手中。

✣ ✣ ✣

蘇舒牽握着這隻小手，和他一起穿越叢林，送他回到車上，看著眼前乖乖扣上安全帶的孩子，她伸手拿掉他髮上的樹葉，抹掉他臉上的泥巴。

男孩臉上還有淚痕，但乖乖的坐在原位，看著這孩子，她知道自己必須學會信任、學會相信，所以她請他轉過身，把衣服掀起來，讓她拍個照。

西瓦乖乖的把衣服掀起來，轉身讓她拍照。

蘇舒看到他的背，瞬間只覺得怒氣又在胸中沸騰，她壓下怒火，快速的拍了照，然後忍不住再次擁抱這孩子。

他愣了一愣，這一次，抬起了下手，學著她一樣，輕輕拍拍她的背。

因為如此，淚再奪眶。

這讓她更加堅定了決心，她放開他，抹去淚水，強迫自己對他微笑。

「我得先打個電話，好嗎？」

西瓦聞言，點點頭。

確定他明白後，蘇舒這才關上車門，走到車子的另一邊，站在車門外，拿起手機，按下一個她深記於心的電話號碼。
電話沒響兩聲就立刻被接了起來。
「喂，紅眼意外調查公司您好。」
接電話的是個女人，聲音聽起來萬分甜美。
看著坐在車裡試圖整理自己骯髒衣物的西瓦，她深吸口氣，穩定情緒，啞聲開口：「我是倪文君，我的真名叫蘇舒，我要找韓武麒。」
女人一愣，但沒多問，只迅速回道：「請稍等，我立刻為妳轉接。」
沒多久，電話被另一個男人接起。
「蘇小姐嗎？我是韓武麒。」
她二話不說，直切重點：「我需要有人幫我照顧一個男孩。」
「可以。」男人沒有廢話，開口就問：「到哪接人？」
這男人如此乾脆爽快，讓她心口微微一鬆，她直接把手機上顯示的經緯度報給他，才問：「你不想知道為什麼嗎？」
「我答應過達樂，如果妳需要幫助，我都會盡力做到。」

蘇舒聞言喉微緊，這才開口直言：「那座科學園區，比你我所知的都還要糟糕，我不認為孩子們應該繼續待在那裡，一個都不應該。」

她聽到手機那頭的男人笑著低咒一聲：「可惡，好吧，讓我確認一下妳的意思。一個都不應該，是指除了妳手邊這一個，妳還想救其他的？而且不只達樂想救的那些孤兒，對吧？妳知道妳在說什麼嗎？」

「我知道。」看著車裡滿臉不安的男孩，她告訴他：「沒有孩子應該繼續待在那裡，我剛和西瓦談過，發現他們拿孩子做實驗，販賣血液與器官，而且他們不只對孤兒下手，所有的孩子都被當成了實驗品。我知道空口無憑，我手上有證據，我剛拍了照片傳到紅眼的信箱了，你打開應該就能看到。他們隱瞞了許多事，那做真正實驗的地方不在實驗大樓和科技大樓，我要回去那裡，如果要保護那些孩子的安全，你們會需要我的幫助。」

話沒說完，她就聽到他身後傳來了咒罵聲，她知道他身邊的人看見了那張照片，但這男人無比鎮定。

幾乎沒有遲疑，他直接道：「妳已經遠離那地區了，告訴我正確的地點就好，我直接轉告達樂比較快。」

「不是地點的問題。」她舔了舔有些發乾的唇，說：「我打給你，不是打給他，就是因為我不想浪費時間和他爭辯，他可能不會同意我接下來要說的事，可是你會，也有足夠的資源。」

韓一怔，有些頭痛的又笑：「啊……好吧，說來聽聽。」

這瞬間，手心不覺冒汗，但她沒有退縮，胸中的滿腔怒火無法平息，她清楚自己再也無法無視那一切就此轉身離開，所以她開口告訴男人，她的打算。

出乎她意料之外的，是這男人從頭到尾沒有急著打斷她、質疑她，否定她的異想天開，或潑她冷水，他就只是安靜的聽著她說。

等她一口氣全吐出來之後，他先是轉頭交代人去查證她所說的事，他身旁的人幾乎瞬間就確認了她所說的事，他又沉穩的問了幾個問題，在聽到她的回答後，他說了一句：「讓我想一下。」

接著，手機那頭的男人一句也沒吭，只沉默著，但她聽到某種規律的敲擊聲，跟著想起來，這男人思考時，會用手指敲打桌面，她能感覺到他正在考慮，衡量各種利弊，就是這段沉默，反而讓她安了心。

韓武麒如達樂所說，不是笨蛋。

然後，男人嘆了口氣，乾笑道：「好吧，看來妳說的沒錯，這確實可行，不過在我們開始討論其它細節之前，我有個條件得先說清楚。」

「什麼條件？」她早知事情不可能如此順利，也早有心理準備。

「妳要先成為紅眼的員工。」韓武麒眼也不眨的說出他的條件。

蘇舒一怔，萬分傻眼，不覺脫口。

「你瘋了嗎？」

他聽了大笑出聲，「哈哈哈，沒有。」

「你確定？」她不是故意要質疑他，但她真的忍不住。

「百分百確定。」他自嘲的笑了笑，道：「我不做賠本生意，雖然我還差妳不少錢尚未支付，但我算了一下，若照妳的辦法，這次行動的開銷恐怕會遠遠超過我應該付妳的錢，雖然我知道這事有些道德問題，但在商言商，我是開公司的不是做慈善事業，即便我能和金主大人請款，我有些損失項目金主大人恐怕是不會認可的，我算來算去，只有妳成為我的員工，和我簽個十年工作合約，才能彌補損失，如此一來，我才比較划算。」

他臉不紅、氣不喘，萬分流利的道：「不過妳放心，每月薪水還是會照發的，加入紅眼之後，公司會幫妳處理所有身份和法律的問題，我們公司福利良好，除了勞健保，還有年終和三節獎金，每年都會定時為員工提供健康檢查與各種所需疫苗，公司也有健身房，平常沒事還會不定期聚餐烤肉、旅行出遊，供餐供宿——」

蘇舒超級無言，只覺心跳飛快，怎麼樣也沒想到這人竟會在這時開口提供她工作。雖然她聽過達樂說紅眼現在很缺人，但他明知她過去幾年是做什麼的，又是怎麼樣生存下來，他怎會想要她加入他的公司？這男人的腦袋完全超乎她的理解與想像。

「你不怕我是阿西米特派來當臥底的嗎？」未及細想，這話已衝動的脫口而出。

說完，她就後悔了，她不知自己為何要提醒他，可卻忍不住，誰知卻聽他接口道。

「我相信達樂。」

她一怔，心口微顫。

想起這些年他一路看到大的臭小子，韓武麒感嘆的道：「那小子精得很，能讓他那麼喜歡的人，一定不會糟到哪去。若妳真是臥底，嗯，我想那就是他的命，那樣的話，我就認了，反正人生本來就是計劃趕不上變化。」

話是這麼說，他還是忍不住笑道：「不過達樂這小子向來很會看人，幾乎沒有看錯過。再說了，之前妳開始和我們連絡時，我們還沒逮到那批闖進來的獵人，對這組織來說，我們就只是有點煩人的小蒼蠅，人家還不把我們看在眼裡呢，如果那時他們就知道要派人來臥底，那還真的是會讓小人我佩服得五體投地。」

確實，她當時會注意到紅眼，是因為加拿大的城堡遊戲被紅眼破壞了，後來玩家迪利凱又因為紅眼被抓，加上這間公司來自她的故鄉，她才會多看兩眼，那時整個組織裡除了她之外，還真沒人把這間小小的意外調查公司放在眼裡。說真的，她也只是懷抱著微小的希望試試看，沒想到真的成功了。

讓她更加不敢相信的，是紅眼的人不只將被派去逮那位特別獵物的獵人全都抓捕起來，如今甚至有能力攻擊七區獵場，這男人現在願意答應提供支援，還有辦法這樣和她談笑風生的討價還價，顯然他那場救援攻擊計劃已如他所願。

這讓她更加振奮，內心不禁湧現些許希望，甚至幾乎能看見一絲未來。

剎那間，好似又看到黑暗中的一道光。

光裡，有個愛笑的身影。

這念頭讓她不自覺握緊拳頭，可即便他的邏輯沒有問題，蘇舒還是有些不敢相信這男人竟然因為這樣，就願意相信她，但男人只是繼續說。

「相反的，如果妳不是臥底，那我就賺到了一個好員工，根據之前我們控制船上主機時得到的資料，妳不只槍法很好，身手也不錯，我手邊也有妳的健檢報告，顯示妳身體健康，而妳方才提出的那些解決辦法，妳早就想過了，對吧？那可不是一時半刻就能想到的，證明妳不只身體好，還有腦袋，不只有耐性，還有執行能力，且能判斷情勢，知道事情何時能做或不能做，同時有這些能力的人不多，所以妳才有辦法逃出來，不是嗎？像妳這樣的人，百分百是我現在需要的員工。」

在對她一番花式稱讚之後，他笑道：「我相信這會是一筆對妳我雙方都很划算的交易。我知道妳可能對有些事還有疑慮，晚點我會請小肥傳工作合約給妳，上面會有其它細節詳情，妳看一下，若同意，簽個名回傳就行。」

「我若不同意呢？」她忍不住再問。

他笑了出來，「我相信妳會同意的，要不然妳就不會打給我，而是會直接打給達樂了。」

她再次啞口，怎樣也沒想到他會拿她的話堵她。

然後，男人輕輕笑著，溫聲再道。

「蘇小姐，十年的工作合約，換達樂的平安，很便宜的。事到如今，妳應該很清楚那小子有多頑固，即便不知實情，他仍放不下那些孩子，等他搞清楚裡面是怎麼回事，相信我，他一定會搞清楚發生了什麼事，說不定現在就已經查得七七八八了，他原本只想把那些孤兒救出來，順便搞些破壞，查些有用的資料，可現在情況不一樣了，對嗎？」

說著，他再乾笑兩聲，道：「等達樂發現他們到底在幹什麼，到時他一定不可能就這樣乖乖走開，相信我，就算要將那裡夷為平地、綁架所有的孩子、宰掉那些變態，那小子也幹得出來的。不過我想我們都同意，妳提出的方法是個更為實際，且成本相對更低的辦法，與其讓他衝動行事，我們照妳的計劃會更加可行，不是嗎？妳若同意，我應該能拖延一下，讓他先等等別立刻回去那座校區。」

不知怎，忽然感覺被看透，瞬間有些窘，也有點惱，卻又同時感覺到這男人對達樂的關心。

只是，這人怎麼竟還有辦法拿這威脅她？

難怪之前達樂老是說他小氣，叫他賊頭。

她有些無言，只能清了清喉嚨，看著車裡的男孩，道。

「十年可以，但如果我有什麼意外，你必須確保西瓦的安全到他成年，並且供他完成學業。」

「沒問題。」

聽到男人斬釘截鐵的回答，蘇舒一點也不意外，有達樂的前例在先，她相信自己若真有什麼意外，這人也會照顧西瓦，供吃供住供學費，確保他衣食無缺，走上正途，成為像達樂那樣的人。

不過，或許也會用他那彆扭的方式，表達他對孩子的關心吧。

但那已經不是她能夠控制的了。

西瓦被迫有了特殊的能力，如今不再是一般男孩，恐怕也無法像正常人一樣生活。若她無法活著回來，這已經是她所能想到，對西瓦最好的安排了。

深深地，蘇舒再吸口氣，然後握住了車門門把，開門上車，道。

「你把合約傳來吧。」

第十五章

下雨了。

雨水潤澤著大地，將燃燒的森林澆熄，只餘些許殘餘的煙氣瀰漫在空氣裡。

幾個小時後，大量的消防車開回了園區，接二連三的消防車從這兒出去，再一起大批人馬的回來，每個都灰頭土臉的，守衛的人沒多想就放行了。

達樂魚目混珠的將車開回消防隊，下車和人瞎掰幾句鬼話，對方都還沒反應過來已被他放倒。身後的人跟著下車，沒兩三下就用麻醉槍把消防隊裡的人全都搞定，讓他們排排躺好。

肯恩在第一時間去接管了電腦，確定這個消防支局裡的所有人員名單。

「怎麼樣？」阿浪問。

「都在這裡了。」肯恩指指地上那一排被迷昏的消防隊員。

「這些人可能有家屬。」達樂提醒：「別讓人找來了。」

肯恩聞言，道：「我已經透過系統傳簡訊通知家屬，因為失火今晚需要輪值加班。」說著雙手仍飛快在鍵盤上敲打。

阿浪點頭，轉頭和達樂確認：「已經過去好幾個小時了，這裡的工程人員說不定已經把監視系統修好了，你確定要現在過去？」

達樂聞言，只笑著從肯恩幫他帶來的行李中，拉出幾頂假髮和幾把特殊的筆型工具揮了兩下，揚眉道：「監視器對我來說，從來不是問題。」

看著那些面具，和他手上那幾支他在高毅那裡見過的筆，阿浪好笑又無奈的嘆了口氣，他一向不喜歡在臉上搞那些東西，雖然這幾年達樂將那易容技術改善不少，他還是不習慣在臉上大作文章。

「那就照計劃，達樂、肯恩和我一起去學校帶孩子們出來，其他人在這裡改裝這輛消防車，打些通氣孔，弄扇隱藏門，兩扇好了，上下車比較快，我們還得靠這車走私孩子出去。」

話才落，前面那三個臭小子就開始七嘴八舌的鬼叫。

「蛤？為何是你們去？要也應該是我們去吧？易容特效化妝我們才是專門啊。」

「對啊，達樂你也真不夠意思，你當初開公司挖角時，明明就說了，有錢大家賺啊，竟然到現在才叫上我們，你這樣不就和武哥一樣——」

「不是，阿浪哥，你是不是忘了我們的名字，所以才叫我們其他人。」

「欸，阿浪哥也不小年紀了，你不要為難老人家——」

「就是有點年紀了，才該在這留守啊，像這種體力活，讓我們年輕人來就好！」

阿浪聽了臉上都快出現三條線，看著前面這幾個聒噪的傢伙，他只覺一陣頭痛，這一秒真心只想和鳳力剛交換位子，和嚴風、傑克一起行動多好，那組人馬至少安靜些。

這邊這幾個還沒停，一旁的達樂竟然給他參上一腳：「啊靠，我當初以為沒錢拿得做白工啊，你們以為我想啊？沒叫上你們是為你們好，再說你們哪個不是一看到那賊頭就跑得比誰都還快，我後來確定有金主，這單有錢拿，不就立刻叫上你們了嗎？還有，現在是去帶小朋友，你們幾個有哄小孩的經驗？蛤？誰有啊？不叫阿浪這個生過孩子的去，難不成叫你們這些連顆蛋都沒下過一顆的蠢蛋去嗎？況且那學校電腦都沒對外連線，肯定有鬼，當然得讓肯恩過去看看，你們哪個電腦有肯恩厲害？哪個技術能幹掉肯恩？他媽的給我舉手啊！老子立刻換人！」

此話一出，鬼叫三人組當然沒有就此閉嘴，金毛開始說孩子是茵茵生的又不是他生的，辮子頭則科普起人是哺乳類動物，哺乳類都不會下蛋，鳥類才會下蛋的相關知識，包手則開始瞎扯屠叔很會哄小孩，小孩看到他都會閉嘴——

肯恩忍俊不住笑了出來，無端躺著也中槍的阿浪再受不了，直接伸手彈指低叱，制止這三個幼稚鬼。

「嘿！嘿！都給我安靜點！你們他媽的以為我們在哪啊？」

三人還想再說，可突然間，阿浪的手錶震動了一下，他抬手低頭一看，上面的訊息讓他一愣。

那支錶是紅眼特製的錶，見他看錶，幼稚鬼們瞬間全安靜下來。

「怎麼？」見他那神情，達樂挑眉問。

「情況有變。」阿浪抬頭看他，眼也不眨的道：「看來，我們得在這裡先待一陣子再行動。」

「什麼意思？」鬼叫三人組其中一個舉手發問。

「晚點武哥會派人來支援並說明情況。肯恩，你查到這裡的安全系統主機在哪了嗎？」

「在警局，這裡的系統沒有船上那麼高級嚴密，警消之間有連線，我已經進去了。」肯恩十指飛快的操作著電腦，道：「路上的監視系統還沒完全修好，達樂炸掉不少變電箱，工程人員通報維修零件不夠，他們只先修了比較重要的幾個，其他零件最快明天才會送到。」

「很好。」阿浪深吸口氣再問：「你有辦法搞定園區大門刷掌紋和人臉辨識的系統嗎？」

「已經搞定了。」肯恩頭也不回的說：「我正在把我們的資料輸入進去，這樣系統就會把我們當成自己人，走在街上也不會有問題。」

「好。」阿浪點點頭，再問：「晚點我們得覆蓋全區訊號，你有辦法做到嗎？」

這話讓大夥一愣，還沒開口，阿浪就已經抬手握拳，那是要他們安靜的意思，幾個男人都很識相的閉著嘴，只有肯恩開口回道。

「整座園區嗎？應該可以。」

阿浪聽了，在幾個小鬼又亂起來之前，開口看著他們幾個，道：「我知道你們很多問題，但你們都知道武哥是什麼德性。我知道的也就這些，沒比你們多。」

說著，他伸手點兵點將的指著三人，迅速分配道：「小傑，到樓上制高點確認外面沒人靠近，我們得把這當暫時的據點，確保這裡的安全性。塞斯，去搞些工具來和我一起改裝車子。阿俊，你到園區大門接應前來支援的人，可以的話別搞昏守衛，如果能順利通行你就別亂來，不行再處理。」

三人滿心不爽的嘀咕抱怨著，但還是動作迅速確實的各自散開。

等人都走了，達樂這才晃了過來，笑問：「欸，我以為肯恩已經搞定消防隊的監視系統了？你把人分開叫去看哨、接應，是怕吵嗎？」

阿浪慢慢轉過頭來，皮笑肉不笑的說：「我這是有備無患，你要是想把人叫回來繼續和你鬥嘴吵加薪的事，我也不介意。」

達樂笑著低咒一聲，「Shit，差點忘了，那還是算了。話說回來，你果然很會對付小朋友。」

「哪有你會。」阿浪好笑的道：「虧你有辦法天天面對這三個。」

「哈哈，也沒有天天啦，我都讓他們去出差啊。」達樂吃吃笑著，然後問：「好了，幼稚鬼都有事忙了，現在你可以告訴我，那賊頭到底想要我們幹嘛了。」

阿浪看著身旁的幼稚鬼大王，開口道。

「我們得拿下整座園區。」

達樂眼角一抽，不可思議的瞪著他，問。

「那傢伙他媽瘋了嗎？」

「我也這樣覺得。」阿浪扯了下嘴角，道：「不過你應該也很清楚，他是認真的。」

達樂忍不住笑著再罵了句髒話，才問：「他打算怎麼做？我們人手不夠吧？這他媽的需要一整支軍隊吧？現在人都在別的地方，是要坐火箭飛過來嗎？」

「事情有些複雜，他說他會派人過來支援，等他確定所有情況後，會再和我們連絡，還要你先去瞇一下，補個眠，晚點可能會有點忙。」

「啊靠，他要是真想讓我去補眠，會讓你告訴我得拿下這地方嗎？媽的，根本擺明要我搿人吧！」達樂沒好氣的插著腰仰天嘆了口氣，才不甘願的掏出手機，叫出自家公司群組，傳出加密訊息，一邊忍不住對阿浪碎唸：「他最好不要以為這是免費的，我每一筆支出都會和小肥請款，每一筆都會。」

「嗯，我相信。」阿浪忍著笑點頭。

達樂沒好氣的邊傳訊息，邊抱怨道：「這時間叫這些傢伙來，還得算上夜間加班費，那賊頭最好別想賴帳——」

「行，你就放心請款吧。」阿浪拍拍他的肩，笑道：「我們現在有金主啊。」

他好氣又好笑的搞定所有訊息後，看了阿浪一眼，明知不可能，還是忍不住笑問：「可惡，你要不要乾脆來我這？我讓你管東南亞分部，薪水任你開，每年還會分紅，怎麼樣？」

阿浪一怔，跟著笑了出來：「謝謝你的欣賞，不過我現在只想和老婆在家養雞、種菜、帶小孩。」

「我就知道。」達樂嘆了口氣，然後也笑了出來：「哪天你要是改變主意，歡迎隨時和我連絡。」

阿浪笑個不停，但還是點了點頭。

達樂一看就知他在敷衍他，只能指指地上那一排被放倒的傢伙們，道：「啊，算了，我看我還是先來把那幾張臉皮剝下來好了，以防萬一。」

「喂，你可不可以換個說法？」阿浪無奈笑著：「搞得活像連續殺人犯收集紀念品似的，換個人來還不被你嚇死。」

達樂眉一挑，「就真的很像是在剝皮啊。」

說著，他手一揮，就再次秀出那幾支特殊高科技筆，笑著朝那幾個傢伙走去。

阿浪好笑的搖搖頭，這才轉身走向消防車，塞斯很快拿了工具回來，兩人一起開始改造那輛消防車。

達樂搞定第一階段時，雨仍在下，沒有要停的意思。

他拎著他的百寶袋回到桌邊，坐在肯恩身旁，輸入現場幾個人的資料後，忍不住低頭查看了一下手機，那女人沒有和他連絡。

沒消息就是好消息。

他告訴自己，然後忍不住扯了下嘴角。

啊啊，可惡，真希望她也正想著他。

不由自主的他深吸口氣，再嘆了出來。

「放心，她沒事的。」

這話，讓他一愣，抬眼看向一旁男人，就見那帥到沒天理的傢伙，微微側過臉，嘴角微勾道：「阿南跟著呢。」

達樂傻眼，他知道武哥有派人跟著，但怎麼樣也沒想到竟然是阿南。

「真假？」

「武哥聽到有孩子在，就把阿南調過來了，他對付小朋友很有一套。」肯恩瞧著他，噙著笑道：「況且，你難得有在意的人，桃花她們幾個一聽說，立刻要求無論如何要把人帶回去。」

達樂臉一歪，苦笑著往後靠向椅背。

「啊啊，可惡，那些女人真的很會沒事找事耶。」

這話讓肯恩又笑，不過他可沒那個膽亂說話，只把視線拉回螢幕上，道：「至少現在你可以確定，之後能到哪裡找人了。」

「是這樣說沒錯啦，啊不過，阿南哥平常不是拿針筒就是手術刀，他那麼久沒跑外勤，是還跑得動嗎？」

阿浪經過，聽到這話，好笑的挑眉：「你這傢伙，是太久沒受傷，還是嫌活得命太長？小心哪天落到他手裡。」

這威脅讓達樂寒毛一悚，想起那天才外科醫生甜蜜又教人難以承受的笑容，立刻轉身道歉：「對不起，阿浪大人我錯了，拜託別和阿南哥打小報告，你大人有大量，請饒小的一命，拜託——」

看著他伸手拜佛似的連忙求饒，阿浪挑眉哼道：「我考慮看看。」

達樂仰天哀嚎，讓肯恩低頭悶笑，見他鬼哭狼嚎的，阿浪伸手抽了他一腦袋，「好了，你有完沒完？快把東西弄一弄，你要是動作夠快，說不定我會忘記這件事。」

聽到阿浪鬆口，達樂立刻坐直身體，放下手機，振奮的抓著那支筆，轉身朝他敬了個禮。

「收到！小人馬上動作！」

說完，他立即轉身，開始用最快的速度，以那最新的技術製作面具。

阿浪見了，好氣又好笑的嘆了口氣，這才提著工具回去工作。

✣ ✣ ✣

來接她的人，是一對男女。

蘇舒怎麼樣也沒想到紅眼的人會來得這麼快，她還以為得等上好幾個小時，原本還提議是否需要她往回開，但韓武麒卻告知她不需要，他的人馬上會到。

她以為他的馬上得要好一陣子，結果真的是馬上。

韓武麒話聲方落，後方黑暗的道路上，遠遠就有輛車開了過來，她一驚，才領悟一件事。

「你派人跟著我？」

「只是確保妳和孩子的安全。」手機那頭的男人臉不紅、氣不喘的說。

蘇舒有些無言，但還是在對方靠近時，沒有開車逃跑，只帶著西瓦一起下車。

後方的車一路開到她車後才停下，一對男女一起下車走了過來，兩人都是東方人，女人身材高眺，打扮十分簡單俐落，長得美若天仙，看起來有些眼熟，但她一時間想不起來在哪看過。男人則留著長髮綁著小馬尾，模樣俊帥，一只耳上戴著耳環，臉上掛著親切的笑容。

女人走在前頭，伸手和她自我介紹。

「嗨，妳好，我叫屠歡，這位是阿南，我們是紅眼的人。我會護送孩子回紅眼，阿南會帶妳回園區。」

蘇舒一愣，這女人雖然身材高䠷，但看來又美又柔弱，她一時有些憂慮，但仍握住了女人伸來的手，跟著立刻發現這女人是習武之人，那是一隻有力的手，她再順著往上一看，果然看到女人看似纖細的手臂，有著塊壘結實的肌肉。

肌肉要繃緊才會清楚，這女人是特意要讓她知道的。

在確定她明白後，女人放鬆了肌肉，然後才鬆開了手，甜甜一笑：「放心，我知道我看起來好像很沒用，但我相信妳應該明白，有時候做人得靠腦袋，不只是靠肌肉，不過那些該有的揍人技巧我還是懂得不少的，我保證會平安把孩子送到紅眼。」

這話讓她旁邊的男人笑了出來，舉手道：「揍人的那段我可以掛保證，這丫頭真的還蠻常把人送到我那治療的。」

聞言，蘇舒忽地想起達樂提過這個叫阿南的男人。

「你是紅眼的醫生？」

「喔，達樂那小子和妳提過我？」阿南挑眉，笑問：「他說了什麼？」

「你幫他看過牙齒。」這男人比她以為的還要年輕。

「很好，很好。」阿南聽了，滿意的點點頭，然後歪著身體，看向那個躲在她身後偷看的小男孩，笑著抬手用英文和他打招呼，「喔嗨，你好，我叫阿南，你叫什麼名字啊？聽得懂英文嗎？喔喔好像聽得懂喔。」

西瓦眨了眨眼，想往後縮，卻看見那男人手一轉就變出了一根棒棒糖，他瞪大了眼，他在學校遠遠看過有些年紀比較大的小學生在吃，但從來沒真的吃過，他不被允許靠近那些外面來的人，可他知道那個很好吃，他感覺得到。

阿南見狀，蹲了下來，微笑將棒棒糖遞了出去。

「喏，給你，我們交個朋友吧。」

西瓦遲疑了一下，因為感覺不到他的惡意，才伸手去接。

阿南卻在最後一秒，將棒棒糖高舉，壞心的笑著說：「欸，不行喔，陌生人的糖果不能隨便拿啊，說不定有壞人會在糖果裡下毒耶，你要先問問大人，大人說可以才可以喔。」

西瓦呆了一呆，蘇舒則在瞬間明白，達樂為何是那樣子的性格，那男人非但是被韓武麒那樣的男人養大的，身邊還有這嘻皮笑臉的傢伙一路看著啊。

明明他是在教小孩，但怎麼感覺有點壞心？而且他是不是好像還很享受？

她有些無言，但仍在西瓦抬頭看她時，點了點頭。

阿南看了，這才把棒棒糖交到他手上，邊笑著說：「好，很讚，你好棒棒，這給你。接著聽好囉，因為你家大人得和我去處理一些事情，所以從現在起，屠歡，就是這一隻，你可以叫她歡歡，會暫時成為你家大人，之後歡歡說可以做的事，才可以喔，瞭解嗎？」

說著，阿南手一轉，就再次秀出另外一大把棒棒糖，笑著道：「如果你能做到，這些就都是你的喔，成交？」

西瓦瞪大了眼，抓著棒棒糖，用力點了點頭。

見狀，阿南當著他的面，把整把棒棒糖都交到了屠歡手上。

「好啦，ㄚ頭，我在此將這些威力權杖通通交給妳了，妳要知道能力越大，責任越大，他要是很乖就一天發一支棒棒糖，吃完記得要提醒他漱口刷牙——」

「上下左右、裡裡外外都要刷到是吧？」屠歡好笑的接過手，道：「知道啦。」

聽了，阿南才又轉向那可愛的孩子，噙著笑問。

「喏，你可以讓我看看你的背嗎？」

西瓦一怔，本來有些抗拒，可他感覺這男人沒有惡意，不由得抬眼看向蘇舒。

她見了，再次點頭。

西瓦這才轉過身，讓這人看他背上的東西。

「喔喔你有記得要徵求自家大人的同意呢？很好很好，真聰明。」阿南邊說邊掀起孩子身上寬大的白棉衣，掏出手電筒，快速的檢查了一下，方道：

「好，沒事沒事，這小問題。」

說著，阿南把男孩的衣服重新拉好，等男孩轉過來時，微笑和這孩子保證。

「放心，等我忙完，回去立刻幫你拿掉。」

男孩再次瞪大了眼，脫口問：「真的嗎？」

「當然是真的。」阿南笑著點頭，把右手舉到俊臉旁，道：「我發誓，沒做到我就是小狗。」

西瓦眨著大眼，沒有笑，但眼裡升起一股希望。

「好，就這樣，時間應該差不多了。」阿南說著站起身來。

這男人話聲未落，蘇舒忽然聽到遠方傳來直升機的聲音。

她一驚，飛快抬頭查看夜空，卻聽到阿南語帶笑意的道。

「別緊張，那也是我們的人，打鐵要趁熱，我們家賊頭動用了些關係，讓我們兩個可以盡快趕回去。」

蘇舒臉一白，忙道：「搭直升機回去太引人注目了。」

「這只是縮短時間的交通工具，之後會再轉其它交通工具的。」阿南邊說邊轉頭朝那直升機看去，還神色悠閒的笑著抬手揮了兩下。

聽到這，蘇舒壓下心中忐忑，因為那輛直升機，西瓦看來十分緊張又萬般好奇，她蹲下身來，握住他的手，告訴男孩，他需要先和屠歡一起離開，西瓦臉色蒼白但仍勇敢的點點頭，見他那模樣，蘇舒再忍不住伸手，將他緊抱在懷中。

「你媽媽叫倪文君，她是個溫柔、善良又勇敢的人，因為她，我才能活下來，才有辦法救你出來。之後不管遇到什麼事，你都要記得這件事，好嗎？」

男孩聞言，點點頭。

蘇舒喉微哽，放開懷中受盡苦難的小男孩，看著他的眼，承諾道：「我會把雷玟一起帶回來的。」

他小嘴微動了一下，大眼閃著淚光。

蘇舒見了，摸摸他的頭，本想張嘴要他別怕，卻在這時想到這話說了沒用，可她還是忍不住說了：「別怕。」

聞言，男孩深吸口氣，用力點點頭。

她心頭一緊，只能朝他擠出一抹笑，然後抬頭看向那大美女，道：「西瓦就拜託妳了。」

屠歡朝她頷首點頭。

蘇舒深吸口氣，這才轉身，快步和那從頭到尾老神在在、嘻皮笑臉的男人，一起走向已在後方降落的直升機。

✣ ✣ ✣

接下來的一切發生的很快。

兩人上了直升機，阿南在機上告訴她，達樂他們已經接管了一間消防隊，他會帶她一起潛回園區，路上會有人接應兩人到消防隊。

她聽在耳裡，驚在心裡，忍不住提醒他可能會遇到的問題，但她所有的疑問，這男人都有答案和方案。

跟著，這人帶著她，順利飛到了目的地，換車，進園區，僅僅花了一個多小時，她就已經回到了那間消防隊。

監視系統？已被搞定。刷掌紋？沒問題，肯恩已經駭進了園區的安全系統，他們想怎麼刷就怎麼刷。他甚至在通過大門之後，把車停在街角讓另一個男人上車。

這些人進出這園區如入無人之境，看得她有些恍惚，總覺得這一切像是在作夢一樣，或許她真的在夢中。

可她依然緊張，手心後背早已汗濕數次。

雨夜中，視線有些不清，他直接將車開進了消防隊的建築裡。

還沒下車，她就看見達樂大步流星的快步走來，邊嚷嚷著。

「好了，快讓我看看那賊頭是請了何方神聖——」

他話聲未落就看見了她，腳步一頓，整個人呆愣在當場，大嘴半張，然後他閉上眼，伸手揉了眉心兩下，再睜開，看她還在，他冒出一句髒話。

「這他媽在搞什麼鬼？」

雖然早就預料到他的反應不會太好，這麼直接還是讓她微微一僵，不過此時此刻她真的沒空理他，只迅速開門下車。

「妳在這裡做什麼？小鬼呢？」沒等她回，他已經將視線拉向開車的阿南：

「喂，你怎麼搞的？她在這裡做什麼？我好不容易才把她送出去，你怎麼又把人帶回來？」

「孩子和小歡走了。」阿南下了車，笑著回答他的問題，調侃道：「怎麼，我有能力把人帶回來，你沒能力把人再送出去一次？至於我為什麼帶她回來？是因為阿西米特的人在學校裡做人體實驗，所有的孩子都是實驗體，蘇小姐是回來幫忙的。」

她趁機快步經過他，朝後方走去。

「什麼人體實驗？等等！喂！這情報那來的？」

她走得更快，只希望阿南能拖延住他，幾乎要小跑步起來，但那男人才沒那麼好應付，又吐出一句髒話，幾個大步跟了過來，伸手抓住她的手臂，匆匆追問：「嘿！妳想溜去哪？」

可惡。

「上廁所。」她滿臉尷尬，沒好氣的看著他低叱：「快放開我。」

達樂一怔，見她通紅的臉和倉促的語氣，忽地明白她忍很久了，不禁噗嗤一聲笑了出來，飛快放手指示：「前面到底右轉。」

蘇舒紅著臉，顧不得旁人的視線，快步朝廁所走去，好不容易解決了生理需求，她才打開廁所門，就看到那男人雙手抱胸的倚在入口門邊。

「好了，現在妳可以把話說清楚了吧？妳這情報哪來的？」

這男人將整扇門都堵住了，一副她不說清楚他就不讓路的樣子。

她走到洗手檯前，開水洗手，邊道：「西瓦告訴我的。」

達樂眉一挑，「那孩子才多大，他說了妳就信？妳就這樣告訴那賊頭？然後他就這樣信了？」

蘇舒關掉水龍頭，轉頭看著他，深吸口氣，道：「我說西瓦告訴我，沒說他是用說的。」

「什麼意思？」

想起之前看到的景象，她臉微白，舔著乾澀的唇，說：「他讓我看到的，他把手壓在我額頭上，我就看到了他之前的遭遇，組織裡的科學家把那些孤兒當做實驗體，對他們做人體實驗，打針吃藥無所不用其極，我知道這很扯，但我是真的看到了，那些景象就這樣出現在我腦海裡、就在我眼前，感覺就像我人在現場。」

她直視著他的眼：「我知道這很不合理，但我沒有嗑藥，我清楚那不是幻覺，出現的科學家有些我看過，有些我完全沒見過，其中一位我只看過照片，我知道他主導很重要的基因實驗，但我層級太低，沒有真的見過他本人。那人對西瓦的腦子做了一些實驗，後來西瓦就有了特殊的能力，可那孩子很聰明，他知道不能說出來。」

「但他和妳說了。」達樂一挑眉。

「對，他和我說了，因為他很愧疚。」她看著他，啞聲道：「他想救其他孩子。在那裡的孩子不只是實驗體，那些人那麼常抽他們的血，不只是為了做實驗，還因為那些血可以賣錢，你自己看照片。」

她掏出手機，扔給他，達樂接住，點開相簿，一眼就看到第一張照片中，有隻才發育到一半的耳朵，而且那耳朵沒長在腦袋上，當他意識到那隻耳朵是長在男孩的背上時，瞬間只覺毛骨悚然，跟著怒火竄上腦海，脫口咒罵出聲。

「What the fuck！」

「那些孤兒全都被當成人體儲備器官，有些孩子眼睛被摘除，有些孩子手臂上被種了三隻耳朵，有些大腿上有鼻子，有些背上多了一隻手，屁股上長了一條腿！那些人抽他們的血、剝他們的皮、摘除他們的器官！在他們身上培養不知哪裡的人需要的器官或四肢——」

說到這，她再壓不住內心的怒火，破口大罵。

「那些王八蛋根本不把那些孩子當人！當他們以為西瓦沒有用，不是適合的實驗體時，就把他也當成培養體！這些年，組織一直告訴我們，他們是想要推翻舊世界，創造新世界，那些經過基因改造的孩子，是未來的希望！是新人類！他們一直用這套說法洗腦所有人！但事實是，他們只是把那些孩子當成器官農場——」

達樂震驚的看著眼前怒到淚水飆飛而出的女人，這才明白她為何會改變主意跑回來。

「相信我，就算嗑了藥，我也想不出那樣恐怖的景象！」

蘇舒緊握著拳頭，含淚憤怒的道：「你說得沒錯，再龐大的宮殿、再巨大的王國都不可能存在永遠，邪惡的更不能，有人能一磚一瓦的蓋上去，就有人可以一磚一瓦的拆掉它！我要拆了這地方！只是把孩子救出來是不夠的，我知道只要這組織、這地方還存在，他們就會繼續這麼做，所以我連絡了紅眼，和韓武麒提了個計劃，他同意了，所以我才在這裡！」

蘇舒火冒三丈把話說完，這才停了下來喘氣。

達樂不敢相信的瞪著她，剛要開口說話，她就把手舉起來阻止他，冷聲說：「我沒時間和你爭辯我到底應不應該在這裡，在場沒人比我更清楚瞭解這裡的情況，這座城市、這園區根本不應該存在，可這裡的人全都被洗腦了，有些人不是因為恐懼才留在這的，我們所有人都知道，人人生而平等這句話就是狗屎，這世界沒有公平，他們在這裡是因為覺得新世界才是未來，想要在新世界來到時，能有一席之地，就算炸了這裡，只要這些人還相信那套新世界、新人類的鬼話，他們還是會再次回到組織裡，別人的孩子死不完，那些孤兒是別人的孩子！天知道，就算是自己的孩子，其中某些人說不定也不會在乎！

所以我告訴韓武麒，如果他想瓦解這座園區，他需要做的，是讓我回來拿到證據——」

「什麼證據？」沒再廢話，達樂直接問。

「所有存在這園區裡的人，都只是備份器官的證據。」蘇舒告訴他。

「啥？」達樂傻眼，簡直不敢相信。

她抹去臉上淚水，冷聲道：「西瓦讓我看到的景象中，螢幕上有很多資料和器官移植手術的記錄影片，因為他是個孩子，他們以為他看不懂，對他沒有戒心，西瓦看不懂，但我懂。我一直以為我會來到這裡是因為我蠢，但那些資料卻顯示，我們都是被選中的，每一個都是，無論男女，我們的血型、種族都是被配對成功的，在這世上某個地方，有某個人需要我們的血、我們的器官，所以我們才被騙到這裡來。」

說著，她諷笑出聲。

「別人的孩子死不完，就算是自己的孩子死了，有時也是沒辦法的事，反正只要我能進入新世界就好，反正只要我不是那個被追殺的獵物就好，說不定還有人會認為實驗是對的，器官可以替換，那不就表示自己將來也能用到？但相信我，無論他們怎麼樣告訴自己、說服自己，在這裡的人本來就無時不刻的生活在恐懼中，我們都清楚不聽話的人會被丟到獵場裡，鞭子與糖果，成為新世界的人，或是成為獵物，很好選的。不過等他們發現自己根本不是什麼未來新世界的新住民，只是一具被下訂的備用器官，隨時有可能被摘取時，都會立刻清醒過來做鳥獸散，只要有機會，他們就會躲到天涯海角去，絕對不敢再和這組織的任何人連絡。」

「這些事我們做就可以，妳不需要回來。」達樂擰眉說。

「這裡沒人認識你們，紅眼的人就算扔了滿天的證據也會有人懷疑是假的、是偽造的。」蘇舒直視著他，平鋪直述的道：「可我不一樣，我是這裡的人，我和他們一樣，我是其中的一份子，這件事只有由我來說，由我公開，他們才會相信。」

可惡，這女人說的對。

難怪武哥會同意她，如果她真的能拿到證據公開，這座園區就算是完蛋了。更別提那些配對文件裡，絕對會有那些器官買家的資料，他敢打賭，那裡面一定有不少是遊戲玩家。

「妳想怎麼做？」

這問題，讓蘇舒知道他同意了，瞬間心一熱，淚又上眼。

她有些著惱低咒一聲，抹去那淚，再吸口氣，盡力冷靜快速的把她的計劃全說出來。

達樂聽完她鉅細靡遺的計劃後，領悟了一件事。

「妳想很久了，對吧？該怎麼瓦解這個地方。」

她瞳眸一縮，一字一句的說：「每一天、每一分、每一秒——」

聞言，達樂朝她伸出手。

「那麼，我們就來實現妳的願望吧。」

她不該感到意外，卻仍覺恍若夢中。

可看著眼前的男人，她不覺屏息，不由自主的握住了那隻大手。

他將其緊握，一把將她拉入懷中，深深擁抱。

一路忐忑不安的心，就此落了下來。

這男人的懷抱如此溫暖，讓蘇舒忍不住閉上了眼，淚又因此滑落，不禁啞聲低咒道：「可惡，你應該要懷疑我，那照片可能是假的，我有可能在說謊，西瓦的能力這麼荒謬，這可能是一個陷阱，你們這些人是怎麼回事？」

這話，讓達樂心微熱，忍不住親親她的額角，道：「放心，我們也沒那麼傻的，照片若是假的，小鬼背上那鬼東西若是假的，屠歡沒多久就會發現，阿南也不會帶妳回來了，至於小鬼的特異功能，武哥會信，是因為紅眼有人有類似的特異功能。瘋狂科學家就更不用說了，我們之前就遇過好幾個，這世界上的瘋子真的不少。至於妳說謊的可能，嗯，妳確實還蠻會演的，要不然也無法生存下來，不過呢，我想想啊，這的確有可能是個陷阱，但我大概是有點鬼迷心竅，可能還有點精蟲衝腦，哈哈哈哈，所以如果妳真要騙我，我也只能認了。」

她喉一哽，淚又滑落一串，不覺揪抓著他的衣。

他嘆了口氣，心疼的拍拍她的腦袋，還是笑著道：「這世界他媽的糟糕，但我真的很高興，妳願意相信我們，相信我。」

這話，讓淚又滑落一串，他低頭吻去，笑看著她，撫著她的臉道。

「謝謝妳回來找我。」

這句話教心頭一顫，看著他黑亮的眼，她知道，這男人明白，她的掙扎、她的懦弱、她的憤怒，而他全都接受。

她不知該說什麼，待回神，已抬頭吻了他。

達樂滿心歡喜的接受了這個突如其來的吻，但阿浪在外頭輕咳了兩聲，提醒了他現實的存在。

「可惡。」

他低咒一聲，笑著停下其它可能的妄想，抹去她臉上的淚痕，牽握住她的手。

「來吧，讓我們先把該做的事做完。」

✣ ✣ ✣

夜更深，雨繼續下。

當她和他一起回到前面時，幾個男人早已聚在一起討論事情，阿南幫她說明了大部分情況，不用再重覆說明一次，讓她鬆了口氣。

在她告知她的計劃時，男人們陸續問了她一些問題，她一一回答，然後他們很快的再次討論起來。

和之前與她單獨行動時，沒啥資源只能在床上拿瓶罐擺放的簡單示意圖不同，這回肯恩直接把整座園區的立體圖投影在牆上，工廠、學校、一般住宅區、高級別墅區、辦公大樓、商店賣場，整座城的街道、建築，全都一覽無遺。

她原以為他們會有許多爭執，男人在一起總是會試圖搶著當頭，甚至全盤推翻的她的計劃，可這些紅眼的人卻沒這麼做，他們只是照著她的意思，在討論過可行性後，稍稍做了調整，將其更加完備，然後很快分配了工作。

在這深黑的雨夜裡，人們陸續出現，有些三五成群，有些單獨而來。

那些人有男有女，蘇舒看著那些陌生人，不禁有些緊張，但他們沒有人上前質疑她，反倒每個都和達樂他們有說有笑。

「嘿！達樂，那袋小玩意好用嗎？」

「你做的當然好用，不過拜託下次別包裝成巧克力好嗎？我真怕被人撿去吃，剛剛小傑還拿了一個，差點打開一口咬下去。」

「啊，我把剩下的這袋也做成巧克力棒了耶，你通知得太臨時了，阿浪來找我要炸藥時，剛好手邊就剩這包裝最多啊——」

蘇舒聞言一怔，抬眼看去，才看見那大鬍子提著一大袋行李，他一把拉開給達樂看，袋子裡全是之前達樂在吃的那種巧克力棒，她這才領悟過來，原來他一路上吃的巧克力棒，搞不好就兩三個是真的，只是掩人耳目的東西，其它那一大袋巧克力棒全都是炸藥。

這些人和達樂交情都很好，有些人直呼他的名字，有些人叫他老大，讓她疑惑的是，也有不少人叫他老闆。

他笑著把一票人扔給關浪，另一票人交給阿南，還有幾個他自己說明分配工作。有些人來了又走，如來時一般，悄無聲息的消失在雨夜中。

然後，達樂拿著一支筆朝她走來，微笑道。

「好了，把臉抬起來，我得幫妳也做個新面具。」

她一愣，不過還是抬起了臉，才問：「為什麼我需要面具？我以為我們同意讓我直播公開整件事。」

「沒錯，不過妳該不會想頂著這張臉就這樣跑過去吧？」他挑眉笑道：「當然在我們拿到證據前，能小心點就小心點啊。乖，把眼睛閉起來，別害怕，我不會弄痛妳的，我只是需要掃描妳的臉。」

蘇舒臉一熱，無言看著這男人，不知在如此緊張局勢下，他為何還能找到方式調戲她？但為了不浪費時間，她還是順從的把眼閉上。

他見了，唇角微揚，一邊將筆懸空掃過她整張臉，一邊解釋：「這筆能快速刷臉，讓我把妳的五官轉成數據，然後我就能把另一張臉的數據也加上去，跟著再將其輸出，面具就能完全貼合。好了，妳可以把眼睛睜開了。」

她睜開眼，見他在一旁坐下，掏出手機，點了幾下，跟著拿起擺放在桌上的另一支筆，開始在桌上一個半橢圓形的模具上左右來回揮動。

剛開始她還沒看懂他在做什麼，可不用幾秒，她就看了出來，不禁瞪大了眼。

那是一支扁頭的3D列印筆，和一般的3D筆不同，它非但輸出的東西不是她之前看過的任何東西，是種和皮膚很接近的軟Q材質，他正在用那支筆製作一張面具，他就只是這樣一排一排的刷過來刷過去而已，真的就像印表機一樣，沒有兩下就刷出了三分之一張已經成型的臉，完全不需要在那裡慢慢雕琢。

「這不是矽膠。」蘇舒驚訝脫口問：「這是什麼？」

「對，這不是。」他笑著說：「這是我和人一起開發的最新奈米科技，話說這還是託巴特大小姐她媽的福，感謝莫蓮博士當年開源N3，我們才有辦法做出這東西，之前我本來想把它帶上船，後來想想還是算了，這東西要是落入賊人手裡會有點麻煩。嗯，好吧，是會非常麻煩，哈哈哈哈。總之，反正我有萬能的雙手，沒這也沒差，不過若有當然就方便快速多了。」

他說話的同時，轉眼就已將整張面具做好，他擱下那3D筆，拿起一把小刀，開始將那面具的眼耳鼻口開洞。

蘇舒很快看出來，那張面具是圖書館那女老師的臉，最嚇人的是，那不只是一張臉皮而已，非但嘴唇粉嫩，還有唇紋都在其上，所有細節無比清楚，就連毛孔都清晰可見。然後他拿出另一支筆，開始在眉毛和睫毛的位置植入毛髮，很快就種好了眉毛和睫毛。

「你怎麼有這老師的臉？」她忍不住問。

「我請肯恩從監視系統的記錄中，找出那女人進出學校的影像，再用電腦拼湊算出她整張臉的3D數據，當然效果沒有這樣直接掃描好，但應該也堪用了。」他說著，把那張面具拎了起來，翻過來在內側噴上噴霧，示意她抬臉，在她照做之後，將面具覆了上去，道：「好了，妳張開眼看看。」

那面具很薄，有些冰涼。

蘇舒張開眼，看見他拿手機當鏡子給她看，她被自拍鏡頭裡的自己嚇了一跳，除了髮型，她看起來就像那個女人，而且因為面具內部形狀就是她自己的臉，整個超服貼，連她震驚的細微表情都能完整連動呈現。

她抬手摸臉，它沒有奇怪的紋路，看起來就像一張真的人皮面具，比之前在船上肯恩給她的那張葵的面具更薄、更貼、更擬真。

「感覺怎麼樣？」他問。

「有點恐怖。」她不假思索的回：「好像剝了別人的臉，戴在自己臉上。」

「哈哈哈哈，沒錯，我也這樣覺得。」他聽了笑起來，一邊拿出化妝刷，快速的幫她上妝，讓她整張臉看來更自然些，邊惋惜的道：「本來我都準備要去申請專利了，想說一定能大賺一筆，結果出來效果太好，怕被人拿去作奸犯科，最後只好自己收著。」

聽到這，蘇舒放下手機，瞧著眼前人，終於忍不住問：「為什麼有些人叫你老闆？」

「因為他們是我的員工啊。」達樂邊幫她畫眉，噙著笑，沒多隱瞞，只道：「當年我離開紅眼後，為了賺錢做我開發的產品，就跑去好萊塢當特技演員，偶而也幫人做特效化妝，後來就開了公司，專門收容那些和我一樣，從特殊職業退下來，社會適應不良的怪胎。不過妳放心，雖然說是退休，他們身手還是很好。沒辦法，幹過這行，一天不練身體就渾身不對勁。這次的狀況剛好我們是專門，話說回來，我真不知道那賊頭是太會算還是運氣太好，我有幾組人馬剛好在附近拍戲，要不然真的是坐火箭都來不及趕上。不對，該不會有人私下手癢或缺錢被那賊頭說服偷接案？那傢伙的嘴真的死的都能說成活的，我看八成是——」

他一路碎唸，她卻越聽越傻眼，腦海裡問題越來越多，忍不住驚慌打斷他。

「等等，這些人是拍戲的？拜託告訴我你在開玩笑。」

「沒有，妳現在打退堂鼓已經來不及了。」他挑眉，問：「怎麼，妳就只聽到這個，都沒聽到我說我是老闆有開公司嗎？」

「那是重點嗎?!」蘇舒不可思議的瞪著他。

「當然是啊。」他好笑的看著她，「我辛辛苦苦努力那麼多年，就是為了有車有房有存款，還能開公司要人幫我賺錢，好讓我平常沒事能在家躺爽爽，我這時候不拿出來和妳秀一下，要等什麼時候？」

「你認真的嗎？」蘇舒壓不住突然浮上來的恐慌，忍不住揚聲：「你知道我們等一下要做什麼嗎？」

「當然。」見她慌得臉色都白了，他這才不再逗她，噙著笑柔聲說：「別緊張，這些傢伙要是沒有三兩三，妳覺得我敢把人叫進來嗎？」

她聞言一怔，愣看著他，只覺窘迫，啞聲道。

「我不是不信你，只是——」

「妳很害怕，我知道。」他握住她冰冷的手，笑問：「我沒讓妳失望過吧？」

蘇舒深呼吸，輕輕搖頭。

「妳相信我嗎？」

她眼一緊，抿唇點頭。

見狀，他露出一抹讓她心跳漏了一拍的笑，那笑不知為何讓她有些惱，卻又莫名的安心。

「我真的是瘋了吧？」

她脫口的咕噥，讓他放聲大笑。

看著眼前這一路以來，與她同行相伴，保她護她的男人，蘇舒忽然覺得，若能與他一起，瘋了就瘋了吧。

這瘋狂的念頭，讓她肩上忽然一鬆，忍不住也笑了出來。

她一笑，他更樂了，嘻嘻又笑兩聲，這才動作輕柔的替她戴上了假髮，調整了一下，笑著打量她。

「好，差不多了。」

說著，他用手指將自己的黑髮往後梳，戴上面具和假髮，眨眼就在她眼前變成了白天那位在學校裡一路對他鞠躬哈腰，最後還被他偷了車的倒霉鬼。

跟著他眼也不眨的抓起鐵槌，碰碰幾下就把桌上那幾支筆全給砸爛。

蘇舒嚇了一跳，「你做什麼？」

「我剛不是說了嗎？這東西要是落入賊人手裡會有點麻煩啊。」達樂說著，將碎碎們全都掃進鐵桶裡，抓起噴火槍，一把火將那些面具科技筆的碎碎全都燒了。

她愣在當場，看著桶裡的熊熊火光映照著他的臉，脫口就道。

「我以為你說你很愛錢。」

「我是很愛，所以真的幸好這次有金主，可以請款。」他臉不紅、氣不喘的邊說邊掏出手機拍照存證，笑著朝她眨了下眼，才交代一旁的小鬼，「阿俊，記得確定它燒光了再澆水滅火啊。」

「收到。」那滿手刺青的黑髮年輕男人朝他揮手。

他見了，才放下噴火器，朝她走來。

再一次的，男人朝她伸出手。

再一次的，她無法抗拒的握住那隻手。

達樂雙眼發亮，笑得就像一個得意洋洋的國王，轉身朝眾人彈指，大聲宣告。

「Let's go！It's show time！」

第十六章

一夜將盡，萬籟俱寂。

在夜最深最黑的那一刻，學校後方河對岸的森林有火光冒了出來。因為那裡沒有建築，加上又是半夜，不一會兒，火光就到處都是，燎原星火轉眼就變成熊熊烈燄，不久，學校守衛發現情況不對，趕緊打電話通知消防隊。

幾乎在同時，有好幾位穿著白袍的男女驚慌失措的從圖書館中跑了出來，看著對岸的火光有人抱著平板、筆電連連咒罵、有人蹲地抱頭哀嚎，一時間場面有些混亂。

在那混亂之中，沒人注意到，有輛車駛到了校區圍牆外，一位金髮男人下了車，悄無聲息翻過了牆，趁人人都跑到外面注意對岸大火時，溜進了教職員辦公室，找了台電腦打開。

學校裡的監視系統和校外不同，他們不想打草驚蛇，所以讓肯恩先進來解決安全系統。他將自己帶來的小玩意插入電腦，十指連敲，沒兩三下，就駭了進去，叫出監視畫面。

老實說，這裡的防火牆有點高級，如果光靠他自己，可能還需要花點時間，但他開電腦後的第一件事，就是讓這台原本不能連上外部網路的電腦，能透過他們研發出來的小東西連網。

阿震在遠端一連上線，兩人四手聯彈，直接強行突破了防火牆，肯恩屁股還沒坐熱，就聽到四面八方都傳來了消防車的警報聲響，有些很遠，有些很近，剎那間，好似到處都失了火似的。

阿南小隊時間也算得太好。

聽到那在夜空中呼嘯的聲音，肯恩嘴角微揚，看到監視器中，那幾個聚在草坪上的白袍男人與女人，恐慌的四處張望，然後其中一個開始跑向停車場，其他人接二連三的也跟著跑了起來。

失火了。

而且不只一處，不是只在河對岸而已，是個人都會本能的想回家看看。

人們跳上了車，眨眼間就開車跑了精光。

下一秒，肯恩就看到達樂開著車，載著蘇舒進來，將車停在停車場，還不忘對著監視器裡的他拋了個飛吻。

他無聲輕笑，然後拉回注意力，用最快的速度處理手邊的工作。

✣ ✣ ✣

聲東擊西。

這是蘇舒計劃的第一階段，不過在河對岸那塊地放火不是她的主意，是達樂的。

她本來只想到要襲擊高級主管的別墅區，但是和他之前懷疑的一樣，學校對岸的叢林，太可疑了，西瓦讓她看見的景象，證實了這件事。

真正的實驗室就在叢林下方。

入口則是在學校那棟圓形圖書館，所以孩子們才會待在那裡，因為在一些王八蛋需要時，就能隨時將他們再帶下去。

稍早，達樂載著她到了街角，就已先放肯恩下車，蘇舒從後照鏡中，看到那男人輕鬆翻過圍牆，眨眼消失在牆後。

當達樂將車開到大門邊停下，她看到早先被他破壞的大門和刷掌紋的機器還沒修好，已被人拖到一旁，只有臨時調來的守衛站在那裡。

達樂按下車窗，揚聲抬手和那也轉頭在看叢林大火的守衛招呼。

因為他沒下車，守衛直接走了過來，可能想驅趕他們，或是認得他或她臉上那張臉，她不知道，也沒機會知道，因為那守衛才走出大門，彎腰探頭剛要開口，就被她拿麻醉針插了一針昏了過去。

她抓住了那人的衣襟讓他往前靠在車上，沒讓他往後倒下，達樂在她動手時就已下了車，扶住那傢伙，和那人勾肩搭背的，幾個大步就把人半扛半拉的拖到了倒塌的大門和掌紋機後面躺好，再快速回到車上。

「好了，搞定。」說著，他倒車旋轉方向盤。

她微微一愣，忙問：「等等，我們不是要等信號？」

他笑著指向教室，「妳看。」

她順著看去，這才注意到原本黑漆漆的教室二樓，連著三間亮起了燈，一樓則一間亮，一間不亮，第三間也亮著。因為後方河對岸的大火吸引了視線，一眼看去，還真沒人會特別注意到教室的燈亮著。

「那是OK的意思。」他笑著說。

「這麼快？」她有些震驚。

「那傢伙是個天才。」達樂挑眉笑道：「我每次和他一起出任務都深深覺得，幸好他是我們這邊的，哈。今天沒空，改天有空再和妳說這傢伙的八卦。」

他話聲才落，就在同時聽見消防車的聲音響徹了雲霄。

「喔喔，不虧是阿南，這時機抓得也太好！」達樂發出讚嘆，踩下油門，直接把車開進大門。兩人的車才剛進校門，蘇舒就看見那些科學家匆匆忙忙的開著車子衝了出來，甚至沒人注意到門口的守衛不見了。

之前當叢林大火照亮夜空時，她有些心驚，若非早知一切都是達樂找來的那些人弄出來刻意製造並加以控制的大火，她也會被嚇到，當然達樂和她解釋過，火是會放沒錯，但其實沒看起來那麼嚴重，大多只是燈光濃煙和音效，讓那大火看起來比實際上誇張。

而那些熬夜做實驗的科學家和研究人員如之前所料，在發現實驗室上方失火後，一個跑得比一個快，他們沒人想死在那裡。

當然，也沒人想到要去救那些孩子。

她真的一點也不意外，一時間卻也更怒。

「真他媽人渣。」

他這句咒罵，語氣平靜的像是在聊天氣，那讓她忍不住看了他一眼，發現他嘴角的笑早已消失，顯然也注意到她看見的事，那些科學家車上，就沒有一個孩子在上頭。

即便臉上戴著面具，她仍看見他黑眸中閃過一絲火氣，整個人卻冷靜到有點嚇人，動作精準而確實的把車在空盪盪的停車場停好，開門下車。

她跟著下了車，看見教室的燈又全都熄了。

顯然肯恩已經從監視系統中看見兩人到了停車場，她有些不敢相信，但達樂朝監視器拋了個飛吻，而黑夜裡除了遠方的大火之外，校區裡的警報沒有大響，也沒有人持槍衝出來叫喊，四周燈光也沒有因此大亮。

火光將夜空照得一片通紅，讓黑夜中萬物的影子好似都如鬼魅一般不斷晃動，兩人在那之中，一起跑向在左側的圖書館。

空氣中，除了原本雨後潮濕的氣味，此刻還夾雜著草木燃燒的味道。

兩人匆匆來到那棟圓形的圖書館，懷著忐忑不安的心，蘇舒把手掌放了上去，只希望人們會以為白天看到的是她本人，不會想到多年前已經死去的倪文君頭上去，沒想到要去封鎖倪文君。

門開了。

蘇舒鬆口氣，快步走了進去，達樂如影隨形的跟在她身後進門。

進門前，她聽到消防車的聲音靠近，回頭看見阿南已帶著人馬，穿著消防隊的制服，開著消防車隨之而來，時間抓的分秒不差。

在兩人潛入實驗室時，他們會負責疏散在宿舍區的孩子們，讓孩子們出來聚集到草坪上，趁機把孤兒們送到改裝過的車上藏起來，並解決其他守衛，管控現場，給兩人足夠的時間到實驗室找證據。

圖書館是圓柱狀的，就像個大蛋糕，外層是開放式的空間，除了一層層的書櫃，還有座位區、遊戲區，而在中間的內層，是個巨大的圓柱，那裡有一些房間，除了廁所、視聽室，還有材料室，老實說她之前從來不覺得哪裡有問題，直到幾個小時前她在西瓦的記憶中，看到那位女老師打開那扇在視聽室裡的暗門。

她快步走進視聽室，將最前方的投影螢幕整個升了上去，果然後方有扇暗門，和在門旁的安全系統，她手心冒汗的站了過去，讓系統掃描她的臉。

跟著，那機器輕響一聲，螢幕上，出現一排請她輸入密碼的文字。

她伸手快速按下之前西瓦讓她看到的密碼。

一秒、兩秒、三秒——

什麼都沒發生。

Shit！這些人顯然會定時改密碼。

一時間，她一顆心提到了喉嚨，但達樂在這時上前一步，拿一支小手電筒一照，藍紫色的燈光下，螢幕按鍵上出現了幾個指紋。

他笑著幾近無聲的說：「看，有時還得照老方法來。」

「你又不知道順序——」

她話還沒說完，他已經伸手去按，嚇了她一跳，低斥：「喂，這可能有次數限制——」

下一秒，暗門無聲無息的往兩旁滑開。

門裡是座電梯，達樂率先走了進去，她有些傻眼，下巴都快掉地上了，但仍鎮定的跟了上去，站在他身旁。電梯門關上向下移動時，她忍不住悄聲問。

「你怎麼知道密碼？」

「上面就那幾個數字按鍵上有指紋，這種要常常改密碼的，進出的人那麼多，哪有空天天記不同又困難的，八成都直接順序改一下，一二三四，換二三四一，後面以此類推，為了方便好記，大概就是今天星期幾，通常就是第一個數字。」達樂噙著笑湊到她耳邊，悄聲道：「還有，當然最重要的就是，肯恩駭進了這地方的安全系統後，把密碼傳了給我。」

她猛地轉頭看他，就見他笑著挑眉。

「早和妳說了，他是個天才，看，很慶幸那傢伙是我們這邊的吧？現在知道我為什麼要找支援了吧？這就是傳說中的團結力量大。」

這段話，他的聲音就恢復正常了，語畢，又朝她眨了一下左眼。

「你是不是覺得自己很幽默？」她忍不住問。

「怎麼，妳不覺得嗎？」他眉又挑。

「嗯，我覺得你很幽默。」她點頭，轉頭看向前方，承認這件事。

他露出得意的笑，跟著就聽到她平靜的補了一句：「一種很欠打的幽默。」

「蛤？」他表情誇張的抗議，伸手壓著心口：「我這麼可愛妳竟然想打我？」

這話讓她再忍不住笑，他則笑著握住了她的手，蘇舒不由自主的回握，和他十指交扣。換作之前，她一定覺得這人是神經病，要不就是腦袋少根筋，可在經過這段日子的相處，她已經知道，他在這時搞笑說這些，是不想讓她太緊張。

因為緊張，她的手很冰，但他的手很熱，那溫熱的包覆安撫了她，讓她明白自己不是一個人。

即便等在前方的是刀山火海，他也會和她一起面對。

電梯在這時打開，她頭皮一緊，門外如她所料，是個十分敞亮的走廊，潔白、乾淨，就和西瓦的記憶一樣。

不過，空氣中殘留著些許煙味。

在叢林放火時，阿浪小隊找到了通風口，朝裡面丟了煙霧彈，那是為何那些研究人員嚇得奪門而出的主要原因，只是如今抽風機又將煙都抽了出去。

走廊兩旁有不少房間，實驗室裡人都跑光了，長廊兩旁的房間裡除了被留下的儀器和來不及關的電腦，到處都空無一人。

但她知道這些房間不是重點，這區只是一般研究人員待的實驗室，最重要的地方，在河對岸那區，所以一出電梯，她就想往前跑，但他拉住了她。

「嘿，別急，等我兩秒。」

達樂朝她一笑，掏出肯恩給他的小玩意，幾個大步走到最近的房間，把那東西插在其中一台電腦上。

螢幕隨即開始閃動，飛快跳出不同視窗，然後顯現了整個地下研究室的詳細地圖，所有的房間、走廊，全都一覽無遺。

果然，外面那條走廊不是一路通到底的，這鬼地方大得要命，分了不同的區域，整個操場下方和河道下方，當然對岸叢林地下也是。

他看了一眼，將所有轉角和路徑都記了起來，這才敲了兩下鍵盤，關掉地圖視窗，這才轉身離開。

蘇舒有些驚異的看著那仍在快速跑動的螢幕，注意到他沒把那個插上電腦的小玩意拔下來，那東西看起來像USB隨身碟，但顯然不只如此。

她沒再多問，顯然這東西讓肯恩能直接駭進地下實驗室這裡的電腦。在達樂出來時，蘇舒轉身帶頭朝前方跑去，他就跟在她身後，沒幾步已來到身旁，到底後，她朝左轉，然後右轉，遇到了一扇有著安全識別系統的門，上面還寫著大大的L區，她一怔，才要停下，身邊男人卻沒停下，只笑著彈了下手指。

「芝麻開門。」

L區大門應聲而開。

蘇舒愣了一下，顯然她的猜測沒錯，方才那小東西讓肯恩輕易駭進這裡了，她立刻加快腳步跟上達樂，就見接下來，這男人熟門熟路的左彎右拐，好似早已來過無數次，若非這些日子和他一起逃亡跑路，早見識過他對地圖很有一套，空間感爆炸好，她真的會開始懷疑眼前人是組織派到紅眼裡的內鬼。

來之前她還擔心自己會迷路，這地方很大，西瓦給她看的影像太多，她並不確定自己真的能完全無誤的找到路，可在那位操控了安全系統的天才和達樂的帶領下，標示著一個大大X的大門很快出現在眼前。

那扇不祥的大門，在兩人眼前滑開。

和外面仍有些微煙味的廊道不同，在這最深的區域，顯然設備更好，沒有一絲煙臭味，這個區域一塵不染，地板光可鑑人。

兩人才進去就發現這裡的房間也和其它區不一樣，這裡房間比較小，牆都是玻璃，就像一個又一個的金魚缸，每一個小房間都關著一個孩子，有些孩子躺在床上睡覺，有些孩子已經醒了，兩眼空洞的看著前方，他們大多吊著點滴，身上各有不同地方包著紗布，有些人有三條腿，手臂上多了幾根手指，有人被摘去了眼睛，有人少了耳朵，有些則失去了手腳，就像西瓦讓她看到的景象一樣。

達樂震懾的看著眼前的景象，不覺一頓，只覺毛骨悚然。

因為都是玻璃牆，他一眼看出去，就看到好幾十個孩子，或坐或躺，年齡有大有小，從五六歲到十幾歲都有。

即便她早說過，他也早有心理準備，但親眼看到，仍讓他一陣怒火中燒，那一張張無辜茫然又疲倦的面孔，只讓他有種想砸爛這些玻璃魚缸的衝動。

雖然蘇舒之前已經從西瓦的記憶中看過，可真的來到這裡，她也依然感覺震驚和噁心，不覺停下腳步。

「肯恩能把門打開嗎？」

達樂搖頭，「能開他早開了，可能這裡的系統和外面的也不同，這裡的保全系統一層又一層的。」

話才出口就隱約覺得哪裡有點怪，但身旁的女人已舉步朝前方那台有著巨大螢幕，操控這一切的電腦跑去，他飛快抓住她。

「等等！」他看著眼前的一切，瞬間寒毛直豎。

「怎麼了？」蘇舒轉頭看他。

「若這區的系統不同，肯恩不能開這些門，那剛剛這區大門是誰開的？」話到一半，他就拉著她轉身要走，邊道：「走，這是陷阱！」

豈料，兩人剛轉身，就看見胖子凱吉已帶著一群全副武裝，不只身上穿著防彈衣，就連頭臉都被頭盔罩住的黑衣大隊持槍出現在大門邊。

「Fuck！」

達樂低咒一聲，蘇舒更是驚到臉色發白。

「啊啊，瞧瞧是誰在這裡？」凱吉笑瞇瞇的走上前，「安娜？羅伯？不不不，我想不是吧？我相信他們兩位沒那天膽。喔喔，這是面具吧？做工真是精巧。」

說著，凱吉舉起那把隨身攜帶的大槍，指著假安娜，看著假羅伯，和藹的道：「好了，把面具脫了，讓我看看你的真面目。」

達樂眼角微抽，但仍是抬起雙手剝下了面具。

看見是他，凱吉一愣，然後大笑出聲：「喔喔喔！這不是我們的VIP達樂先生嗎？哈哈哈哈——」

跟著，他把槍指向安娜，「喏，把妳的面具也摘了。」

蘇舒聞言，渾身一僵，但仍是抬起雙手，把面具剝了下來。

凱吉看到她，瞪大了雙眼，下一秒，他怒不可遏的高舉拿槍的手就往她臉上甩去，達樂想也沒想抬手就擋，右拳跟著揮拳正中對方肥厚的雙下巴，大腳再一踹，就將凱吉給踹飛出去。

「啊，抱歉，反射性動作。」達樂一套動作做完，嘻皮笑臉的反手將槍遞到他面前：「我不是故意的，只是我有陣子一直被教導不能打女人，我發誓這真的是反射性動作——」

沒想到他敢反抗，凱吉倒在地上，又慌又怒，等他回神，手上的槍都到了對方手裡，他憤怒的咆哮出聲，對身後的手下吼道：「你們他媽的還看什麼？還不把他給我抓起來！」

所有人看傻了眼，紛紛舉槍衝上前來，哪知卻見這傢伙超級識相，非但自動交出手槍、舉手投降之外，還在被他們壓著跪地時，衝著凱吉說。

「喂，你也別怪他們，你體積太大擋住了我們，方才要是有任何人開槍，有八成機率會打到你，OK？」

凱吉怒氣衝衝的爬了起來，一個大步，抓了槍就要朝他開槍，蘇舒在他起身時就料到，見狀忙喊：「凱吉！面具是他做的！你不想要這技術了嗎？」

凱吉一怔，朝她看去，但仍是走到達樂面前，把槍抵在他的腦袋上。

「想想看這在遊戲中能賣多少錢！」蘇舒臉色蒼白的說：「那些玩家會為這技術瘋狂的——」

達樂臉一沉，不敢置信的看向蘇舒，冷聲道：「妳他媽的瘋了才會以為我會把這套技——」

「閉嘴！」她冷叱一聲反手甩了他一巴掌。

這記巴掌讓達樂震驚的瞪大了眼，因為太過震驚，他都忘了繼續說話。

見他呆在當場，蘇舒這才再看向凱吉，投其所好的冷聲說：「想想看這傢伙在獵場裡能成為多好的獵物？在經過調教之後又能成為多麼值錢的獵人？」

「嗯，這主意確實不錯。」凱吉看著她，哼聲道：「不枉費那麼多年來，我一路栽培妳。不過我真是沒想到，妳竟然會昏頭到和男人跑了，真他媽浪費我大把時間。」

說著，他放下槍，然後反手還是甩了她一巴掌。

蘇舒被那巴掌打得一陣耳鳴，只感覺到嘴裡嚐到了金屬味，她把嘴裡的血吐掉，抬眼看向凱吉，冷冷的道：「我若真想跑，還會傻到回來自投羅網？我要是不這麼做，你能抓到這混進來的VIP？上回我們派人去紅眼，損失了多少獵人？這男人和我上床後，以為我是那種不得已被迫合作的受害者，我只是想搞清楚他們到底想幹什麼，又是怎麼通過會員審查，想試著找出那個在我們之中的內鬼，才假死和他一起走的。」

凱吉聽了，只笑叱道：「妳當我白癡嗎？這傢伙會信妳？」

「他就是個自以為是的自戀狂。」蘇舒感覺到身旁男人投來的灼人視線，但她只是繼續道：「要利用像他這樣崇尚英雄主義的男人，非常容易，只要裝成柔弱無助的小女人，順著他自大又自戀的想法就好。」

話剛出口，蘇舒就聽到他深吸了口氣，她不敢回頭看他，只是直視著凱吉。

凱吉冷笑：「那妳阻止我殺他？」

蘇舒聞言，淡淡道：「我阻止你，當然是為了獎金，這規矩還在吧？我們逮到的獵人或獵物，之後他們在遊戲中賺到的，我都能因此而獲得分紅。」

這話，教凱吉揚眉，將信將疑的看著她，點頭：「當然。」

「很好。」蘇舒面無表情的點頭，表示滿意。

「那個孩子呢？」凱吉沒因此信了她，只瞇眼再問。

「被帶走了。」她眼也不眨的說：「我總得想辦法取信於這男人，他才會召來更多同夥，你知道他有同夥吧？」

「蘇舒！」聞言，達樂再忍不住大聲喝止她，就要朝她衝來，但身旁那兩人立刻將他再次壓倒在地。

她挺直了背脊，這一次，她逼自己回頭，高高在上的睨著他，冷聲道。

「你要我活下去，這就是我活下去的方式，為了活下去，我什麼都願意做。」

他直視著她的眼，怒問：「就算妳明知這些混帳把孩子當做實驗體，搞出這種變態實驗也一樣嗎？」

「當然。」她平靜的說：「這些都只是進入新世界的必要犧牲，再說所有實驗成果，將來全人類都會是受惠者，我們只是加速了進化的過程。」

「媽的！妳這女人！」達樂氣得怒髮衝冠，想起身卻被人死死踩住，只能咬牙切齒的瞪著她道：「算我瞎了眼！」

她心一顫，朝那被壓在地上的男人看去，面無表情的諷道：「嗯，我同意。我到現在還是無法相信怎麼有人可以像你一樣這麼自大，我就掉兩滴淚，隨口哭訴一下，假裝幾次高潮，你就信了，能蠢成這樣，我看也沒第二個了，真的該叫你第一名。像你這樣愚蠢的人，被淘汰也是遲早的事。」

「他的同夥在哪？」凱吉問。

蘇舒將視線拉回來，看著凱吉說：「有個駭客在前面的辦公室，還有一些扮成了消防隊員在草坪上，和我們一樣戴了面具，我可以上去幫你找出他們，或者你也可以讓人直接拿刀在臉上劃兩刀檢查一下，很快就能找到。」

凱吉聞言，有些驚疑不定，他知道辦公室裡有一個，但消防隊的他倒是不曉得，他把槍塞回槍袋中，轉身朝外走去，大聲下令。

「妳跟我來，你們幾個，把這傢伙給我拖到禮堂去！」

✣ ✣ ✣

草坪上，所有的消防員都被叫到前方集中，一開始他們還沒意識到發生了什麼事，直到大批黑衣人拿槍從旁冒了出來，包圍了他們。

腦袋被拿槍指著，加上對方人數眾多，不到幾分鐘，所有人都被帶到了學校正中央的大禮堂。

禮堂很大，足以容納好幾百人。

失火的消息傳了出去，許多精英班的家長都跑到學校，查看自家孩子。

在凱吉一聲令下，所有大人小孩通通都被集中到大禮堂裡。

蘇舒跟著凱吉來到禮堂前頭的高臺上，當著達樂的面，在持槍黑衣人將消防員們拉上來時，她眼也不眨的出賣了那些假扮成消防員的人，將他們一個一個認了出來。

達樂的人臉色比一個難看，對她咒罵連連，還有個人朝她吐了口水，另一個甚至試圖上前揍她。

蘇舒沒給他機會，跨步閃過他的拳頭，抓住他的手臂，一個過肩摔就將他摔到在地，其他黑衣人瞬間圍了上來，將那男人壓制上銬。

達樂一臉鐵青的看著自家兄弟一個個被上銬推了過來，黑衣人舉槍逼他們跪在臺上，就跪在他身邊，讓他們每個人都像白癡一樣跪成一排。

然後，肯恩也被帶了進來，他俊美的臉上多了一道傷口，身上的衣服看起來也像是被扯過，雙手被手銬銬住，在他後面當然也有個黑衣人拿槍抵著他的背。

就在這時，臺下一個滿頭亂髮、衣衫不整，一看就是匆匆趕來的老頭看到肯恩，驚訝的瞪大了眼，跟著大叫著衝上臺。

「肯恩！這不是肯恩嗎？喔喔！我真不敢相信！喔喔！你竟然還活著！天啊——喔天啊——」

黑衣人本要阻止老頭，但凱吉揮手讓黑衣人放行，老頭衝到肯恩身前，雙手對著他一陣亂摸亂拍，滿臉的欣喜，「太好了，太好啦！真的是你！喔，是誰？誰把你打傷了？我的天，你身上怎麼都是疤痕？這幾年你到底都是怎麼過的？」

肯恩渾身僵硬，見鬼似的瞪著眼前老頭，達樂看到他俊臉瞬間刷白，眼裡閃過一抹恐懼，甚至試圖後退，卻因為身後的槍只能原地僵站著。

「貝博士！你認識這個人？」凱吉擰眉問。

「認識！我當然認識，肯恩是奇蹟啊！他換過——」剛要脫口，老頭像是想起什麼，看了眼後方臺下越聚越多的人群，壓低了聲音，湊到凱吉耳邊，興奮的低聲道：「腦啊！換腦啊！他換過腦啊！他就是麥德羅博士的身體啊！我還以為他早就死了！他是個奇蹟啊！你懂這代表什麼意思嗎？」

凱吉聞言一怔，驀地領悟，不由得也瞪大了眼，跟著振奮起來。

腦！這表示可以全身替換啊！

他激動的握住博士的手：「你說真的？」

「當然是真的！」貝博士興奮的連手都在顫抖，急切的低聲道：「他是我們當年的心血結晶，他擁有麥德羅的眼耳鼻口、指紋、聲紋，所有的一切，他就是麥德羅，他可以通過麥德羅的生物識別系統啊，只有他可以打開麥德羅的科技遺產，更別提如果可以取得他的幹細胞，給我點時間，我一定可以重現當年的一切，不不，是更好，一定能更好，麥德羅，是那個天才麥德羅啊，當年他不肯讓我對肯恩動手，真是大錯特錯、大錯特錯！我早和他說了，我可以讓他變得更加完美啊！若能讓我改造他的基因，複製胚胎，再結合我這幾年的經驗，從小培養人機一體，你知道我們可以成就什麼嗎？」

說到後來，他興奮的滿臉通紅，口沫橫飛得幾乎壓不住聲音，一想到能改造麥德羅，成為他心目中的模樣，他幾乎就要高潮了。

凱吉一聽，立刻抬頭看向肯恩，朝手下道：「把他帶下去，別傷了他。」

貝博士興高采烈的回到肯恩身邊，毫無預警的掏出一根針筒就朝肯恩的脖子扎下去，肯恩瞬間腿軟跪倒在地，貝博士歡天喜地，幾乎有些手舞足蹈的指揮肯恩身後兩個黑衣人說：「快快快，我們走、我們走！」

這突如其來的變故，讓達樂一怔，身邊幾個人立刻想起身阻止肯恩被帶走，他火速輕咳一聲制止他們。

幾個躁動的男人不爽的跪在地上，雖然沒有起身，但有人開始嘀咕碎唸起來，抱怨著都是因為他精蟲衝腦，有異性沒人性，腦子被狗吃了才害得他們落到這般下場，聽得他額冒青筋、眼角微抽。

驀地，凱吉揚起了手，拍了兩下。

整個禮堂瞬間暗了下來，只剩下刺眼的舞臺燈光照著他們。

下一秒，身後巨大的LED螢幕亮了起來，他轉頭看去，看到螢幕上播放著臺上的情況，胖子凱吉、蘇舒，還有他們這排跪在地上的倒霉鬼，和站在他們身後那一排，拿槍抵著他們腦袋，全副武裝的黑衣人。

他注意到，那個女人站在舞臺的另一側，朝他看了一眼。

他不由自主的朝她看去，看見她眼裡一閃而逝的情緒，他還來不及多想，凱吉已經走到舞臺中央，看著前方臺下眾人和攝影機的鏡頭，揚聲開口。

「親愛的新世界同仁，早安，我是凱吉．哈特，現在正在學校禮堂。無論您此刻在園區裡的任何一處，相信你們都已經聽說了從昨晚到今天凌晨的騷動，但多虧阿西米特的護佑，我們已經控制了火勢，抓到了入侵我們新世界，試圖破壞我們、阻止我們創造新世界的敗類，感謝阿西米特！」

這段話讓達樂一陣無言，豈料更讓他傻眼的是，臺下眾人無論男女老少竟然在凱吉說完話時，異口同聲的一起重複喊著。

「感謝阿西米特——」

「感謝阿西米特——」

「感謝阿西米特——」

那共同呼喊的聲音，陣陣迴盪在禮堂中，聽起來有夠詭異，讓人渾身雞皮疙瘩都冒了出來。

「哇靠，這什麼邪教？」

塞斯忍不住脫口，下一瞬，他的腦袋就被人用槍狠狠敲了一下，讓他整個人往前趴倒在地，他火速起身就想反抗，但身後的黑衣人一腳狠狠踩在他肩頭上，力道之猛，讓塞斯再次趴地，氣得他髒話連發，對方也沒在客氣，一腳踹了又一腳，讓臺下的人連連叫好，臺上幾個人又想起身，但卻一個個被槍直接抵著腦袋才想起自身處境，只能肌肉緊繃的克制著自己，眼睜睜看著塞斯被踹得痛叫連連，直到凱吉抬起手，所有人才安靜下來，黑衣人把槍抵到塞斯腦袋上，將塞斯拉回原位，逼著他再次跪好。

凱吉滿意的揚起下巴，然後掏出手槍，這一次他不忘確定裡面裝滿了真子彈，然後才把彈匣裝回去，朝蘇舒看去，「妳知道該怎麼做吧？」

達樂看見她面無表情的看著他，再朝他看來。

「是的，我知道。」

說著，她冷著臉朝凱吉走去，看起來就像當初他在船上看到她時一樣的冷漠無情，然後她伸手接過凱吉手上的槍。

達樂見狀，心頭一跳。

媽的，這死胖子真的打算將他們公開處刑，而且叫她親自動手——

✣ ✣ ✣

X區

大隊人馬剛走，兩名黑衣人被命令持槍留守在門外。

被噴印著「X」字樣的大門再次滑順安靜的關上，將內外隔成了兩個世界。

轉眼，X區又恢復了安靜，只有被關在玻璃房間的孩子們，心如死灰的看著眼前的一切，幾個比較大的孩子眼裡才稍稍興起的希望，再次灰飛煙滅。

世界沒有不同，不會不同。

孩子們頹然坐回床上，有的低頭垂淚，有的死心蜷縮回被窩裡。

忽地，大門那兒又有了動靜。

有個孩子眼角看到黑影，轉頭看去，就見那兒的天花板上，忽然出現一個人影，那是個手上有護臂的男人，護臂上有根線釘在天花板上，讓他能像蜘蛛人一樣，從上頭垂降下來。

他落地後，將手張開又緊握成拳，那條線刷地脫離天花板上的釘針，回收到護臂中，然後他開始折一塊看起來很奇怪的布，那塊布遮擋住他時，他被遮住的身體就像被變得消失不見了一樣。

男人察覺到男孩的視線，對著他笑了笑，還不忘快速把手指挪到唇上，比了個安靜的手勢，但他另一手可沒有停下動作，一邊快速的將那用特殊材料製作的布料塞到褲子口袋裡，一邊大步往前跑去。

一個接著一個孩子都看到了他，每個人都忍不住直盯著男人看。

他快步跑向前方那台大電腦，把一個黑黑的小東西插到了電腦主機上，下一秒，大螢幕上就閃現了許多視窗，看得人眼花撩亂，但男人沒有留在那裡敲打鍵盤，只是又折返跑回大門邊，他才剛到門邊，大門就安靜無聲的往兩旁滑開了。

看著他的孩子們倒抽了口氣，因為門外就站著兩個持槍的黑衣人。

但他們都背對著這裡，不過大門的開啟，還是驚動了他們，兩人雙雙回頭，但他動作飛快，在黑衣人還沒反應過來前，就直接賞了這兩人一人一針麻醉劑。

當黑衣人倒下時，不少孩子們驚訝的站了起來，有幾個還貼到了玻璃牆邊，想要看得更清楚些。

他將第一個人拖進門內，門外長廊盡頭卻出現了另外一位披著白袍的醫生。

見狀，第一個看到他的男孩，忍不住拍起玻璃窗大叫著小心，想要警告他。

但玻璃太厚，他的力氣和聲音都太小，傳不出去，跟著旁邊的女孩也拍起了玻璃，然後第三個孩子，第四個孩子……一時間，幾乎每個看到他的孩子都忍不住用力拍著玻璃，想叫他小心。

可那沒用，當白袍醫生來到門邊時，男人才看到了他。

白袍醫生看著那傢伙，和那群在他身後卯起來狂拍玻璃的孩子們，忍不住笑了起來，白袍醫生抬起手，指指男人身後的孩子們，要他看。

男人回頭，就看見那群嚇壞的孩子猛拍玻璃。

「阿浪，你還真受歡迎耶。」阿南笑著道。

阿浪見了，忙舉起手放到唇上，示意他們安靜，一邊拍了下阿南的臂膀，「別鬧了，快幫忙把人拖進來，別擋路上。有些孩子行動不方便，讓他們坐病床上推比較快。」

阿南這才笑著彎腰伸手幫著把另一個黑衣人也拖進去。

孩子們一看，全都呆了呆，這才發現這個白袍醫生他們從沒見過，而且看起來竟然像是這人的同伴，所有人不由得停下了拍玻璃的動作，不可置信的看著這兩個人。

「你哪來的白袍？」阿浪好奇問。

「前面有間房裡的。」阿南笑著邊說：「我跟在達樂和蘇舒後面下來，看到白袍，想想這衣服比消防隊的制服出現在這更合理，就換過來了。幸好我換了，你看這些拿槍的傢伙多可怕，剛剛最後面有個傢伙看到我是醫生又待在我應該待的房間裡，手裡拿著試管，對著一台儀器做我應該做的事，一看到他就嚇得驚慌失措，那傢伙連進來問一聲都懶就走了。如果我還穿著消防隊的衣服，恐怕早就被趕出去了。」

阿浪聽了，只覺好笑，和他一起小跑回前面的電腦，「好了，你先去確定孩子們的健康狀況，看看有哪些需要特別的藥物或設備，我去推床。」

「那些床都是能移動的，有輪子。」阿南笑著提醒他，一邊來到電腦旁，查看所有相關資料，一邊指著桌邊的一輛推車道：「一般備用藥品都在那輛急救小車車裡，你直接先把那輛急救小車車推出去，其它待小人看來。」

說著，捲起衣袖，才要敲打鍵盤，大螢幕上已經出現了一個靠右置頂的視窗，上面列了大筆藥品名單。

「喔，阿震，幹得好。」

他笑著看了一眼，抓起一旁的藥物專用保冷袋，轉頭打開那些需要冰在冰箱裡的藥物，開始抓藥。

幾乎在同時，所有玻璃房間的門，全都同時緩緩滑開。

孩子們無法置信的瞪大了眼，有那麼幾秒都沒人敢動，但在折返回來的阿浪親切的招呼下，他們與她們一個個鼓起勇氣走了出來。

第十七章

蘇舒抓著槍，來到達樂面前，他跪在地上，昂首直視著她的眼。

她舉起槍，將黑色的槍口正對著這男人的眉心。

舞臺上的燈光很亮。

一滴汗水從她額角滑了下來。

她有一個計劃，在她提出來之後，他們同意了她，她知道凱吉一定會趕回來，她太瞭解凱吉的行事作風了，知道他一定會把人都帶到大禮堂殺雞儆猴直播給全區的人看，所以拿自己和達樂當誘餌，讓阿浪與阿南在兩人被抓後，對方把所有注意力放在他們身上時，趁機去救孩子。

為了以防萬一，阿南利用時間差跟在她和達樂之後，阿浪則是直接從對岸叢林的通風口下去；那是肯恩從城鎮建築計劃圖上找到的通風口，她甚至都不知道有那樣的圖，但那男人真的是個天才。

在幾分鐘前，事情都還算順利，可計劃總是趕不上變化，他們沒人料到這裡竟然有人認識肯恩，還把他強行帶走了。

她甚至都搞不清楚貝博士為什麼會認識肯恩，但此時此刻這已經不重要了。

肯恩被強行帶走是變數一。

變數二，是凱吉帶回來的黑衣部隊人太多了，遠超過他們幾個能應付的人數，就算達樂的人每個都能一個打十個也對付不了。

而在這兩個變數之外，最麻煩的是時間，如果沒有其它意外，阿浪和阿南此刻正在地下研究室救那些孩子，要把那些孩子弄出來需要時間。

她必須要想辦法拖延時間，肯恩已經被帶走了，她原本想趁凱吉照慣例全區現場直播時公開證據，但那先決條件是能搞定凱吉和臺上這些黑衣人，而且肯恩能在臺上自由活動，現在沒了肯恩這個天才駭客入侵地下室的主機，把資料傳送到大螢幕上，這事幾乎等同告吹。

可她還是能拯救那些孩子，只要她時間拖得夠久，阿南和阿浪也許能來得及把孩子們帶走，方才塞斯故意大鬧已經試圖拖了一點時間，但那不夠，還不夠，她還沒收到阿浪傳來已經搞定的暗號，而此時此刻，她腦袋裡飛速運轉，卻找不到任何其它辦法與說詞。

整個禮堂裡，異常寂靜，所有人都屏住了氣息，注視著兩人，等她開槍。

豈料，下一秒，眼前這被槍抵住的男人卻凝視著她，然後跪直身體，還刻意往前傾，把額頭直接抵在她槍口上，揚起嘴角，笑著開口道。

「妳開槍吧。」

蘇舒瞳眸一縮，就聽他道。

「但在妳開槍之前，妳至少回答我一個問題，讓我死得甘心點。」

以為他想出了辦法，她順著接話，抬起下巴，冷著臉演下去，「什麼問題？」

他直視著她的眼，扯著嘴角，笑問：「妳到底有沒有愛過我？」

啥？她有沒有聽錯？

蘇舒傻眼瞪著他，一時都不知道該怎麼接話。

「這些日子，妳對我，一點點心動都沒有嗎？」他眼也不眨的再問：「妳一直都在演戲？」

她握緊手槍，只能硬著頭皮，瞇眼冷叱：「像你這種只會耍嘴皮子的傢伙，我怎麼可能當真——」

「但我當真了。」他注視著她，露出一抹狼狽又自嘲的苦笑：「我真的喜歡妳，在今天晚上之前，我甚至想過，如果能拿我這條爛命，換妳活下去，我願意。」

這話，讓她心跳一陣狂跳，握槍的手一抖，明知這是他臨時想出來拖延時間的說詞，卻仍是在瞬間全身發熱。

更誇張的是，他接下來，竟然當著全場的面，在這個超危急的時刻，吐出了一句讓她傻眼的話。

「我愛妳。」

這三字妖言一出，臺下全場譁然，跪在他身旁的幾個男人更是嚇得嘴巴開開，下巴都快掉下來。

「啊靠！達樂你瘋了嗎？」

「這女人背叛了我們，現在又要把你爆頭耶！」

「你他媽的傻啦？是不是以為只要說了這句，這妖女就會放過你？我他媽若是她也不會在這時聽你幾句甜言蜜語就突然回心轉意好嗎？」

「對啊！是男人就要有點骨氣啊！反正十八年後又是一條好漢啦！」

一時間，跪在臺上的幾個男人你一言、我一語的叫囂起來，現場瞬間又混亂起來。可下一秒，碰地一聲，槍聲響起，立刻嚇得所有人再次閉嘴，只有旁邊那個倒霉中彈的傢伙倒地抱著噴血的腹部哀嚎著。

開槍的不是別人，是蘇舒，中槍的則是那位喊她妖女的男人。

她面無表情開完槍的瞬間，又把槍口指向達樂，一雙無情的黑眸卻只看著那倒地哀嚎的傢伙，狠聲道。

「想死不用急，等一下就會輪到你。」

此話一出，整個禮堂瞬間又再次鴉雀無聲。

只有蘇舒知道，她手心上全是汗，眼前的男人一臉輕鬆的朝她眨了下眼。

我有一雙靈巧的大手。

這一瞬，她幾乎能聽到他的聲音迴盪在她腦海。

蘇舒看著眼前人，真不曉得他的膽子到底有多大，竟然趁男人們叫囂時，在大庭廣眾、眾目睽睽之下，趁亂拆了她手中的彈匣。

幾乎在他動手的瞬間，她就領悟到他想要她做什麼。

想也沒想，她立刻掉轉槍口，在那些黑衣部隊對他的人開槍前，隨便比劃了一下，其中一個男人胸腹前的血袋爆開，他立刻倒地，槍聲的音效迴盪在禮堂裡，時間配合的分毫不差。

這群人真的很專業。

她要是慢一點開槍，其他黑衣人就會動手，由她開槍，一方面能讓凱吉以為事情還由自己掌控，另一方面也能增加她的可信度。

在這之中，最厲害的就是眼前這男人，明明他雙手仍被銬著，但顯然只把他的手腕上銬是沒用的，他十根手指還是能活動，他就是有辦法利用兩人的身體遮住旁人視線，難怪他方才要刻意跪坐起來用腦袋抵著槍，這個姿勢把在他斜後方的凱吉完全擋住了，加上他那些好兄弟吸引了注意力，這一番混亂下來，竟然沒人發現他動的手腳。

轉眼，場面又恢復原狀，但她手上的槍沒了子彈，彈匣被他藏到了上衣裡。

這爭取了一點時間，只是還不夠。

所以再一次的，在全場靜默中，他看著她開了口。

「妳說得沒錯，這世界沒有公平，如果妳的選擇是留在這個新世界，我也可以陪妳一起。」

說著，他用那雙熱情如火的雙眼直視著她，深情款款的微笑開口。

「我們結婚吧。」

「有沒有搞錯?!」

這句不是她喊的，也不是他的人，是凱吉。

她抬眼朝凱吉看去，就見他氣得雙下巴直顫，怒道：「鬧夠了沒？妳等什麼？還不把他給我宰了！」

達樂一聽，立刻道：「你確定？我以為你希望我成為獵物？或是獵人？妳也希望，對吧？親愛的。」他說著還不忘轉頭對她拋了個媚眼，然後又再轉回去對凱吉胡說八道：「再說了，我死了錢就沒了，我和她結婚的話，我的錢就是她的錢，到時阿西米特想怎麼用就怎麼用，身為YA的老闆，我的錢雖然不像首富那麼多，但要為阿西米特的新世界供獻一點，那還是可以的。」

這話，讓凱吉一怔，不可置信的脫口。

「你是說你真的是YA老闆？」

「當然，百分之百，如假包換。」達樂一臉得意的笑。

「他真的是。」阿俊舉手，「達樂有錢的要命。」

「我可以幫他作保。」小傑開口，「達樂要是沒錢，我也不會跟著他跳槽。」

蘇舒有些愣住，忍不住問：「YA是什麼？」

此話一出，所有人齊刷刷的轉頭看她，連臺下的女人們都忍不住騷動了起來。

「YA是全球年輕人最愛的知名化妝品牌啊！」

「去年的銷量在十八到四十歲衝上全球第一！」

「那瓶YOUTH粉底液超好用，真的瞬間回到十八歲——」

「上次還被億萬網紅推薦！好幾個電影巨星都搶著要代言——」

這排山倒海的解說，讓蘇舒有點嚇到，忍不住回頭看了臺下女人們一眼，才又再看向他和凱吉，讓她沒想到的，是原本爆怒的凱吉，竟然冷靜下來了。

但達樂沒有就此停下來，只笑著道：「哪，看到沒，我活著可是比我死了還要值錢，YA的產品都是我親自研發的，我下一個十年目標，是攻下四十到六十歲的族群，我們也即將推出男士系列，我的目標其實和新世界沒啥不同，就是要讓人人能夠永保年輕——」

凱吉舉起手，打斷了他。

「我也有個問題。」

「可以，你問。」達樂笑瞇瞇的回，此時此刻巴不得他多問幾句，好讓他再多拖一點時間。

凱吉冷冷一笑：「如果你的目標和我們一樣，你假扮成我的樣子，炸掉我們的變電箱，帶走我們的孩子，又帶人跑來這裡放火搞破壞，闖入實驗室是為什麼？」

可惡，這傢伙還真不是蠢蛋！

達樂聞言眨了眨眼，乾笑兩聲：「呃，這個嘛……」

「你再掰啊？」凱吉冷笑著，道：「不過你方才那主意不錯，我會成全你的願望，讓她和你結婚，但我相信，結婚這件事，是不需要四肢的。」

說著，凱吉看向蘇舒：「賞兩顆子彈給他，把他的腿給廢了。」

蘇舒一僵，心下有點慌，只能冷著臉僵問：「那我的獎金呢？他的腿廢了要怎麼當獵物或獵人？」

凱吉冷冷看著她：「他有錢啊，方才他自己不都說了，他活著比死了還要值錢，妳和他結婚後，那點獎金妳就不會看在眼裡了。」

達樂真是沒想到會挖洞給自己跳，聽了只能脫口咒罵出聲：「Shit！你有沒有良心啊？我這麼盡心盡力地想幫阿西米特賺錢，你竟然想把我搞成殘廢？」

凱吉沒理他，只看著蘇舒，瞇起了眼：「怎麼，妳捨不得？」

此話一出，讓所有人的注意力又回到她身上。

蘇舒頸背一緊，瞬間壓力如山大。

她看向達樂，達樂也看著她，乾笑著。

他和她一樣清楚，現在就算她想開槍，她槍裡也沒子彈，而且此時此刻每個人都眼也不眨的緊盯著他倆，就算他想把子彈還給她讓她開槍打倒凱吉都沒機會。

怎麼辦？

凱吉臉色越來越陰沉，驀地無預警抓起身旁黑衣部隊的槍對準了她，蘇舒臉一白，才要開口說話，忽然禮堂喇叭裡傳出了一句話。

「哈囉哈囉，我們上線了嗎？有訊號了嗎？」

與此同時，舞臺上的大螢幕跳出了一個畫面，一位身穿白袍的男人站在地下研究室的中央，他笑容滿面的對著鏡頭揮手。

禮堂裡所有人一陣傻眼，就連凱吉也回頭看去。

驀地，整間禮堂被人斷電，全場陷入一片黑暗，人們發出驚慌叫喊，槍聲瞬間大作，到處都有撞擊聲，四處一片混亂。

燈還沒暗下來的前一秒，蘇舒就看見達樂在第一時間把彈匣從上衣下襬掏了出來，神速的把它裝回她的槍裡，她立刻抬手開槍射向凱吉。

她不知道自己有沒有射中，燈熄了，保命的本能讓蘇舒想轉身逃跑，但她記起他們的交待，在熄燈的瞬間趴下，某個巨大物體從頭上掃過，帶來一陣強風，和接二連三的悶喊痛叫倒地聲。

在一次次的槍擊火光中，她看到達樂在她前方，踢掉了凱吉手上的槍，一個翻身撲倒了凱吉，她強迫自己起身，忍住想閃躲後方臺下襲來的子彈的衝動，也跟著往前衝——

她必須相信，相信他和他們，她不敢隨便亂開槍，怕誤傷他或友軍，槍擊火光不斷在身旁和身後爆閃，讓她一邊狠揍那可能是凱吉的龐大身軀，一邊全身緊繃等著承受飛來的子彈，混亂中拳腳亂飛，她被揍了一拳，也踹了某人一腳，她手上的槍因此掉了，飛到黑暗之中，到處都是咆哮和倒地聲，突然間熄滅的燈又全數亮了起來。

「通通不許動！」

喇叭裡再次傳出男人的聲音。

她嚇了一跳，定睛一看，才發現凱吉面朝下的被達樂和她壓在腳下，達樂手上的手銬不知何時早被他解開，改銬在凱吉被反折到身後的雙手。

蘇舒匆匆抬頭四顧，只見舞臺最前方果真如之前他們告知她的那樣，被人架起了一排防彈玻璃，那排玻璃只有半個人高，但已足夠讓他們在臺上只要不站起來就不會被臺下的黑衣部隊開槍射到。

而方才掃過頭上引起大風的東西，是一根巨大的鐵桿，原本應該是拿來固定布幕的吧？她不曉得他們是怎麼弄的，總之垂降的布幕和那鐵桿此刻已落到了臺下地上，還有幾個人被困在布幕裡，好不容易才爬出來。掉落的鐵桿掃過臺上，打翻了臺上的黑衣人，才讓紅眼的人搶得了先機。

他們切斷了鐵桿，移動它的位置，還在上頭綁了繩，好讓它能橫掃舞臺，又及時在它因為反作用力掃回來時，瞬間架起之前藏在舞臺前的防彈玻璃，阻止那鐵桿回彈，只掀翻了臺下前排座位的人，掉落的布幕更是造成了障礙。

這些人默契十足，配合的天衣無縫。

因為如此，臺上情勢已變，達樂和她一起壓制了中槍的凱吉，臺上原本持槍的黑衣人，除了其中兩位之外都已經倒地不起，達樂的人則拿著搶來的槍，抵著那些黑衣部隊的腦袋，看見還有兩位站著，瞬間有人拿槍指去，塞斯甚至朝其中一個開了一槍，讓那人跳了起來，火速摘下頭盔面罩。

「靠！是我啦！是我！自己人！OK？」

「媽的塞斯你是不是故意的？我剛剛踹你也是逼不得已的好嗎？如果不是我你早被踹到屁股裂開了！」

「蛤？你頭臉都遮住了，我怎麼知道是你——」

她不敢相信這幾個人竟然還有空鬥嘴，臺下除了精英班的家長學生，還有黑衣部隊，此刻那些黑衣人全舉起了槍，對準臺上那幾個站起來吵架的人。

「別動！」達樂見狀，對著臺下大喝一聲，把槍抵著凱吉的腦袋，警告臺下的黑衣部隊：「再動我宰了這傢伙！」

一時間，雙方就這樣僵持著，就在這時，喇叭裡又傳出了聲音。

「達樂你搞定了吧？拜託告訴我你搞定了，喔好，你搞定了，我看到了！小子們幹得好！」

蘇舒回頭看向舞臺，只見大螢幕又亮了起來，穿著白袍的阿南仍站在那兒微笑，手上還拿著一支手機在觀看，方才喝令不許動的人就是他。

「欸欸欸，臺下那些黑衣的也別動，請看向螢幕左邊，喔不對，應該是右邊，看到了吧？這些是你們的個人資料，沒錯吧？」

臺下黑衣部隊的人聞言一驚，所有人立刻朝螢幕右邊看去，只見螢幕秒變分割畫面，右邊視窗輪流閃現無數大頭照和姓名個資。

「現在我只要一個彈指，這些資料就會全部被公開在網路上，知道我為什麼沒有立刻這麼做嗎？因為我相信你們有些人不清楚自己正在做什麼，好了，你們也不用試著上網或打電話了，我們已經切斷電話、屏障訊號，控制了基地台和Wifi，還有其它你想到的方式我們都想到也搞定了。咳嗯，那讓我先簡單自我介紹一下。」

那男人在螢幕裡笑著，然後走向鏡頭再退回來時，手上的手機已經消失了，大概被他放在拍攝的設備旁。

「阿西米特沃士科學園區的諸位大家好，在下小人我叫曾劍南，是位天才外科醫生，是的，我是天才，不要懷疑。在這裡呢，請容我鄭重為大家介紹這位在你們園區裡最機密、最花錢也最會賺錢，最最最最了不起的研究室主持人，貝葛歌博士！讓我們舉起雙手掌聲鼓勵鼓勵鼓勵——」

說著，他還卯起來拍手，同時間一張椅子被人推了過來。

推椅子的不是別人，竟然是紅眼那位老闆韓武麒，看得蘇舒一愣，達樂見狀更是傻眼到下巴都要掉下來。

韓武麒一把抓住椅背，讓坐在椅子上的人正面朝向鏡頭，人們才看到上面坐著貝博士，他不知何時竟被人反抓了起來，五花大綁的綁在椅子上，那原本離開時還萬分興奮的老頭，此刻一臉蒼白，有些狼狽慌張的看著鏡頭。

「貝博士一直以來都在做違反倫理道德的研究，像是基因改造、器官移植，還有其它阿啦啦之類想幫助新世界的科學實驗，其中一項最賺錢的項目，就是摘取在孩子身上培養的器官，就像左邊這些。」

阿南手一揮，畫面上的左邊視窗立刻出現一堆影片和手術的記錄片，那恐怖的景象，讓全場都倒抽了口氣，還有女人忍不住驚叫出聲。

雖然影片上的孩子面容都被遮住，做了特殊模糊處理，可人們還是能清楚看見貝博士將無數器官手腳從人體上切除或摘除。

「這傢伙本來是研究異種移植的，但與其用動物做異種移植，顯然用同種移植當然是比較可行的。我知道還是有人會覺得不關己事，那麼你們可能要考慮一下，這位原來在園區工作的小姐，為何會決定要鼓起勇氣離開這個邪教了。」

隨著阿南的話，畫面瞬間被切換到蘇舒身上。

剎那間，眾人的目光又朝她射來。

「妳敢！妳不想活——」

凱吉見狀，臉色發白的想轉頭對她咆哮，但被達樂一拳打斷，一旁的阿俊更是當場脫了鞋襪，扔來一只臭襪子給他，達樂一把接住，塞到那胖子嘴裡，氣得凱吉臉紅脖子粗，只能發出嗚嗚聲響，但被人反銬了雙手，面朝下壓在地板上，他也只能像隻巨大海象不停掙扎卻仍動彈不得。

凱吉的叫囂沒讓蘇舒退縮，但她看著螢幕中蹲在舞臺上的自己，一時間仍有些耳鳴，可身前的男人，在這一瞬，握住了她的手，看著她微微一笑。

那笑容，穩住了她的心。

蘇舒見了，這才深吸口氣，轉頭起身來到講臺前，看著前方的鏡頭和臺下的眾人，張開乾澀的唇，對著麥克風開口道。

「在這之前，凱吉一直告訴我，來到這園區的人，都是新世界的選民，我們全部都是。這是個屁話，相信你們都清楚。」

奇異的是，她原以為她會因為太過緊張而忘詞，但說出口的字句，卻意外的無比順暢，那些字句一個接著一個浮現，讓她看著臺下眾人，聲音沙啞卻口齒清晰。

「不過這不是屁話，我們確實都是被選上的，只是我們並不是被選上當新世界的住民，或新人類的父母。我們會在這裡，是因為這世界上某個地方、有個人需要我們的身體做器官移植，我們來到這裡之前就已經被配對成功了──」

她話未完，臺下已人聲鼎沸，驚慌吵嚷聲四起。

「怎麼可能？別開玩笑了！妳有什麼證據？」

「對啊！有什麼證據？」

蘇舒看著臺下那些人，舉起手，指向左邊的螢幕，道：「這就是證據。」

這話讓眾人一怔，不由得抬頭看去，就見螢幕中的手術檯上，躺著的不再是個孩童，而是位年輕女子。

貝博士正將其剖腹，取出了一副臟器。

「來到……」看著影片中的女人，有那麼一秒，蘇舒的語音有些不穩，但她拉回視線，深吸口氣，道：「來到這裡的第三年，我突然身體不適、昏迷不醒，再醒來時已躺在醫院裡，園區裡的醫生告訴我，我得了急性盲腸炎，所以幫我動了手術，但那不是盲腸——」

蘇舒看著臺下眾人，看著前方鏡頭，白著臉，一字一句的告訴所有人。

「那是我的子宮。」

原本緊盯前方，時刻防備臺下黑衣部隊的達樂，聞言渾身一震，這才轉頭看去，發現手術檯上的人是她。

剎那間，氣一窒，只覺得難以忍受的怒氣驀然上湧，讓他想直接宰掉被他壓在膝下的王八蛋，但她仍在說話，他只能強壓下滿腔的沸騰怒火。

他不知道，這女人沒和他說過，難怪之前在消防隊時，阿南難得的沒過來和他鬥嘴，從頭到尾閃他閃得遠遠的，顯然早就曉得。

不忍再看她在手術檯上任人魚肉，他轉頭看向前方那女人挺直的背脊，只覺萬分心痛。

蘇舒顫巍巍的再吸口氣，開口繼續道。

「你們可以看到，他們隨即把我健康的子宮移植給另一床的女人。」

蘇舒握緊了雙拳，冷著臉，看著前方眾人，道：「我相信在這的大多數人都有類似的經驗，可能曾經突然身體不適，吃了醫生開的藥，就神智不清的昏睡幾天，醒來就在醫院了，然後身體從此變得異常虛弱，卻不知道自己可能少了肝、少了腎，或甚至直接告知我們是身體長了腫瘤，公司好心幫我們切除。但也有不少人從此因病過世，或者我們會被通知那人犯了錯，就這樣被送去了獵場。可是，除了少數的幾個之外，有誰曾經真的看見並且確定那些消失的人，每一個都去到了獵場？你們不覺得園區裡的孤兒，有點太多了嗎？」

聽到這裡，臺下有個人，忍不住開口大聲質問。

「放屁！我就沒遇過！況且世上哪裡不死人——」

蘇舒聞言，只道：「如果你還沒遇到，可能只是因為那個出錢勾選你的人，那個和你配對成功的人，暫時還不需要你的器官，所以他們讓我們住在這裡，在這裡工作，將我們像羔羊一樣圈養在這座園區，不讓我們出去，將我們洗腦，直到我們相信待在這個地方，一起共同創造新世界，會是更好的選擇，如此一來才能在需要時，隨時取用——」

她的話和那些影像，讓身在園區各地，所有收到通知觀看手機的人，都紛紛白了臉。

臺下另一個女人牽抓著身前的兒子，像溺水的人抓住最後一根浮木似的，忍不住又喊：「但我們的孩子，我的兒子，確實是精英，是智勇雙全的新人類啊！」

蘇舒朝那女人看去，扯著嘴角，笑道：「是的，阿西米特的人是在創造新世界，精英班的孩子，全都是被基因改造過的，在妳的卵子和妳老公的精子被取出來做所謂的優生新人類時，那些胚胎就已被基因編輯改造，讓出生的孩子更強大更聰明，但他們只是把孩子們當成實驗體，妳們以為只有孤兒才是實驗體嗎？只有在地下室的孩子才會拿來做器官培養嗎？以為只有我們和那些躺在醫院的植物人才是器官備胎嗎？妳們以為，之前突然意外生病過世的孩子，真的是意外生病走的嗎？」

她掃視臺下滿臉震驚的家長，道：「這裡所有孩子的基因都是被改造過的，那讓他們更加適合拿來當做器官農場，讓那些出錢勾選我們的人，將來能得到更優良的器官，貝博士做的實驗，能讓那些人即便接受器官移植，也不再需要吃排斥反應的藥，這些孩子的存在，只意謂著他們從此將永遠有取之不盡、用之不竭的器官和血液，能夠更年輕、更強大、更健康，這不是個很美好的新世界嗎？」

這些話，聽得所有人心生惡寒，雖然不敢相信，但又不能不相信。

在內心深處，每個人都知道，這裡是個什麼樣的地方。

蘇舒深吸口氣，再次看向前方鏡頭，正色的道。

「這就是我為什麼決定要毀掉這個地方，從此消失的原因。紅眼的人已經解除了所有安全系統，把所有出口全部打開了。我們會維持這裡的運作幾個小時爭取一些時間，盡力消除園區裡所有大人小孩的資料，並將關於你個人與孩子的健康資料分別傳送到你的手機裡，無論你現在位於園區裡的哪個地方，如果不想自己或孩子變成任人摘取的器官，請立刻備份那些健康資料，上面會告訴你，孩子和你的身體狀況，然後盡快放下手邊的手機，放棄會讓你被追蹤的一切事物，並帶上能變現的財物，在外面的人趕到之前，用最快的速度離開這裡，改名換姓躲藏起來。」

她鏗鏘有力的勸戒，迴盪一室。

話落，滿室都是輕微的手機震動聲，就連黑衣部隊的人，每個都感覺到口袋裡的手機震動了起來，震得每個人心頭發慌。

一開始還沒有人動，臺下的黑衣部隊也依然拿槍對著臺上的人和她，沒人敢先當那個伸手去掏手機來看的人。

但後方的家長們卻不同，因為身處黑暗之中，人人都掏出了震動的手機，然後有個女人帶著孩子悄悄朝出口挪動了身體，跟著另一個也動了起來，接著一個又一個的家長，陸續匆匆帶著孩子轉身離開。

黑衣部隊的人見狀也開始不安的騷動起來，下一秒，螢幕上的畫面幫他們做了決定。

大螢幕上跳出了空拍畫面，在天際已經開始泛白的黑夜中，大批的車輛從四處的建築裡湧上了街道，車燈如星光點點將主要幹道全都照亮，車子一輛輛朝園區外的出口駛去，而在大門的守衛早已消失不見，就連河岸碼頭那裡都有好幾艘船開了出去，激起陣陣浪花。

成千上萬的車潮像螞蟻一樣朝四方潰散，在最前頭的一輛衝得比一輛快，轉眼就絕塵而去，消失在遠方的地平線。

黑衣部隊的人見狀，脫口罵了句髒話，跟著紛紛放下了槍，轉身就跑。

✣ ✣ ✣

成功了。

她不敢相信。

禮堂舞臺之下的人，眨眼就跑個精光，蘇舒回頭看到螢幕上轉播著園區裡的人四散奔逃的情況。

這一瞬，毛孔全數張開，積壓多年的苦痛，讓淚水幾欲湧上眼眶，但她沒讓情緒控制自己，只硬生生將其壓了回去，朝凱吉走去。

她知道達樂在看她，但她不讓自己朝他看去，只在凱吉身邊蹲下，冷聲道。

「我給你一個機會，你告訴我，其它獵場在哪，我就讓你回家去找你的家人。」

說著，她把他嘴裡的襪子拉出來。

凱吉漲紅了臉，火冒三丈的對著她咆哮：「妳這說謊的賤人！如果不是我！妳早就死了！我們創造了新世界！正在創造新世界！那將是個全新的世界！現在這個舊世界就是個資源有限的零和遊戲，不是妳死就是我亡，只要舊世界還存在，像妳我這樣在底層的人一輩子都無法翻身！我以為妳早就明白這個道理！妳這白癡！妳不知道妳破壞了什麼！竟這樣浪費我給妳的機會！早知道我一開始就宰了妳——」

她把臭襪子扔給達樂，那男人眨眼就把襪子塞回凱吉的臭嘴裡。

然後，她起身退開，轉身走向一位站在舞臺邊，她在行動一開始就讓紅眼的人去別墅區綁來的女人，她走到那雖然有些年紀，但仍風韻猶存的女人身前，淡淡問。

「妳知道妳的兒子人在哪嗎？」

女人臉色蒼白的回看著她，唇微顫，沒有回。

「他告訴妳，兒子去擔任要職了，對嗎？」

蘇舒看著她，面無表情的說著：「我也是這樣聽說的，但我這兩年，從來沒看過他，一次也沒有。」

女人聞言一僵，想起她方才揭露的真相，瞬間聽懂了她的暗示，不禁臉色死白的瞪大了眼，脫口道：「我前兩天才和我兒子視訊過——」

蘇舒聽了只問：「有多久呢？一年？兩年？妳多久沒真的親眼看過妳兒子？沒親手擁抱過他？妳怎麼確定那個在船上和妳說話的人，不是用深偽技術換臉的替身？」

女人震懾不已，猛地轉頭看向被壓制在地上的丈夫。

「不可能……他不可能……」

凱吉漲紅的臉，在看到那女人時，早已變得死白，蘇舒的下一句話，讓他臉更白。

「兩年前，凱吉動了一個手術。」蘇舒看著那女人，說：「妳記得是什麼手術嗎？」

女人氣一窒，恐懼竄上腦門，再忍不住，她一個箭步衝上前去，抓下他嘴裡的襪子，搖著他肥厚的肩頭質問：「這不是真的！告訴我她說的不是真的！你沒用我兒子的心臟！你沒這麼做——」

「沒有！我沒有！妳不要聽信那賤人的話！」凱吉張嘴就反駁：「我用的是別人的！其他人的！」

女人聽到這話，沒鬆口氣，反而一臉死白的瞪著他，「兒子和你都是稀有血型，要有別人的，你早換了，需要等到現在？為什麼等現在？是體重？年紀？喔天啊……天啊，你只是在等他長大……」

凱吉一怔，惱羞成怒的道：「就算是又怎樣？兒子再生就——」

他話未完，女人就發出可怕的哀嚎聲，下一秒，她抓起掉在地上的槍，對著他的腦袋開了一槍，鮮血噴了她滿身滿臉。

這突如其來的變故，讓在場的人都嚇了一跳。

可那女人沒就此停下，只一邊繼續對著那被爆頭的凱吉開槍，一邊憤怒的對著他咆哮：「再生就有！再生就有！那是我兒子啊！我讓你再生！我讓你再生！我他媽的讓你再生！你這下三濫的狗東西——」

她就這樣在轉瞬間，把子彈全都清空還在扣扳機，直到達樂搶下了她的手槍，她才跪地放聲痛哭。

蘇舒到這時才抬眼朝達樂看去。

他握著那把槍，隔著大老遠，凝視著她，臉上沒有任何表情。

老實說，她也不期待看到此刻他臉上還有笑容。

她不能說她沒預料到會有這樣的結果。

因為她有。

就像她清楚凱吉會用最快的速度趕回來設下陷阱，就像她曉得凱吉會將他們拖到禮堂的舞臺上直播示眾，她也一樣明白那個女人若知道真相，會有什麼樣的反應。

她太瞭解這裡的人在想什麼，這幾年，她安靜的觀察，小心記著每件事。所以她知道黑衣部隊的制服存放的地方，知道哪裡能取得防彈玻璃，知道到何處可以拿到紅眼的人需要的設備器具，更清楚知道園區裡人與人之間的關係。

園區的女人都是被拐騙來的，他們將她們洗腦，讓她們維持心情愉快，一切都只是為了確保個體的健康，無論身體和心理都一樣，因為那是會互相影響的，憂鬱焦慮會讓身體出現嚴重失衡，越有價值的個體，越會被好好照顧其身心健康。

很早之前，她就領悟到，這個組織不是這幾年才出現的，他們已經存在很久很久了。凱吉和這個女人的婚姻和其他人一樣，一切都是虛假的幻覺。

可是，女人們對孩子的感情卻不是假的。

凱吉不愛他的妻子和兒子，但這女人愛她的兒子。

所以是的，她早就料到了。

她知道這個女人知道真相一定會報復凱吉。

眼前那隔著大半個舞臺凝視著她的男人，讓她心口微顫，他那清澈的視線如火一般，幾乎要灼傷了她。

蘇舒沒有閃避他的凝視。

她就是這樣的人，為達目的不擇手段的人。

現在，他知道了。

難以忍受的自我厭惡感再次上湧，讓她有種想吐的衝動，更教她驚慌的，是那男人竟在這時腳跟一旋朝她走來，她忽然害怕起來，她還沒辦法和他說話，現在不能，拜託別過來，她需要把事情做完。

她不認為自己能冷靜的回答這男人的問題而不崩潰。

這一秒，她幾乎想要再次轉身逃跑，但雙腳無法動彈，幸好韓武麒的大臉突然出現在螢幕上叫住了他。

「小王八蛋，把你的手機給我接起來！」

達樂聞言這才停下腳步，但仍看了她一眼，才不甘願的接起響了半天的手機，然後指揮處理現場情況。

她鬆了口氣，才發現自己方才不自覺屏住了呼吸。

很好，現在她能把剩下的事做完。

做完再崩潰。

再一次的，她挺直了背脊，將所有的情緒壓下。

不久後，蘇舒順利和這女人拿到了其它獵場的情報。

她從來不期望凱吉會吐出什麼，他不會說的，她太瞭解他了，凱吉全心全意的相信那個新世界的鬼話，可這個女人只是不得不信，說服自己去相信。

但在發現兒子的遭遇後，女人崩潰完就什麼都說了，把過去二十多年來，知道看到的全都交待得一清二楚。

男人總是以為自己可以瞞得了枕邊人，孰不知這世上最會說謊的，從來就不是身強體壯擁有權勢的人，是那些什麼也沒有，為了自保只能委屈求全，費盡心思想方設法生存下去的女人。

第十八章

天亮了。

紅眼的人佔領了整座園區。

她的計劃，第一步是先由一批人在各地區放火，製造混亂的假象，並襲擊別墅區，綁架哈特夫人。第二步由她和達樂做餌，另一批人先去偷了黑衣部隊的制服換上，並趁他們吸引注意力時，同時到禮堂先做準備。第三步，就是在兩人拖延凱吉時，讓阿浪阿南去救孩子。第四步，搞定凱吉和舞臺上的黑衣部隊，並隔開舞臺區。第五步，由肯恩協助她公開真相，說服眾人離開，藉此讓這地方瓦解崩潰——

這看似不可能的任務，有著各種出錯的可能，紅眼的人卻做到了。

即便中間有些許突發狀況，但在韓武麒的及時救援下，也有驚無險的順利解決。

看著眼前的一切，蘇舒仍有種不太現實的感覺。

走出禮堂時，她能看見遠處有些地方還冒著煙，一輛又一輛的消防車停在草地上，但已經不再閃著警示的紅光。

蘇舒原以為韓武麒會把剩下的黑衣部隊的人全抓起來，但他卻要手下的人別管他們，除了少數幾個像是貝博士那樣的傢伙，韓武麒幾乎放掉了所有人。

「放掉這些人不就縱虎歸山嗎？」

當塞斯問起時，那男人只嗤笑一聲。

「拜託，你知道要餵飽這麼多人要花多少錢嗎？而且所有在這園區的人都是配對成功的，你覺得他們知道這件事之後還會再回去那邪惡的組織嗎？又不是傻了。」

「厚，也對喔。所以我們真的要炸掉這地方？」

「我們沒有足夠的人手守在這，與其浪費那些時間人力守著空殼，還不如炸了一了百了，省得他們又派大隊人馬來搶回去用，想想還是放個巨大的煙火，氣死那些花大錢搞這些東西的死變態感覺比較划算——」

所以他派人清查了所有的街區和大樓、住宅區、工廠，確定沒人還傻傻躲在其中，雖然他嘴裡說沒人手，但這男人召集來的人數，還是遠超過她的想像。

她原以為來這裡支援的人，就昨天晚上她在消防隊看到的那些，可天亮後，她走出來才發現除了達樂的員工之外，韓武麒親自帶了大隊人馬前來，園區的人還沒完全撤光，操場上就已經飛來一架又一架的醫療專用直升機和運輸機。

他讓一個小隊在河岸邊拉起封鎖線，以防萬一有想不開的伏兵從河邊衝上來攻擊，另一個小隊守在校區前方，自己來回多趟親自和阿南、阿浪把所有孩子都送上了配備齊全的醫療專機。

蘇舒聽到韓武麒要達樂帶人拿著儀器去掃街安裝炸藥，她有些不安，但也只能站在原地，剎那間，四周到處都是人，所有的人都在忙，都有自己的事做，看著那些亂中有序的人們，她只覺得有些格格不入。

正當她想找人問清楚那位小女孩雷玟被安置在那裡時，烏娜出現在眼前，扔給她一只藍牙耳麥。

「聽說妳現在是我們的人了。」那女人朝她挑眉，笑道：「戴上吧，有什麼緊急狀況，阿震會隨時通知所有人。」

她一怔，接過耳麥戴上，就聽到烏娜繼續道。

「武哥找妳，請妳去地下室一趟，妳可以嗎？」

蘇舒聽了，點點頭，問：「有個女孩叫做雷玟，昨天晚上被配對成功了，我在地下室沒看到她，之前應該還在宿舍區，可以麻煩妳幫我確認她現在人在哪嗎？」

「是孤兒嗎？」見她點頭，娜娜道：「宿舍區的孩子應該都在第一批撤走了，名單在阿震那裡，等等，我問一下。」

說著，娜娜壓了下藍牙耳機上的按鈕，問：「阿震，幫我查一下雷玟這孩子現在在哪？」

幾乎在第一時間，那女人就得到了答案，然後微笑告訴她。

「她在路上，之前還不確定這事有沒有辦法成功，所以我們的人先把宿舍區的孩子走私到消防隊了，他們正把人也回送到操場，讓他們一起搭機送去安置，妳需要見那個孩子嗎？」

「不用，我只是要確定她的安全。」蘇舒鬆了口氣，她答應過要帶雷玟回去，但不急在一時，她清楚自己還有事要做，思及此，她一頓，又補充道：「可以請人把雷玟送去和西瓦一起嗎？」

娜娜聞言，點頭：「可以，沒問題。」

話落，娜娜立刻通知照顧那批孩子的人，然後告訴她，下回有事可以直接按下藍牙耳麥上的按鈕，透過耳麥通知阿震，他會盡快處理她的要求。

聽到這，她才意識到肯恩被帶走之後，這位叫阿震的人接手了駭客的工作，所以事情才能順利地進行下去。她記得達樂提過這人好幾次，說他是個天才電腦駭客，就是他幫達樂追蹤到她的，難怪他能那麼迅速接手肯恩的工作。

蘇舒跟著那女人走向圖書館，搭電梯下樓時邊問。

「肯恩呢？他還好嗎？」

「沒事，他只是被打了麻醉，阿南幫他打了點滴，等把藥效代謝掉之後就沒事了。」

「你們何時到的？」聽到這，她忍不住再問。

「差不多在妳和達樂從圖書館裡被拖出來的時候吧。」娜娜和她一起走過長廊，說：「和妳通完話後，那賊頭一路狂飆，好不容易才及時趕到，話說回來，妳演技真好，之前看妳在臺上那模樣，我有瞬間還以為我得幫達樂收屍了，結果看到他在那邊瞎扯，我就知道妳是在演戲，說真的，到底有誰會在那種狀態下求婚的？有夠扯耶！」

這話讓她心口一抽，頸背又一緊，啞聲道：「他只是為了拖延時間，不得已才這麼說的。」

娜娜轉頭看她一眼，眉眼帶笑的點頭同意，「嗯，大概吧。多虧了你們演的這一齣八點檔大戲，我們才能來得及把一切安排到位。」

話是這麼說，不知為何，她不認為這女人真的心口如一。

蘇舒不知該怎麼接話，只能沉默，豈料這女人突然停下腳步，輕觸她的肩頭，看著她認真的說。

「嘿，我說真的，真的多虧了妳，在地下室的孩子比我們所有人預料的都還要多，若不是妳成功說服了這些人，我們一定來不及把所有的孩子都救出來。」

她愣住，一時只覺眼微熱。

娜娜見狀，對她露出笑容，掏出手機，道：「我們加個好友吧，妳之後若有什麼問題，都可以問我。」

蘇舒一怔，沒想到會聽到這女人這麼說，但她遲疑了一下，還是拿出手機加了好友，她確實需要有人幫助她搞清楚紅眼裡的人際關係。

就在這時，她看到有個孩子躺在病床上從前方被推出來，那孩子一臉蒼白，經過身邊時，她忍不住多看了一眼。

見她在看，娜娜道：「別擔心，孩子們都會被送去巴特家族的醫療機構做後續的照料，會有人照顧他們的。」

聞言，她點點頭沒再多問，只和烏娜一起繼續往前走，聽這女人告知她，接下來可能要注意的事項，及預定撤離的時間表。

到了X區，蘇舒看到所有的孩子都已經離開，那些曾經緊閉的門都被打開了，韓武麒和阿南、阿浪站在那台大電腦前，看到她，幾個男人朝她點頭。

「抱歉，我們需要和妳再確認一些事。」韓武麒讓出位子，指著小螢幕上的文件，「妳認得這些代號嗎？」

蘇舒走上前查看，一邊把自己知道的，和剛剛得知的最新資訊，都告訴他們。

✣ ✣ ✣

接下來的時間，她讓自己的心思全都專注在工作上。

待回神，已過去了幾個小時。

再三清查過後，他們確定整座園區已無任何活物，所有的孩子都已撤離，紅眼的人也全都撤出了園區，待在安全線範圍之外，韓武麒才開車載著她，領著最後的幾輛車，挑了附近較高的地勢停下來，站在悍馬車上，拿著手機，用系統做了最後三次的廣播警告。

然後那男人轉過身，把手機遞給她。

「我相信這是妳一直想做的事。」

手機螢幕上有個按鈕的圖案。

她知道她只要按下去，就能炸掉這個地方。

但不知為何，她無法伸手接過那手機，總有一種這不像現實的感覺，忽然間很害怕按下那個紅色按鈕之後，眼前的一切就會煙消雲散，然後發現她人還在船上，在那狹小的艙房，過著生不如死的日子。

就在她被那恐懼緊緊抓住的瞬間，消失了好一陣子的達樂不知怎地，突然出現在車門旁，他一把拉開了車門，朝她伸出手。

蘇舒瞪著他，不自覺又繃緊了身子，但他什麼也沒說，只是伸著大手，看著她。

剎那間，喉緊心縮。

這幾個小時，她一直刻意在閃躲這男人，不看他，不和他接觸，不和他說話，她不知道該說什麼，害怕面對他可能問的那些問題。

但他還是來了，來到她面前，朝她伸出手。

等她發現，她已不由自主的握住了那隻大手，跟著他下了車。

他朝韓武麒伸出另一隻手，那男人挑眉笑了笑，把手機給了他。

達樂抓住那支手機，牽著她一路走到最前方視野最好的地方，他站在她身旁，穩住她的雙肩，讓她面對那座困住她多年的險惡之地。

「別怕。」

他握著她的手，看著前方那座邪惡的園區說：「說了沒用，我知道，妳也曉得，我不能和妳保證從此妳就不用再逃，但我可以告訴妳，從現在開始，我會和妳一起，在妳害怕時陪妳一起，在妳哭泣時擁抱著妳，不管遇到什麼事，我們都可以一起害怕、一同哭泣。」

她不敢相信自己聽到什麼，不禁錯愕的轉頭看他。

他臉上沒有笑容，完全沒有任何開玩笑的意思，他是認真的。

剎那間，只覺心跳飛快，渾身發燙。

身旁的男人，垂眼凝視著她，道：「我們每個人，都有屬於自己的惡夢。

妳有妳的，我有我的。我知道這世界不是非黑即白，我也弄髒過我的手，但若遇到惡魔，不髒手怎麼活？」

這一瞬，全身毛孔都就此張開，她不覺顫顫吸了口氣，雙眼張得更大，眼前的男人站在豔陽下，黑髮隨風飛揚著，雙眸透著無比的溫柔。

一滴淚，就此滑落。

他伸手拭去那滾燙的淚，把手機遞給她，告訴她：「這世界很不公平，人人生而平等就是個狗屎，但我們可以試著去平衡那個不公不義的天平，試著去改善這個世界，就從一起炸掉這鬼地方開始，OK？」

看著眼前的男人，她完全說不出話來，他的話給了她勇氣。

蘇舒伸手接過那手機，他沒有就此抽手，只是覆握住了她冰冷的小手，然後和她一起握那支手機，同時按下了那個按鈕。

炸藥一個接一個爆了，橘紅色的火光衝上天際，發出宛如天使號角的巨響，讓天地震動、咆哮，熱風瞬間迎面而來，但他擁抱著她，穩穩的立在那狂風火氣中，一起看著那座邪惡的園區，被炸得灰飛煙滅。

剎那間，熱淚奪眶而出，她喘了口氣，釋然的顫慄竄過全身上下。

這一瞬只覺喉微哽，蘇舒感覺到他收緊了長臂，將她緊擁，在她額角印下一吻。

✣ ✣ ✣

後來，達樂和她一起回到了韓武麒開的那輛車上坐在車後座。

車子開了很久，她沒有注意到底經過哪裡，她睡著了。

一開始她還試圖撐著，但她太累了，身旁的男人一邊和前面那賊頭鬥嘴，一邊還抱著她，安撫的來回輕撫她的手臂。蘇舒試圖坐直身體，但睏倦襲上心頭，讓眼皮一次次往下掉。

在那搖晃的大車中，聽著他和前方那男人的歡聲笑語，一種奇怪的安適感裹住了她，有那麼好一會兒，她失去了意識，當她驚醒過來，才發現自己剛剛睡著了。

身旁的男人不知何時也睡著了，他一手仍擁著她，讓她靠著他的肩頭，自己整個腦袋則往後仰靠在椅背上，大嘴微張的打著呼。

車仍在往前奔馳，開車的男人播放著一首輕鬆悠閒的英文老歌，一邊用那低沉的嗓音，跟著輕輕哼唱著。

那是達樂哼唱過的歌曲，在船上時，在海邊月下，他都哼過，他很喜歡這首歌。

這一次，她聽清了那首歌的歌詞。

I'll never let you go
Why? Because I love you
I always love you so
Why? Because you love me
No broken heart for us

Cause we love each other
And with our faith and trust
There could be no other
Why? cause I love you
Why? cause you love me……

聽著他的打呼聲，看著前方那個邊開車邊哼唱情歌的男人，她忽然明白，達樂會選擇上這輛車，是因為前面這人讓他安心。

因為這男人喜歡這首歌，所以他才跟著喜歡上這首歌。

韓武麒，是那個當初對他伸出手，一手將他帶大的人。

他百分百信任這男人。

因為如此，她不覺放鬆了下來。

倦累再次爬上了眼，她不再抗拒，悄悄喟嘆口氣，再次闔上了眼，和他一起在那低沉慵懶的嗓音中，進入夢鄉。

✣ ✣ ✣

牆上掛著一幅風景畫。

畫裡有著碧藍的海水，小小的、淡淡的白色浪花泡沫飄浮在其上，浪花前方是一顆又一顆小小的五彩石頭堆疊著。

水很清，浪很小，濕潤的石頭在陽光下閃閃發亮。

看著那溫柔怡人的水色浪花，蘇舒眨了眨眼，有那麼好一會兒，不確定自己人在哪裡。但身後人體散發出來的熱氣，和他身上熟悉的氣味，讓她想起來在一陣舟車勞頓，搭車轉機之後，她被他帶進了一棟老公寓。

兩人一進房幾乎沾床就睡，她甚至都不太確定當時是黑夜還是白天。

她倒是很確定現在是白天，那幅畫的旁邊有扇窗戶，窗簾雖然緊閉著，但是旁邊透出了外頭的天光，那溫暖的光線讓眼前這幅畫看起來更加鮮明。

不過那麼久沒洗澡，她都聞到自己身上的汗臭味了，雖然他開了冷氣，但汗乾掉之後，感覺全身上下都在癢。

小心翼翼的，蘇舒拉開他擱在她腰上的大手，悄悄滑下了床，才轉身看向那個熟睡的男人。

床是單人床，包著灰藍色的床罩，那條涼被也是灰藍色的。

經過這幾天的折騰，他的下巴冒出了點點鬍碴，黑眼圈也冒了出來，這大概是她看過他最不修邊幅的模樣了，但不知為何，這男人看來更誘人了。

怕自己又做出不該做的事，她挪開視線，卻在這時看見床頭那面牆掛了好幾幅風景畫，非但如此其他有空間的牆面都掛著畫，整間房的牆都漆著一種很舒服的大地色，掛在牆面上那些畫大大小小的，用各種不同的顏料畫著不同的景物，深綠色的叢林，橘紅色的夕陽，寬廣的大地，金色的稻，銀色的月，藍色的大海，藏青色的山——

這些油畫或水彩、鉛筆素描，有些色調筆觸萬分溫柔，有些用色強烈且大膽，但每一張都美得不可思議，讓她不由得屏息。

幾乎在瞬間，她就意識到，這是他畫的。

這是他的房間。

她環顧四周，看見一張老書桌和電腦椅，一盞被貼了膠布的舊檯燈，一台古老的留聲機，書桌旁有個書架，上頭整齊有序的排放了各種黑膠唱片、書籍、畫筆、顏料和化妝品，還有一個水彩盤。

再一次的，她確定這是他的房間。

那些唱片、書籍全都照著順序排列，所有的瓶瓶罐罐和畫筆、粉刷全都乾乾淨淨的，沒有一滴殘粉或顏料在上頭，就連那個看起來用了超久的水彩盤都萬分潔白乾淨。

這男人真的有潔癖。

那小小的毛病，讓她勾起嘴角。

書架再過去有個收折起來的畫架，然後是一只深色的木頭衣櫃，跟著她看到一扇下方有通風口的門，才想起自己下床是因為想洗澡。

她安靜的走過去推門，確定門後是浴室。

兩人的行李被放在床尾，她沒去拿，裡面的衣服也都髒了，浴室的架子上有著看來很清爽乾淨的大毛巾，她走進去，關上門，脫掉身上皺得像梅干菜的衣物，放到洗衣籃裡，跨進浴缸開熱水洗澡。

水一開始是冷的，但很快就熱了。

在熱水持續的沖刷下，糾結的肌肉慢慢鬆掉了些，她拿起肥皂，打了泡沫，誰知肥皂抹到一半，浴室門就被人打開了。

她一怔，回頭看見那個男人。

看到她的模樣，他挑起惺忪的睡眼，邪魅一笑。

她的身體幾乎在瞬間就有了反應，所有被他饑渴視線遊走過的赤裸肌膚，都像在瞬間燃燒了起來。

然後，那傢伙慢條斯理的脫掉身上的衣褲，走上前來。

可惡，這男人真的把身體練得太秀色可餐了。

她有些惱，卻無法將視線從他身上挪開，只能看著他來到眼前，朝她伸出了手。

蘇舒屏息半晌，最終仍投降將肥皂交給了他。

他噙著笑，伸手拿下掛在牆上的沐浴球，打出又濃又密的白色大泡泡，然後跨進浴缸，開始用一種萬分下流的方式，幫她抹肥皂。

他有一雙神奇的大手。

神奇又邪惡。

那雙彷彿帶有魔力的大手在她身上緩慢的遊走，輕輕揉搓愛撫著她，讓她倒抽了好幾口氣，幾乎站不住腳，有那麼一瞬間她很怕自己會腿軟滑倒，不由得伸手抓住一旁的不鏽鋼架，可這男人根本不擔心這件事，他像是早就料到，右腳不知何時擠到她雙腿間，讓她坐在他腿上，那不是個好主意，或者是個太好的主意？她不知道，她無法思考，她只感覺到渾身發燙，身體在她反應過來前，已本能的夾緊磨蹭那粗壯結實的大腿，一股濕熱的情潮難以自抑的湧了出來，濕濡了他的腿。

他感覺到了，她看到他挑起了眉，唇邊笑意更深。

那讓她一陣面紅耳赤，忍不住想伸手打他，可下一秒，他一把將她整個人抬了起來，把早已勃發的慾望推送進來，填滿了空虛，舒緩了他挑逗累積在她身體裡的壓力，在他進入她的那瞬間，世界彷彿都消失了，只剩下眼前這個將她抵在牆上，從裡到外都充滿了她的男人。

最糟糕的還不是這個，是那雙凝視著她的帶笑黑眸。

這個男人強壯、性感、溫柔、熱情，而且喜歡她。

真的喜歡她。

那讓她全身上下都竄過一陣顫慄酥麻。

他所有的一切，在在都讓她無法抗拒，只能緊攀著他的肩頭，一次又一次的，被他送上難以置信的慾望天堂。

✣ ✣ ✣

半小時後，她和他一起重新躺回了床上。

單人床不大，但她一點也不介意，洗完澡又舒解了壓力之後，她現在只覺得全身放鬆，而且他緊貼在身後的皮膚感覺乾爽、溫暖又舒服，那沉穩規律的心跳也讓她安心，她幾乎就要睡著，直到她發現——

他在摸她小腹上的疤。

那讓她全身肌肉不由得再次繃緊，教原本再次襲來的睡意全消。

蘇舒氣一窒，反射性的想起身，但他沒放手，反而把另一手也趁機伸了過來，上下環抱住了她，將她整個人鎖在懷中，在她耳邊低語。

「嘿，別跑，別再逃了，我以為妳已經明白我有多頑固了。我說過，我會和妳一起，妳以為我說說而已嗎？」

她一僵，沒再試圖起身，只抓著他強壯的手臂，啞聲脫口：「我沒當真，你不需要這麼做。」

他嘆了口氣，道：「但我是認真的，百分百當真的，妳現在要告訴我，妳一直在欺騙我的感情嗎？」

「我沒……」蘇舒心一緊、眼微熱，抓著他的手臂氣窒的要求：「放開我……」

「不要。」他低頭啃了她裸肩一口，不爽的說：「可惡，我是認真的，我這輩子沒和第二個女人說過那些話，我從來沒有想要和誰一生一世，直到我遇見一個勇敢、堅強、冷靜、聰明，善良到好不容易從煉獄中逃出生天，卻為了無辜的孩子回來自投羅網的女人，而且她還貼心的要命，明明和我一起在逃命，卻不只會把用過的東西歸位，吃完飯會幫忙收拾餐桌，還會好好的把牙膏擠完捲好，在洗完澡後把浴室裡通水孔的頭髮清掉，甚至主動清潔陽台的鳥屎，妳知道有多少人嘲笑過我的潔癖嗎？不是認為那一點也不重要，要不然就是覺得，喔，既然你喜歡清，那就給你清吧。搞得我越來越不爽，媽的，自己的碗自己洗，自己的頭髮自己撿，自己的垃圾自己倒，脫下來的髒衣服給我放到洗衣籃裡啊！老子又不是清潔工——」

他越說越激動，她則越聽越傻眼。

「做人要互相啊，我喜歡乾淨不表示我喜歡幫人擦屁股好嗎？我好不容易才找到一個像妳這樣深得我心、懂得互相的女人，要是我還傻到放妳跑掉，我就真的是腦袋有洞了，好嗎？」

她一陣沉默，這一刻只覺得這一切無比荒謬，可他的話，讓她的心好熱好暖，她沒想到他會和她一樣，注意到這些奇怪的小細節，那讓淚又上眼，她不知該說什麼，到頭來只冒出一句。

「你之前在船上亂丟衣服是不是演得很辛苦？」

這話讓他笑了出來，「這是重點嗎？」

「我不知道……」蘇舒啞聲開口，不自覺緊抓著他的手，喉微哽的問：「什麼才是重點？」

「我想和妳在一起，一輩子手牽著手，一起哭、一起笑，這個才是重點，妳懂嗎？」他張開手掌，覆在她小腹的疤痕上，道。

「所以，說吧，告訴我。」

這一次，她沒問他到底要她說什麼。

看著眼前他一筆一筆畫出來的藍天大海，她唇微顫，吸了口氣，再吸口氣，才有辦法發出聲音。

「我……月事很久沒來了……」

她舔著乾澀的唇，一句一句，艱難的道：「一開始，我以為是壓力太大，以為是高壓的環境和過度的訓練才造成停經，但我漸漸覺得有點不對勁，他們以前很常用各種理由要我們去檢查身體，可手術後半年，我被要求做檢查的次數突然開始變少，我常常趁檢查時偷藥，當年公司常常會辦派對，美其名是慶祝犒賞員工，但實際上是讓那些男人有機會追求女人，有些人很麻煩，鎮定劑、安眠藥加在酒裡很好用，檢查的次數減少，讓我沒有理由去醫務室偷藥，我開始覺得奇怪，後來有次感冒，我找機會趁醫生被叫走時，偷看了病歷，卻發現我的病歷少了幾頁……」

蘇舒緊抓著他的手，道：「我知道有問題，我懷疑過，我的身體自從手術後就變得不太對勁，但當時的情況讓我無法多想，我光想著該如何活下去都來不及了，也查不到更多，直到西瓦讓我看到了那些手術的影片、文件，他們完全不在乎那孩子就在旁邊，也不管他看了會不會害怕，就這樣當著他的面討論器官移植的問題，討論曾經有過的案例，他們以為他聽不懂、看不懂。」

說著，她更加用力的抓緊他的手。

「但我懂，終於懂了。」她語音沙啞的輕聲說著：「那個需要我器官的女人，在接受移植後的半年，因為車禍死了，所以我才被允許離開園區，因為我的身體不再有價值，他們才讓我去接受武術訓練，讓我到其它地方工作，讓我上船服務VIP，既然我沒了利用價值，不用再如羔羊一般被小心圈養著，那就讓我當隻看門狗吧。」

達樂壓抑著怒氣，心疼的擁抱著她，聽她小小聲的說。

「所有園區裡的人，從園區裡出來的黑衣部隊，都是如此，我們都一樣。所以我把看到的手術病例號碼告訴肯恩，我要他把手術記錄影片找出來，我知道只有如此，他們才會相信，我們在新世界的眼中，都只是別人下訂，隨時等著被取用的一副備用器官而已。」

他知道她的證據是手術影片，但他當下以為那是別人的手術影片，他沒想到會是她的。

「妳為何不告訴我？」達樂啞聲問。

心一抖，蘇舒咬著唇，但最終仍是含淚吐出了實話。

「我不想……不想說……我還……還懷抱著一絲希望……」顫顫的，她再吸口氣，聲抖心顫的道：「希望那個躺在手術檯上的女人……不是我……」
但那是她。
她看到了，他也是。
這一剎，心痛如絞，淚也上湧。
他不敢相信，在當時那個狀態之下，這女人竟然還有辦法繼續把話說完，把事情做到好，他記得她的背挺得有多直，語調有多堅定。
換了別人早就崩潰了，但她只是站在那裡，面對著冰冷的鏡頭、無情的視線，條理分明的把話說清楚，警告那些人，說服他們，拯救了那些無辜的孩子。
達樂含淚緊抱著身前的小女人，親吻她的髮，告訴她。
「好了，現在，妳可以哭了。」
他的話，很輕很輕，粗嘎沙啞，卻無比溫柔，打開了心中某個一直被強行關上的開關，教淚如泉湧，讓世界模糊成一片。
蘇舒張開抖顫的唇，喘了口氣，再喘了口氣，可最終仍壓抑不住，不由自主的蜷起身子，抓抱著他的大手，在他的懷抱中，不能自已的痛哭失聲。

那悲痛的哀鳴，撕扯著他的心，他沒辦法多做什麼，只能淚流滿面的將她擁在懷中，親吻著她，安撫著她，陪她一起蜷縮在床上哀悼她的失去。

第十九章

他又再哼那首歌了。

擁著她，低低的哼，輕輕的唱。

那溫柔的歌聲，像是一次又一次的保證。

她在那溫柔的歌聲中，睡睡醒醒，但每一次他都在她身旁，偶而會餵她一些食物，偶而會叫她喝水，然後和她一起窩在床上，做愛做的事，跟著一起洗澡，再一起窩在床上睡覺。

在那兩夜一天，她的世界只剩下這個小小的房間和他。

第二天早上睡醒時，她還試圖想去找西瓦和雷玟，但他把她撈了回來，和她發誓孩子們被保護照顧得很好，不管她接下來想做什麼，她都得先把自己照顧好，至少得先睡飽。

這男人說服了她，然後幫她把世界隔離在外，和她一起窩在這個房間裡睡覺療傷，讓她什麼都不需要想。

腎上腺素退了之後，她全身酸痛，他不知從哪弄來了黑色的石頭和按摩油，幫她做了一整套的熱石按摩，把她糾結緊繃多年的肌肉全都按開，當然最後又歪到了其它地方去，這男人還很不要臉的和她說，他只是把全套做好做滿。

他有臉說，她都沒臉聽，只能摀住他的嘴，卻無法阻止他繼續做好做滿，因為她真的很喜歡，她猜他也知道，事後他一臉得意的笑。

然後，就開始哼這首歌，無限輪迴。

在幫他身上的擦傷和瘀青擦好藥之後，蘇舒趴在他結實寬厚的胸膛上，看著牆上掛著的那些畫，忍不住指著其中一幅開滿了九重葛的屋子問。

「這是哪裡？」

「桃花的餐廳。」他看了，笑道：「桃花是屠震和屠歡的母親，她有一手好廚藝，嫁了一個大光頭，養了一大堆小孩，我有陣子好想當她的孩子，妳知道，屠家就是那種我的家庭真可愛，整潔美滿又安康，父母都慈祥……呃，好吧，我改一下好了，就是媽媽很慈祥的那種家庭。」

她聞言，好奇的轉頭看他問：「爸爸不慈祥嗎？」

「咳嗯，這個嘛……」想起那如山一般的巨大身影，他乾笑兩聲，「基本上是蠻慈祥的啦，只要別踩到他的紅線就好。」

蘇舒挑眉，懷疑之中還有別的故事存在。

見她那表情，想想反正之後回去也是會被人爆料，達樂自嘲一笑，乾脆老實承認：「有次我回去，發現之前屠家的小丫頭屠愛女大十八變，我忍不住約她出門，海洋就帶我來了一趟上山下海懇談之旅，基本上就是和我說想和他女兒談戀愛可以，等她二十歲以後再說。靠，那回我被太陽曬得脫了好幾層皮，整個人累到一進門就直接躺地三天爬不起來，還談什麼戀愛，嚇得我別說屠愛了，連屠歡我都不敢多看一眼。」

聞言，她忍不住笑了出來，想起那女人，不禁說：「屠歡很漂亮。」

「她是真的蠻漂亮的，但她很高，和她站一起，感覺超有壓力的。」他做了個鬼臉。

這評論，讓她又笑，輕聲道：「我以為你不會介意身高這件事。」

「那是現在。」他笑著道：「我以前剛來時很瘦小，看見屠家男生每個都長得又高又壯的，看得我一陣羨慕嫉妒恨，真是恨不得能睡一覺立刻長高五十公分，所以那時桃花要我吃什麼，我就吃什麼，全部照單全收，我還做筆記耶，看他們那幾個到底是吃什麼才能長那麼高壯。」

這話，讓她笑聲連連，有些驚異的問。

「真的假的？」

「當然真的。」他長臂一伸，拿來書架中一本老舊的筆記給她看：「喏，妳看，早午晚餐加宵夜，除了青菜水果，碳水和蛋白質也不少有沒有？」

蘇舒坐起身來，翻看著他的筆記，看到上面真的用鉛筆寫得滿滿的，連幾月幾號星期幾吃了什麼都記得一清二楚，旁邊還畫了小插圖，標註了不同食物的營養，還有魚肉奶蛋一百克各有多少蛋白質，每種蔬果有多少膳食纖維，他還計算了如果體重多少，每天最好要吃到幾克的蛋白質和膳食纖維，將一切數據都記錄得鉅細靡遺。

「好厲害。」她不由得讚嘆的笑著說：「你好認真。」

「不認真趕不上進度啊。」他趴在她身邊，伸手指著其中一張身高體重的記錄圖表，「妳看，後來我就一路向上，變壯又變高了，哈哈。」

她驚訝萬分，看著身旁的男人，佩服的說：「你也太有毅力了。」

受到稱讚，讓達樂開心的露齒一笑，一手撐著腦袋，看著那本筆記，說：「也是因為這樣，讓我發現努力真的會有回報，雖然受限於先天身體基因，沒辦法變成像海洋那樣的大隻佬，不過後來我覺得現在這樣剛剛好，也挺不錯的。這筆記還是海洋給我的，他教我怎麼訂下目標，怎麼做數據和圖表記錄事情，再一步步朝目標前進，我發現這招真的很好用，從此無論什麼也畫成圖表，不只一目瞭然，看到有進步也很有動力。」

「真的。」蘇舒點頭同意，看著這本被寫滿的筆記，她幾乎能看到當年那個少年，努力振筆疾書，想讓自己變得更好的模樣。

蘇舒噙著笑，翻了一頁又一頁，然後看到一棟用鉛筆畫的插畫房屋，她認出來那是牆上在田裡的那棟屋子，不由得好奇再問：「這屋子，是牆上那棟吧？」

達樂見了，點頭笑道：「嗯，那是耿叔的屋子，耿叔是嵐姐她爸，嵐姐是武哥老婆。」說到這，他露出溫柔的微笑：「嵐姐是個好人，就刀子嘴豆腐心，我剛開始想說這女人那麼兇，武哥是腦袋有洞嗎？竟然喜歡這種母老虎？後來才知道她根本表裡不一，當年我剛被帶回來時，大概是因為看起來太瘦小，她每天晚上還會跑來檢查我有沒有踢被子耶，超好笑的。」

蘇舒聽了，伸手再指向另一幅被滿園綠意包圍的雙人鞦韆，「那座花園呢？」

「如月的花園。」看到那幅畫，他斂去了笑，一雙黑眸微黯：「我之前和妳說過，大小姐小時候有個玩伴失蹤了，可能成了獵物吧？那傢伙就是如月的兒子。」

聞言，她心一緊。

「莫光，是嗎？」蘇舒看著牆上那充滿春天氣息的花園，道：「我在島上時，烏娜給我看過照片，問我有沒有見過。」

「妳見過嗎？」達樂問。

「我不知道。」蘇舒閤上筆記，看著牆上的畫，啞聲說：「早期我被關在園區裡，真的能接觸那狩獵遊戲也就這幾年的事，而且獵物人太多了，但——」

她僵了一下，還是坦承道：「凱吉可能知道。」

達樂握住她的手，嚴正開口：「嘿，那傢伙死有餘辜，妳不要覺得愧疚，就算他沒死，恐怕也不會老實回答，吐出來的情報說不定還是假的，只會引我們的人去送死。」

她聽了，回握住他的手，啞聲說。

「我不是刻意把槍掉在那的。」

「我知道。」達樂坐起身來，伸手將她攬回懷中，親親她的小腦袋瓜，說：「我也不是故意打掉那把槍的，我怕混亂中，那把槍會走火打到我。」

她一愣，匆匆抬眼，「是你揍了我一拳？」

「我只是想打掉那把槍。」他飛快說：「而且妳也踹了我一腳。」

「我以為那是凱吉。」她說。

「我們可以把他壓制住真是奇蹟。」達樂扯著嘴角說著，然後道：「所以那真的是報應，活該他要那樣對待他老婆兒子。」

她聽了，在他懷中深吸口氣，看著眼前的男人，最終仍是開口坦承：「我應該把槍撿起來的，我知道那個女人知道真相後會怎麼做，但我不後悔，你懂嗎？」

「嗯，我懂。」他柔聲道。

「我不是個好人。」這句提醒，悄悄的溜了出口。

他笑了，伸手輕撫她蒼白的臉，輕聲道：「我也不是，如果當個好人得以德報怨，打落牙齒和血吞，那我和那種人差了十萬八千里遠，我有仇必報，傷害我的，我必定加倍奉還，那傢伙不死在他老婆槍下，我不知道我有沒有辦法忍住不動手，妳懂嗎？」

她懂，她想他也確實懂，蘇舒眼又濕，點了點頭，心中依然存在苦痛，但因為他，漸漸的已經沒有那麼痛了。

不想讓她一直想著那些不開心的事，達樂一屁股滑坐到她身後，將她擁進懷裡，大手環抱著她，讓她坐在他身前，一邊伸手指著牆上的畫，繼續一一和她介紹，告訴她那些景色在哪裡，是他何時畫的。

蘇舒安靜的聽著他帶笑的語音，聽他說著那些過往曾經。

這些畫充滿了他的過去，盈滿他曾有的感情與回憶，他爬過那雄偉的藏青色高山，攀登過高聳入雲的峽谷峭壁，在田裡插過秧，在餐廳裡洗過碗，還有紅眼公寓天台上的月亮，以及從第一間公司辦公室裡看出去的夕陽，第二間公司望出去的城市夜景，和一隻在他千萬豪宅無邊際泳池中漂浮著的黃色塑膠小鴨鴨。

「那隻鴨子的五官本來就這麼好笑嗎？」她看著那有著一雙星星大眼，一對超級粗黑過度彎曲的眉毛，眼旁有顆黑色星星，嘴角還過度揚起的搞笑黃色小鴨，忍不住好奇問。

「不是，那是被武哥亂畫的。」達樂翻了個白眼，好氣又好笑的說：「他有一次帶著這隻破鴨子跑去我那裡鬼混，說怕我一個人空虛寂寞覺得冷，所以讓它來陪我，都不知在說什麼鬼？我說那隻破鴨子都退色了，他硬是拿馬克筆幫它重畫，給它一對倒八字眉，還讓它扁嘴哭哭，睡了一覺後，他把它丟在床上人就跑了。」

聽到這，她忽然意識到，從這一區開始，都是他離開紅眼畫的。

「所以你就畫了這幅畫嗎？」她挑眉。

「嗯哼。」他用鼻孔噴氣，說：「我立刻幫它改表情，畫成星星眼，再畫一幅畫寄回來給小肥，讓她給那小氣鬼看，鴨鴨在我那裡過得有多爽。」

她愣住，跟著笑出聲來，這才明白，為何那鴨子的表情這麼怪，原來是因為被這兩個男人鬥氣改來改去弄的。

他說完看著那隻表情怪異、趾高氣昂，幾乎佔據畫布超過三分之二的黃色小鴨，忍不住也笑了起來：「可惡，現在看起來，真的還滿蠢的。」

「你在這房間裡住了多久？」她再問。

「前前後後十幾年吧。」達樂扯了下嘴角，大手玩弄著她柔軟的髮，說：「本來我以為那小氣鬼早就把我的房間清空了，誰知道還在，小肥說她每個星期都會進來打掃一下，通個風。前天回來時，我看到真的有傻眼。」
說著，達樂笑了起來，低咒一聲。
「可惡，那賊頭真的很會。都和他說了，我不會再回來，他還不死心。他買下這公寓開公司時，我還在唸書，大部分時間都住宿，其實也很少住在這裡，但這是我人生中，第一個屬於自己的房間，我都幾年沒回來了，那小氣鬼還沒清空它，老實說，心裡還真他媽的有些感動。」
她聽了，不禁道：「你也沒把東西都帶走。」
他一怔，垂眼朝她看來。
蘇舒看著牆上那一幅又一幅記載著他人生重要事物的風景畫，輕輕道：「這些畫好美，你畫很久吧？若是我，真的要遠走高飛，一定會把這些畫都一起帶走，可你沒這麼做。」
說著，她回頭看他。
「為什麼？」
他一時啞口，瞪著她，老實回答。

「我沒想過。」

「第一間房，第一本筆記，那些書和留聲機、黑膠唱片，也都是你特別去收集來珍藏的吧？還有這些無數幅記錄著你人生的畫……」她看著他，柔聲說：「這裡有很多你第一次擁有，無比珍惜的寶物，不是嗎？」

他一愣，有些怔忡。

「我也是孤兒，如果可以，我也捨不得丟那些我好不容易才擁有的東西。」說著，蘇舒轉頭再次環顧這個充滿了他過去的房間，有些羨慕的說：「那男人知道你沒把東西帶走，不是因為你不喜歡，不想要了，是因為這些都是你的寶貝，所以你才把它們都留在這個你覺得世界上最安全的地方，你知道他不會把你的東西丟了，不是嗎？」

達樂張嘴想反駁，卻再次僵住，因為說真的，他還真的……啊靠，可惡，他真的是不自覺這麼幹的……

過去幾年，偶而他手癢畫了一幅畫，就會寄回來，然後小肥就會幫他收起來，掛到房間裡。

他知道她會，那個女人就是會這麼做。

一張臉，莫名又熱了起來。

他粗聲開口就警告她：「妳別和那傢伙說，OK？」

蘇舒轉回頭時，就看見他那尷尬的模樣，讓她莫名想笑，不禁抿唇忍笑，點點頭。

「我認真的。」

「嗯。」她再點頭，噙著笑說：「我知道。」

達樂好氣又好笑的握著她的手，咕噥著：「妳不知道，那傢伙很容易得寸進尺的，給他幾分顏色，他馬上就會開起染房的。」

說到這，她還真的有深刻體驗。

「放心，我不會說的。」

「很好。」他滿意的點點頭，然後收回她握在手中的筆記本放回去，跟著趁她不備，翻身就把她撲倒。

「喂，你做什麼？」她嚇了一跳，臉紅心跳的問。

「趁還有些時間，我得先確保一下，妳真的被我迷得神魂顛倒，不是隨便說說敷衍我的。」他說。

「啥？」她呆了一呆。

「我承認我確實有點自戀。」他懸在她身上，抬手將垂落的黑髮往後撥，挑眉道：「但自大，應該還好吧？」

她一愣，看著壓在身上的男人，才猛然想起之前說過的話，她還真沒想過他會介意這件事。

「我不是那意思……」

「不是？」他一臉壞心，逼近她的小臉，笑問：「所以，妳的高潮是假裝的？」

蘇舒聞言，瞬間滿臉通紅。

「我隨便說說的，你知道那只是為了——達樂——」

她話到一半就因為他邪惡的大手倒抽了口氣，她滿臉通紅的飛快抓住他的手腕，但他才沒有因此放過她，只低頭舔吻她的唇，然後一路向下，含吻舔吮她敏感的雙峰，逼得她不得不咬住雙唇忍住到嘴的呻吟，卻忍不住弓身迎向他濕熱又邪惡的嘴。

他自由的那隻手同時撫弄過她的腰臀，溜到了她的大腿內側，手指還蹭了進來，揉躪按壓著她的嬌嫩，然後這男人在她渾身又濕又燙，腦袋熱成一片漿糊時，湊到她耳邊，用一種超級性感沙啞的聲音說。

「小姐，我不只有雙神奇的手，也確實真的很會耍嘴皮子。」

什麼意思？

他的手讓她無法思考，整個人還沒反應過來，就發現他拉開了她軟弱的手，濕熱的唇舌一路往下，當她意識到他的打算時，早已來不及阻止。

「等一下……達樂……我不是……啊……哈……嗯……」

蘇舒試圖坐起身，但他的行為讓她渾身發軟，不由自主的倒回床上，嬌喘連連，到最後也只能任他捧著她抖顫的腰臀，對她逞盡各種邪惡的口舌之能。

他高超的技巧，讓慾望不斷堆疊累積又歡快的宣洩而出，教她宛如坐雲霄飛車一般，幾度以為自己就要承受不住，在她被送上第三次高潮時，她才意識到自己說錯了話。

事關這男人的自尊時，有些事真的是不能隨便說說的。

「對不起……我錯了……我錯了……」

她全身泛紅，滿身是汗的吐出這句時，那嬌嫩好聽的求饒聲嗓，讓他滿意的饒過了她和自己，和她一起攀上高峰。

「可惡……你這個瘋子……」

事後，她渾身虛脫的和他一起躺在床上，忍不住咕噥。

這句感言讓達樂笑個不停，那歡暢的笑聲，讓她不自禁也笑了起來。

然後，他長臂一伸，將她再次攬入了懷中，親了親她的額頭，喟嘆了口氣。

放鬆下來後，睡意又襲上心頭，可在睡魔再次佔據她之前，她餓腸轆轆的肚子先叫了起來。

那響亮的聲響，讓他又大笑起來，她羞惱的拍了他胸膛一下。

「好啦好啦，對不起，都我害的，我知道。」達樂笑著起身，「喏，我們先沖個澡，然後到樓下去覓食，OK？」

她跟著起身，卻在下床時一陣腿軟，幸好他及時抱住了她。

蘇舒羞得滿臉通紅，達樂卻笑得停不下來，他一把將她攔腰抱了起來，帶她進浴室沖澡。

✣ ✣ ✣

三更，半夜。

來到這地方超過一天一夜，蘇舒才第一次離開達樂的房間。

她的衣服不知在何時被達樂拿去洗了，床尾的行李中一件衣服也沒有，她只好先穿他衣櫃裡的舊T恤和運動褲代替，因為太長了，她不得不把褲頭、褲腳和衣袖都捲了幾次。

「妳穿我的衣服看起來好可愛。」他看了笑半天，忍不住又抱住她親了一下：「好像布娃娃，我專屬的布娃娃。」

這話讓蘇舒莫名紅了臉，但還是在他牽握住她的手往外走時，乖乖跟著走出去。誰知門一開就看見門外被人放了一個洗衣籃，籃子裡疊放著兩人早已被洗淨曬乾折疊得乾乾淨淨的衣物，蘇舒一愣，達樂卻笑了出來。

「那是我們的衣服嗎？」她問。

「當然，小肥這個貼心鬼，哈哈。大概是怕吵到我們睡覺，所以才放在門外。」

她一時間有些羞窘，不過還是匆匆蹲下身來想要拿乾淨的衣服來換，卻被他搶先抓住籃子放回門內，推著她的後腰往外走，邊說：「妳不是餓了？回來再說吧，先吃飯比較重要。」

「我可以先把衣服換回來。」

「或是我們也可以先填飽肚子，三更半夜的不會有人看到啦，哈哈。」

她本來還想再說，但是肚子卻很不爭氣的再一次發出了飢餓的空鳴，讓他又笑，教臉又紅，想想激烈運動過後，血糖真的有點低了，還是先去填飽肚子吧。

老實說，穿著他過大的衣褲，她還真有點擔心會遇到人，但房門外，燈光昏暗，走廊上一個人也沒有。

她和他一起下樓時，注意到這棟公寓真的很老舊。磨石子地板，褪色的樓梯扶手，這地方到處都很有歲月的痕跡，但再仔細一看，就會發現有些地方用料特別的好，像是重新裝過的窗戶，還有感覺有點太厚的玻璃，她經過第二扇樓梯間的對外窗時，發現自己沒看錯，那確實是防彈玻璃，而且上面似乎有貼膜，從內看得出去，但從外往內看不進來。

之前凱吉試圖想將這棟公寓當獵場抓捕多年前逃走的獵物，結果獵人們一進來就全都失去了訊號，她看過那段影片，發現斷訊前，有一位獵人的鏡頭捕捉到這些對外窗全都降下了金屬鋼板，那就是斷訊的原因，這老公寓是真的擁有銅牆鐵壁。

不過，思及此，她想起一事，還是忍不住開口提醒。

「達樂，組織的人有可能會再次襲擊這裡，尤其是在七區獵場和園區的事之後。」

「我知道，別擔心，之前對方搞不清楚狀況才會派人襲擊這裡，應該沒想到進來的獵人會全都被一網打盡，對方現在應該已經搞清楚武哥是個什麼樣的人了，那傢伙在業界裡有名的難搞，這陣子發生的事，只證明了他名不虛傳，對方現在就算氣得牙癢癢的，暫時應該不敢輕舉妄動，若他們真的蠢到又派人來，武哥也早有準備，他大概巴不得就等人來呢。」

說著，達樂咯咯笑了起來，道：「獵人們大多都是早應該死掉的死刑犯，我們逮到那些獵人，除了能從中問出情報，還能把那些傢伙賣回給原有國家，死刑犯被賣去當獵人殺人，這件事是個天大的醜聞，多數國家都火速付錢領人，他還真的是抓到一個賺一個，上回那次簡直讓他鈔票數不完。」

她一愣，才意識到，那回獵人的襲擊會失敗，真的不是意外碰巧。

紅眼的人早就等著了，一直都在等，等著對方自投羅網，難怪後來她沒聽過有第二次的襲擊命令。

達樂帶著她從五樓一路下到二樓，拐進其中一扇敞開的門，進門前，她看見樓梯間另一邊的門也是開著的，裡面空間十分寬敞，擺放著健身器材。

她沒再多看，和他一起走進這一邊，發現這裡的空間是個客廳，除了沙發、電視、書櫃，還有個小酒吧，再過去一點，則有間餐廳兼開放式廚房。

廚房裡有人留了一盞小燈，他沒開客廳的燈，只牽著她的手，一路來到廚房，然後熟門熟路的開冰箱翻找食物，一邊還不忘指示她去烘碗機裡拿碗。

「晚上的咖哩應該被吃完了，不過爐子上應該有湯，小肥習慣留一鍋湯在那，妳看一下是什麼？」

蘇舒打開鑄鐵鍋蓋，聞到一股熟悉的香味：「蘿蔔排骨湯。」

「喔喔太好了。」他說著，拿出小肥事先切好放在冰箱保鮮盒裡的香菜，「這裡有香菜，妳吃香菜吧？」

「嗯。」她點點頭，為兩人各盛了一碗湯。

他則再拿兩個碗，打開電鍋和電子鍋，笑了出來：「啊哈，我就知道，妳看。」

他才開蓋她就聞到了，忍不住立刻湊了過去，不敢相信的看著那一鍋上了醬色的滷肉、滷蛋和油豆腐，那懷念鹹香的味道，讓她呻吟了一聲。

「喂，別發出那種聲音，我會有反應的。」他笑著說。

蘇舒臉紅的瞪他一眼，「別鬧，碗給我。」

他笑著把碗給她，讓她盛了白飯，自己則拿了另一個大碗公，裝了一大碗滷蛋、滷肉和油豆腐。

她迅速在餐桌上坐下，捧著白飯，舀了一大勺的肉，再淋上湯汁，快快夾起肉吃了一口。

五花肉軟嫩入味又鹹又香，入口即化。

吃到久違的家鄉味，兩人捧著碗一起發出幸福的嘆息。

聞聲，達樂和蘇舒雙雙一愣，同時看向對方，然後一起笑了出來。

「可惡，這也太好吃了吧？」蘇舒忍不住讚嘆，跟著又扒一口飯。

「是不是？」坐在她身邊的達樂開心的說：「小肥深得桃花真傳，之前她還特別跑回老家去和桃花學滷肉，妳現在知道我為什麼想當屠家的小孩了吧？」

她點點頭，這一刻，真的深切能夠明白。

達樂見了，笑著跟著也扒兩口飯，邊吃邊道：「桃花用的都是黑豬，小肥也跟著乖乖用黑豬，所以不會有那股臊味，我到美國最受不了的就是那個豬，白豬的味道真的超可怕的，我第一次吃真的是嚇到。」

蘇舒一聽，立刻停下進食動作，雙眼發亮的捧著飯碗看著他，略顯激動的道：「我瞭解！我明白！那味道超可怕，還有高麗菜，有些地方的高麗菜真的好可怕，一個說不出的怪味道。」

「對不對？」發現她真的懂，達樂更開心了，「所以我後來在外面，非不得已都不吃豬，回來才吃，不過日本韓國的高麗菜就還不錯。」

蘇舒聽了忍不住頻頻點頭同意，「嗯嗯，不過豬還是臺灣的好，日本的黑豬同樣有個味，雖然味道沒那麼重，但也蠻明顯的，尤其是拉麵。」

「沒錯！」達樂聞言，如遇知音，放下筷子，朝她伸出手，「我真的超受不了那種濃油厚背脂的豚骨拉麵，那味道真是嚇死小人我了！」

蘇舒笑出來，放下筷子和他握手，「我也不愛那種豚骨拉麵，醬油口味的好多了。你是不是也喜歡菲力勝過那種油花很多的沙朗紐約客？」

「對，哈哈，妳也是嗎？」

「嗯，還有鮭魚肚肉我也沒辦法。」

「我也是，我到現在還是無法理解為何有人喜歡吃那個——」

兩人用力握完手又開心的吃了起來，一口肉、一口飯、一口油豆腐，再一口滷蛋，邊吃邊聊著喜歡的食物，等吃完飯，捧起湯碗喝那個灑了香菜的蘿蔔排骨湯時，更是雙雙又捧著湯碗喟嘆了口氣。

如此有默契的感嘆，讓他與她又相視而笑。

夜涼如水，兩人一口接一口的在餐桌上喝著熱湯，蘇舒放鬆的和他聊著天，當達樂起身去添第二碗飯時，她才意識到自己好久沒有那麼放鬆、如此愉快的笑著和人一起吃上一餐飯，聊著像是自身喜好這樣一點也不重要但卻讓她很開心的小事。

然後男人轉過身來，對著她笑。

看著他爽朗的笑臉，這一刻，一顆心好熱好熱，又熱又暖。

「要再喝碗湯嗎？」他朝她伸手笑問。

可惡，這萬分家常的問話，卻讓她莫名感動，教淚又上湧，蘇舒死命忍住，微笑點頭。

「嗯，好。」她把空掉的湯碗遞給他，趁他轉頭盛湯時匆匆拭淚。
就在他盛好湯剛轉回身時，門外傳來腳步聲。
達樂抬頭一看，就看見那賊頭。
「哇，你這臭小子，三更半夜不睡覺，又在偷吃我的飯。」看見他和蘇舒，韓武麒笑著走了過來，自顧自添了兩碗飯，拿了兩雙筷子，拉開兩人對面的兩張椅子，一屁股坐下。
「什麼偷吃，我這是光明正大的吃好嗎？」達樂挑眉，一邊把湯碗遞給蘇舒，一邊大方跟著坐下，看著對面那男人，哼聲道：「怎麼，現在紅眼不供餐啦？」
「你是紅眼的員工嗎？」韓武麒用鼻孔噴氣，夾了兩塊肉到飯碗裡，笑道：「你不是一直說你不是嗎？」
看到他，蘇舒不自覺緊張起來，正當她奇怪這男人怎麼拿了兩副碗筷添了兩碗飯時，就看到有個女人走了進來。
女人穿著黑色的短袖T恤，褪色褲腿有拉白鬚的牛仔短褲，黑髮披散著，打扮看似輕鬆，但給人的感覺卻非如此，然後蘇舒才發現是因為她走路的姿態，還有雖然白皙卻結實的腿部肌肉。

「嵐姐？怎麼這麼晚還沒睡？」

達樂見到來人一怔，然後猛地轉頭看向武哥，伸手指控：「厚！你三更半夜不睡覺，是不是在——我們說好了不能用吧？這都還沒七天吧？」

「蛤？你說啥？我是發誓我若說謊才不能用吧？關於那個主意，我有說謊嗎？」韓武麒挑眉問：「我是不是確實的讓人去救了阿棠，攻擊了獵場，讓你有機會泡妞兼救小朋友啊？為了幫你，我還特別丟下我老婆一個人去處理阿棠那邊的事，親自過來幫你擦屁股耶，你這小子有沒有良心啊？」

達樂一愣，為之啞口，更糟的是，才坐下的封青嵐聞言，朝他看來，問：「不能用什麼？」

韓武麒聞言，露出白牙一笑，老神在在的捧著飯碗，翹著二郎腿，往後靠向椅背，挑眉看著他：「嗯哼，沒錯，不能用什麼？你說啊。」

達樂一愣，這才意識到這傢伙仗著嵐姐在，賭他不敢說。

可惡，他還真的沒那個膽。

「咳嗯，沒，我就賭他做不到七天不刷牙。」

封青嵐無言看著這小子，清楚這兩個傢伙絕對不是在說什麼刷牙，但她決定跳過這話題，只轉頭看向蘇舒，朝她伸手：「妳好，我是封青嵐。」

沒料到大半夜會被人撞見，穿著達樂衣物的蘇舒有些尷尬，幸好那女人沒有對她身上過大的衣物做出任何表示，她盡力鎮定的握住這女人的手。

「妳好，我是蘇舒。」

封青嵐嘴角微揚，淡淡道：「妳以後可以和達樂一樣叫我嵐姐，我已經讓可菲整理好了一個房間，就在達樂房間隔壁，房裡若缺了什麼，妳有什麼需要都可以播內線按0，告訴可菲就行了。」

達樂聽了一愣，「什麼房間？」

封青嵐沒理他，只放開蘇舒的手，坐回椅子上，繼續看著她道：「合約妳應該都看了，我們這裡周休二日，加班會有加給，基本朝九晚五，不過因為工作性質的關係，時間會很彈性，若遇到像是這回出差連續工作日後，可以連休，妳自己調配上班時間，有什麼問題可以問我或可菲。」

「什麼合約?!」達樂臉色一變，大驚失色到有些失聲。

「小蘇舒和我簽了工作合約，她沒和你說嗎？」韓武麒壞心的賊笑著，笑得雙肩直顫。

「什麼鬼？」達樂不敢相信的轉頭看她，用筷子指著武哥，追問道：「他說的是真的嗎？拜託告訴我這不是真的，妳沒有被他拐去簽了什麼工作約——」

蘇舒看著眼前這個有點太過激動的男人，愣愣的回道。

「我簽了，有問題嗎？」

「對啊，有問題嗎？」韓武麒露出潔白的牙，伸筷壓下他的筷子，邊隨著話語，把一雙筷子在空中揮來揮去的示意，邊嘻嘻笑著說：「我缺人，小蘇舒需要一個工作，這不是很剛好嗎？」

「什麼時候？你哪來的時間？你什麼時候和她連絡的！啊！可惡！是妳帶西瓦離開的時候對不對？靠！你這傢伙根本趁虛而入！」達樂氣急敗壞的瞪他一眼，轉頭握住蘇舒的手，「我也缺人啊！很缺的！我本來想問妳願不願意來幫我的——」

蘇舒一愣，還沒來得及回，就見韓武麒笑著打斷他。

「哈！什麼趁虛而入，我告訴你，這叫天時地利人和！我呢，除了這三項之外，還有識人之明，小蘇舒早早和我簽好十年工作約了，看看看，簽名在這兒呢。」

說著，韓武麒掏出手機在他眼前晃來晃去秀給他看。

達樂見狀竟然伸手試圖去搶。

「十年？媽的，你這招太卑鄙無恥下流了——」

「你這挖我牆角的傢伙有臉說我？」

起初蘇舒還有些不明白發生了什麼事，但看著眼前這兩個隔著餐桌對嗆，甚至開始在桌上桌下動手兼動腳的大男人，再看向坐在她對面一臉鎮定開始吃飯的女人，她很快領悟過來。

她其實不是重點。

「啊，那隻鴨子。」

一個不小心，讓腦海裡的想法溜了出來。

誰知，她明明說得很小聲的，那兩個男人卻彷彿被她按下了暫停鍵，同時轉頭朝她看來，異口同聲的冒出一句。

「蛤？」

就連對面那個女人也抬眼對她挑起了眉。

忽然間被所有人關注，蘇舒有些不自在，可紅眼的大老闆卻好奇的繼續開口追問：「什麼鴨子？」

她遲疑了一下，在三人緊盯的目光下，還是清了清喉嚨，說。

「黃色小鴨鴨。」

達樂猛地領悟過來，一張黑臉忽然熱紅起來，對著她擠眉弄眼的。

她忍住笑，知他怕她爆料，她裝沒看到，只看向坐在達樂對面那個好奇的男人，說：「當初你帶去給達樂的那隻鴨子，那隻被你畫成扁嘴哭哭的小鴨鴨，那不是指達樂吧？那是你，對嗎？空虛寂寞覺得冷的黃色小鴨鴨。」

此話一出，就看見這兩個幼稚的男人僵在當場，那女人卻因此把一口飯噴了出來，然後因為被嗆到咳了起來，卻還是忍不住邊咳邊笑。

她一笑，那兩人就驚醒過來，同聲一氣大呼小叫。

「怎麼可能？我那是指他好嗎？我有老婆小孩我會空虛寂寞覺得冷？老婆妳還好嗎？快點喝口湯——」

「別開玩笑了！就和妳說他每次來找我都是為了要我還債，白吃白拿又白住，把我那邊當旅館，開我的車當交通工具，還把油用到乾又不加油——」

韓武麒邊幫老婆端湯邊幫拍背，一邊還要抬頭抗議：「靠，我會去那是不得已臨時找不到地方住OK？最好我是會想這沒心沒肺的臭小子啦！」

蘇舒一臉鎮定的看著他們，分別問道。

「你回來住他這，他過去住你家，這沒問題吧？還有，我沒說你想他吧？」

這話讓兩個大男人再次凍結石化，只讓封青嵐笑到拍桌，繼續邊咳邊笑，笑到淚都流了出來，然後她抬起頭來，笑著再次朝她伸出了手。

「歡迎加入紅眼。」

蘇舒再一次和她握手，這一回也忍不住勾起嘴角。

封青嵐回過氣來，抹去眼角笑出的淚，道：「和達樂在一起，不是妳唯一的選擇。如果妳和他分手了，記得永遠都還有別條路可以走。」

這話讓達樂猛地醒了過來：「厚！什麼分手！呸呸呸——」

小嵐聞言橫來一記冷眼讓他識相的閉嘴，然後在一旁男人才要得意的開口前，就先舉手制止他，讓那個男人乖乖閉了嘴。

見這兩個男人安靜了，她這才看著蘇舒正色的道：「趁著達樂也在，我就挑明了說，妳才剛離開一個不正常的環境，我不建議妳現在就做任何決定，那份十年的工作合約，我們可以繼續走，但妳若不願意，隨時都可以取消。」

韓武麒見狀坐直了身體，剛要張嘴就看到老婆冷著臉看他，他乾笑兩聲，立刻識相再次閉嘴。

「在妳身心俱疲的現在，我們不會佔妳便宜。」說著，小嵐看向達樂，警告的道：「相信達樂也不會。」

達樂跟著咳了兩聲，道：「我當然不會。」

「很好。」小嵐見了，滿意的再次看向蘇舒，說：「如果他和妳求婚，妳要確定妳是真的想和他一生一世再答應他，如果他各種暗示明示告訴妳他很有錢，開了很多間公司，是個大老闆，那其實也意味著他要養成百上千個員工，每天起床就有同樣多張嘴要等著他發薪水吃飯，依照這傢伙擴張企業的速度，他借的錢、欠的債恐怕也不會少到哪裡去——」

「嘿——」

達樂越聽越不對，忍不住開口抗議，但小嵐把食指比向了他，瞇眼露齒嘶了他一聲，示意他安靜，這是一個警告，有鑑於過去曾受過的教訓，他本能一縮，再次閉嘴。

小嵐這才再次看向蘇舒，繼續說：「妳可以在我們這裡待著，把狀態調整好，慢慢想清楚，也趁這段時間，確認這傢伙真的也有把事情想清楚，不是一時腦熱。」

說著，她搶在達樂再次抗議前，看向他道：「我知道你不覺得自己是一時腦熱，但這不只是你的問題，OK？我知道你覺得武哥趁人之危，但蘇舒要是不想，沒有那個需要，她也不會簽那個約，她想要靠自己，需要靠她自己活下去，我相信你也很清楚獨立這件事有多重要，要不然當初也不會跑了。」

這話讓達樂一僵，整個背都不由自主的挺直了。

見他沒再插話，小嵐看著他，繼續道：「你要給她時間緩一緩，不要逼她做決定，那不是她現在最需要的東西，在經過那些狗屁倒灶的事情之後，她現在最需要的，是停下來，好好喘口氣，站穩她的腳步，擁有經濟自主的能力，然後才能看清自己想要的是什麼，才能做出她真正想要且需要的選擇。你可以張開雙手陪著她，但不要逼迫她，你都憑本事單身這麼多年了，我相信再多等些時間這點耐性你還是有的，對嗎？」

啊靠，這話他能說不對嗎？

達樂超傻眼，雖然滿心不爽，還是只能將雙手交抱在胸前，臉孔扭曲的再次閉上了嘴。

這番話讓蘇舒怔怔的看著眼前的女人，剎那間，只覺一股熱氣湧上心頭，竄上腦海，奔向四肢百骸，她張開嘴，卻說不出話來。

她沒想過、沒想到，這女人會對自己說這些，會這般為她著想，她甚至都還沒來得及想到那裡，可這女人卻想了，幫她穩住了整個情況。

這世界對她一直很糟，她沒料到善意會來自這個第一次見面，幾近完全陌生的女人，還來得這麼簡單，如此突然。

不自覺，淚水模糊了視線，這一次她根本來不及防備，泉湧的熱淚驀然滑落臉龐。

「抱歉……我不是……」她尷尬的抬手拭淚。

見蘇舒掉淚，達樂心頭一抽，一秒飛速伸手抽了一張又一張的面紙給她。

「別道歉。」小嵐握著她的手，直視著她說：「妳沒做錯任何事。還有，妳才認識達樂沒多久，之後可能會發現更多關於他的事，不過這傢伙雖然問題很多，除了有點潔癖、愛耍帥、愛漂亮之外，有時候還很白癡，但他絕對不會欺負弱小，他總是會好好照顧珍愛屬於他的一切。」

達樂一愣，有些窘，只覺雙耳發熱，哪知下一句就聽她說。

「所以就算哪天他破產了，他也不會讓妳餓肚子，不過男人都愛面子，到時妳記得把他給我拖回來。」

他忍不住又想抗議，哪知道大姐頭還沒說完，他只好死命咬牙閉著嘴，認份繼續遞面紙。

小嵐緊握著蘇舒的手，告訴她：「妳也不需要擔心西瓦，我媽會照顧他的，她有經驗知道該怎麼處理這種情況。現在妳要做的事，就是好好休息，等妳準備好之後，達樂會帶妳去看他和雷玟，但在這之前，妳要明白，那孩子不是妳的責任，妳不需要把一切都攬在自己身上，懂嗎？」

蘇舒一時無語，只能揪抓著達樂塞來的面紙，邊擦邊含淚點頭。

「好，就這樣。」小嵐用力的再緊握一次她的手，然後才鬆開她，重新拿起碗筷，看向達樂，道：「現在你可以說話了。」

達樂一聽大姐頭終於把話說完了，立刻看著蘇舒開口。

「對不起，我不是故意的，嵐姐是對的，妳現在不需要做任何決定。」他深吸口氣，握緊她的手，在她朝他看來時，說：「妳想在紅眼工作也可以，完全沒問題，我會陪著妳的，直到妳覺得想清楚了，能做決定了，再答應我就好。」

她含淚愣看著他，懷疑自己因為情緒太激動，剛剛錯過了什麼，忍不住問：「答應什麼？」

「求婚啊。」達樂不敢相信的看著她。

蘇舒心口一跳，不可思議的睜著淚眼，瞪著他問：「你何時和我求婚了？」

很努力在一旁保持安靜的韓武麒再忍不住噗嗤一聲笑了出來，「對不起，但我想那應該是妳在臺上拿槍指著他的時候。抱歉，這小子腦袋有時候很少根筋。」

蘇舒傻眼看了那男人一眼，再看向達樂：「你認真的嗎？」

「我不只一次說了我是認真的吧。」他一臉正經的握著她的手，再次重申道：「我百分百是認真的。」

「在那種時候說的話，有誰會當真？」蘇舒忍不住脫口，這才明白為何當時娜娜會那樣笑。

「當時肯恩被人帶走，我也慌了一下，想說怎麼樣也要多拖點時間讓阿南他們有空救人，可我一時想不到別的藉口拖時間，乾脆把心裡想的講出來。」

達樂乾笑兩聲，握著她的手，撫著她淚濕的臉，真誠的看著她的眼：「但我是認真的，再認真不過了。無論妳想待在哪裡，我都會陪著妳，就算妳想留在這裡也沒問題，我可以遠距工作。我會等妳，等妳覺得OK了再說，就算妳不想結婚也沒問題，那東西不過是一紙證書，我要的就是一個，能夠和我一起牽手走一生的人，妳懂嗎？」

「就算我不能……」她忍不住脫口，卻無法把話說完。

可他懂，他緊握她的手，清澈的眼眸直視著她，斬釘截鐵的說：「那不重要，我們都是孤兒，如果哪天我們想不開，可以去領養像妳一樣、像我一樣的孩子。」

蘇舒不敢相信自己聽到什麼，可這男人真的是……

再忍不住，她伸出雙手擁抱他。

達樂心一熱，將投入懷中的女人緊擁。

這一刻，真真正正鬆了口氣，在這之前，他只想著要好好保護她、照顧她，沒想過她可能需要更多的空間與時間喘口氣。

他抬眼朝大姐頭看去，那女人對他挑眉，他露齒一笑，眼卻微濕。

他知道，她逼他後退，是為了蘇舒好，也是為了他好。

因為如此，更加明白自己該做的事。

達樂看向那卯起來吃飯的男人，朝他努努嘴，示意他帶老婆閃人。

豈料，那傢伙才沒那麼好說話，依舊端著飯碗，大屁股活像被黏在椅子上的挑眉哼聲：「你少肖想我們這兩顆電燈泡會自行消失，老子餓死了，我們才剛開始吃飯，你想談情說愛，自己帶你的女人回房間去談。」

懷中女人一僵，猛地回過神來，面紅耳赤的就要後退。

達樂瞪那不識相的傢伙一眼，乾脆一把抱起她，起身走人，不忘回頭放話。

「先說了，就算蘇舒決定留在這，我也不會回紅眼，不會關掉我的公司，或賣掉它們回來為你賣心賣肝賣屁股！」

「我要你的臭屁股幹嘛？我有我老婆的香屁——」

他話沒說完，因為那愛回嘴的傢伙被揍了。

得逞的達樂哈哈大笑，抱著心愛的女人大步飛奔逃走。

被揍的男人哀哀痛叫兩聲，笑著和老婆求饒：「對不起我錯了，對不起啦，哈哈，但我真的很喜歡妳結實挺翹的香屁屁啊。」

「你有完沒完。」小嵐紅著臉又拍了他肩頭一下，瞪他一眼：「都幾歲了，還這樣鬧他。」

「我哪有鬧。」韓喊冤一聲，見老婆翻了個白眼，才改口承認，笑著說：「好啦，但他那反應我真的忍不住，皮球一樣，一拍就彈的，我看了實在很手癢啊。」

「什麼毛病。」小嵐好氣又好笑的哼了一聲，這才繼續吃飯，然後問：「你什麼時候要讓他知道，你真的是那隻扁嘴哭哭想念他的小鴨鴨？」

他一秒僵住，不過這一回，他沒鬼叫了，就尷尬笑笑，扒了兩口飯才道。

「那小子那麼彆扭，我要真說了，妳說他還能跑嗎？還不哭哭跑回來為我賣命，他那麼會賺，我還得靠他賺錢補洞耶，這麼會賺錢的聚寶盆，跑回來吃我們這行飯，不就可惜了？這回要不是真的缺人，我也不想叫他回來好嗎？」

小嵐聞言笑了出來，「你到底透過曉夜投資了他多少錢？」

「不是我而已，公司裡的人，全部加一加，大概擁有他百分之二十的股份。」他再夾一口肉到她碗裡，笑道：「另外有百分之十是耿野他們幾個的，那小子那張嘴真的很會說。他開公司時除了找他老師那邊贊助，一開始就盧了屠勤、力剛、阿浪他們那幾個，說服他們也一起出錢投資，後來大概每個人都意思意思出了些，不過初期真的是賠一屁股，那時我看他在好萊塢過得苦哈哈的，才透過曉夜她們投資他一些，誰知道那傢伙後來這麼會賺，搞半天特技公司只是他順手弄的，他真正想走的是美妝保養市場，這兩年真的是賺到翻掉。」

說到這，他扯著嘴角苦笑，一邊還忍不住咕噥，「可惡，我本來還想讓他接手紅眼，我們倆就能提早退休了，哪知道會變這樣。啊啊，人生哪，永遠是計劃趕不上變化啊。」

聽到公司裡上上下下都參了一腳，小嵐一愣，傻眼看著他，下巴都快掉了。

「你開玩笑，你知道他公司現在市值多少嗎？」

「說真的，我也不是很清楚。」他老實承認。

這句話真的是驚到她，小嵐雙眼大睜的看著身旁男人，這小氣鬼竟然會不知道有多少錢？這是在和她開玩笑吧？

「這可能要問小花，她這幾年一直在幫他作帳，那小子真的很會，打從一開始就各種從我這裡挖人兼差打工，如果沒有高毅、夏雨、阿南和阿震他們那幾個，妳覺得他搞得出來那些奈米美妝護膚化妝品和保養品嗎？要不是妳是我老婆，那小王八蛋恐怕都會把主意打到妳頭上。」韓武麒好笑的看著瞠目結舌的老婆，說：「如果這次我們沒把錢花光的話，我們全部的人，應該都可以靠那小子養老。不過財如流水來，財如流水去，都是朝露浮雲啊，哈哈哈哈……」

想到最近那些比山高、比海深的無底洞開銷，他也只能含淚笑了。

「你不是找到金主了？」她好笑的看著這錢鬼。

「金主也不是每條開銷都給認列的。」他再夾了顆滷蛋給心愛老婆，道：「喏，最近物價通膨得厲害，蛋又漲價了，快趁還吃得起蛋，我們趕緊多吃一顆，補補身子。」

他那小氣的德性，讓她忍俊不住噴笑出聲，夾了塊肉給他。

「喏，還是你多吃些吧，放心，要是你破產了，我會養你的。」

他瞬間感動的淚眼汪汪，把腦袋湊了過去，靠在她肩頭上：「老婆，還是妳最好了。」

「反正要是真的不行……」她捧著飯碗，夾起他的愛心滷蛋，淡淡說：「我們還是能回去給大猩猩養的。」

「別開玩笑了。」他聞言嚇得立刻直起身子，捧著飯碗道：「我要真回去啃老，還不被他笑一輩子。」

小嵐被他逗得笑個不停，嫁他那麼多年了，她清楚他這人比誰都要清楚面子不值錢，大丈夫能屈能伸，必要時要他跪地求饒他都做得出來。

看著他略顯疲態的眼，不自禁的，她伸手輕撫他的臉龐，噙著笑道。

「好了，快吃吧，吃完早點睡，其它天大的事，都等睡起來再說吧。」

他不覺眉眼彎彎，笑著把臉依偎在她掌心，閉上眼深吸了口氣，乖乖點點頭。

「嗯嗯，好的，老婆大人妳說啥都對。」

說完他就停在那，停了三秒。

她好笑的拍拍他的臉，「喂，別給我睡著了，我可沒辦法把你扛回樓上去。」

他笑了出來，奮力睜開沉重的眼皮，深吸口氣，振作起來再扒幾口飯。

小嵐三不五時就夾肉夾蛋夾豆腐給他，因為她真的覺得這男人隨時就要睡著了，吃了飯又更想睡，就連她都快撐不住了。

兩人好不容易吃完飯，真的是撐著最後一口氣爬回樓上去。

「說真的，既然我們現在好像有點錢，你要不要考慮搞個電梯？」

「太麻煩了，電梯每個月要繳電費，每年還要保養維修，而且爬樓梯對身體好，能增加肺活量、維持心血管健康，還會釋放腦內啡，改善情緒、減輕壓力……不拉不拉的好處多不勝數，為了我們大家的健康著想，還是乖乖爬樓梯吧。」

說到要花錢，他精神又來了，讓她笑個不停，一邊聽他碎唸，一邊終於有力氣和他一起撐到爬回五樓，回到房間後，兩人沾枕倒床就睡著，連門都忘了關。

二樓。

✣
✣
✣

達樂在兩人上樓後，和蘇舒一起從健身房溜了出來，他回到餐廳，摘下剛剛放在桌下的竊聽器塞回口袋裡，一臉好氣又好笑。

「可惡，我就知道有鬼。」

蘇舒跟在他身後，摘下耳中他方才分給她的一只耳機還給他，之前她還不知他為何一出門就往健身房裡躲，等他拿了耳機給她，她一聽才驚覺，這人竟然在餐廳裡裝了竊聽器。

她真的很無言，可聽到的事，讓她無比驚詫，如今看到他那表情和反應，她忽然領悟過來，不禁問：「你早就知道了吧？他出錢幫你開公司的事。」

「嗯。」達樂扯了下嘴角，把耳機塞回褲口袋裡，道：「大概有點底，當年我們大吵一架，我才走的，現在想想，那傢伙是故意的吧。後來曉夜姐主動找我，給了我一筆錢，她又不是什麼有錢人，就算再會理財投資，也不可能一下子拿出那麼多錢來，我知道錢大概是武哥給的。」

蘇舒瞧著這男人，只覺得無言又好笑。

「所以，你知道他拿錢投資你，但你一直裝不知道？」

「我有在幫他賺錢啊。」達樂臉不紅氣不喘的說。

「如果沒賺呢？」她好奇問。

「就回來幫他賣命啊。」他眼也不眨的說。

她聞言笑了出來，突然更加明白這兩個男人是怎麼回事。

當年那男人顯然早就知道達樂想出去創業，卻礙於恩情留在這裡，所以才和他吵架，知道他愛面子，才又拐彎抹角透過另一個中間人投資他。他們之間，雖然沒有血緣關係，卻有著深厚的感情，那男人用自己的方式在愛他，達樂也是，用他自己的方式愛著那個帶大他的人，他們是家人，相距再遠也有一線緊繫的家人。

「你知道，那一個房間永遠都會是你的，對吧？」

「嗯，大概。」他啞聲輕笑承認。

可惡，嵐姐說他可能會破產的那些話時，他感動之餘也才明白，過去那些年，他一直卯起來賺錢，想從中尋找自己的價值，想要證明自己，可看到那個房間還維持原來的樣子，聽到嵐姐說出那些話，發現武哥帶黃色小鴨鴨來給他的真相，他才意識到，對那兩個人來說，他的價值從來就不是由金錢決定的。

直到這一刻，他才終於有腳踏實地的感覺，才真正瞭解，原來他永遠都有地方回去，他想或許在內心深處他一直都曉得這件事，只是一直還是有著一種不確定的感覺，但如今，他萬般確定，無論經過多久，這裡永遠是他可以回來的地方。

看著他臉上浮現的笑容，蘇舒不由得輕聲道：「你真是個幸運的傢伙。」

「嗯，我也這麼覺得。」達樂聽了，沒有否認，只握住她的手，開心的笑看著道：「小時候有人聽到我的身世，覺得我命不好，我聽了嗤之以鼻，我命才好呢，到底有誰像我能這麼好命，不只能大難不死，還能遇到像他這樣的傢伙，來到這裡？還因此結交了一群肝膽相照的好兄弟？」

她聽了一怔，沒想到事情也能這樣想。

跟著，就見他彎身湊到她眼前，黑眸帶笑的說：「現在，我覺得我命更好了，要不然怎麼有辦法遇到妳？別人出任務不是上刀山、下火海，就是水裡來、火裡去，可我非但有吃有喝，還能找到夢中情人耶，我命好得不得了好嗎？」

蘇舒聞言，臉微紅，但還是忍不住笑了出來，笑著笑著眼又微濕。

他伸手將她擁入懷中，親親她的腦袋，柔聲道。

「放心，妳以後也會是個好命人，就像我一樣。」

她喉頭一哽，不由自主的伸手環住他的腰，在他懷中含淚笑著點頭。

「我們會一起手牽手，變得越來越好命。」達樂噙著笑說。

「嗯。」她聽了吸吸鼻子，再點頭。

「如果運氣好，我們還能像剛才那兩個傻瓜一樣，一路相親相愛走下去。」

聽到他的話，蘇舒一愣，眼又微濕，不禁將臉靠在他的胸膛上，道：「放心，我應該不會揍你。」

達樂哈哈笑了出來，忍不住自我吐嘈：「哈哈，話還是不要說得太早，我知道有時候我還蠻欠揍的。」

這話教她輕笑出聲，卻在下一秒感覺到這男人擁著她，輕輕又哼起了那首歌。

I'll never let you go
Why? Because I love you

他擁著她，在那餐桌旁輕輕舞動，教她不由得在那溫柔的歌聲中，笑中帶淚的閉上了眼。

I'll always love you so
Why? Because you love me

如果是他，她願意相信。

相信一切都會好轉，因為她遇見了他。
就算沒有，只要能與他一起，就算要走刀山火海，她也願意。

We found a perfect love
Yes, a love that's yours and mine

人一生，有很多選擇。
她很慶幸，自己當初在船上，選擇了相信他。
接下來，她會盡力握著他的手，和這個男人一起前進。

I love you and you love me
I love you and you love me
We'll love each other dear forever

夜已深，她輕輕跟著他哼著這旋律，那小小的輕哼，柔軟的嗓音，讓他心一熱，笑意更深。

一輩子還長呢，很長的。

他會等的，等到她有一天學會唱這首歌，願意開口和他傾訴情意。

他向來很有耐心和毅力，他和那賊頭學得最好的，就是耐心和毅力啊。

那傢伙花了十幾年才追到嵐姐，他要是只花這麼幾天就追到老婆，就太不給那男人面子了，現在就意思意思一下等等吧。

哼唱著這輩子學會的第一首情歌，他心滿意足的擁著懷中的女人，然後喟嘆了口氣。

他幸福的美好人生啊，看來還是存在的呢。

現在，他只要好好把握就好。

夜將盡，達樂閉上了眼，輕擁著心愛的人兒，嗅聞著她的髮香，不覺揚起嘴角，知道自己真的佔盡了便宜，近水樓台先得月嘛，接下來就只要小心打擊消滅敢靠近的蒼蠅就好，這應該不難，阿震當年就幹過了，他比那傢伙還要小人多了。

做人啊，有時候就要卑鄙無恥一點。

他在心裡賊笑兩聲，開始謀劃幸福未來——

願望

上弦月。

細細長長的月亮掛在山巔，彎彎的月如眉，也如刀。

可即便是那樣細長的上弦月，在這樣寂靜的夜裡，也透窗灑下一片月華。

蘇舒在月光下陪兩個孩子躺在床上，過了十分鐘都沒見兩人再開口問問題，才確定身邊孩子們應該真的睡著了，西瓦會黏她，她多少能瞭解，但雷玟也那麼黏她，就完全出乎她的意料了。

可能是因為西瓦的關係吧？她注意到這小女孩寸步不離的跟著西瓦。

前幾天，達樂帶她來到這裡查看孩子們的狀況，她花了些時間和西瓦相處，注意到雷玟大多時候都和他牽著手，幾乎沒有離開過，她看得出來，那好奇的女孩一直被四周的花花世界吸引，但就算雷玟真的很好奇，像是看到曉夜姊提著一大籃蔬菜進門，又或被某隻大狗吸引跑去和狗狗玩，她都會忍不住晃過去看，但過沒多久又會飛快跑回來，坐在西瓦身邊，握住西瓦的小手。

西瓦是個內向害羞的孩子，但他不介意握住雷玟的手。

有時候，她甚至覺得，這兩個孩子之間，有著一種旁人無法明白的默契。

聽著兩個孩子規律的呼吸聲，她悄悄的翻身看去，抓握著她衣袖的西瓦仍閉著眼，沉睡的小臉看來像天使一樣可愛。

這男孩有著超乎他這年齡該有的聰慧，這幾天她盡量挑一些關於他母親那些開心的事講。

她告訴他，文君喜歡吃什麼、喝什麼、看什麼，告訴他，那女人有多麼天真、善良，多麼的愛笑，而且有多愛他。

西瓦靜靜的聽著，偶而會露出好奇的表情，小小聲的問她什麼是巧克力？什麼是草莓蛋糕？什麼是漫畫？雷玟更是時不時會插嘴追問，什麼是洋芋片？什麼是電影？什麼是手機？

她盡力回答那些問題，但即便有手機在手，能展示一些影像，有時仍無法清楚說明，他們長年與世隔絕，吃喝都是處理過的再製品，雖然該有的營養都有，但為確保吃得乾淨，那些食物都很清淡，他們幾乎沒看過食物原型，當然更沒看過萬惡的加工食品。

發現這件事時，蘇舒慢半拍的猶豫了一下，是不是該讓這兩個孩子瞭解那些吃起來或許很好吃，但可能不太健康的東西。

不過達樂沒有半點遲疑，他火速弄來了草莓蛋糕和巧克力，還有烤雞和冰淇淋，然後告訴她：「這些食物，遲早都是會接觸到的，與其讓他們自己亂吃，不如教他們分辨食物的好壞，放心這些都是桃花做的，好東西吃多了，變得挑嘴之後，垃圾食物就很難入口了，我當年就是這樣。」

她無法反駁，因為他弄來的那些食物真的美味到讓她吃得停不下來。

吃到一半，就連她都想當何桃花的女兒了。

連她都如此，更別提兩個從未接觸過美味食物的小朋友，她真的到現在還清楚記得西瓦和雷玟吃到每一種美味料理時，臉上震驚和喜悅的表情。

那真的讓孩子們的眼睛和小臉都一起亮了起來。

現在看著西瓦和雷玟甜美的睡臉，她懷疑自己當時臉上是否也有同樣的表情，這念頭讓她有些尷尬，她輕手輕腳的撐起自己，把抓握著她衣袖的小手慢慢拉開。

雖然這男孩沒說，但她能感覺到，他不想她離開，所以才一直黏著她。可她有事情得做，不能一直留在這裡，雖然這樣偷偷離開不太好，可她真的很怕他醒來後，會用那雙水汪汪的大眼看著她，懇求她留下。

之前，她沒想到這會是個問題。

但顯然這已經成了問題，雖然嵐姐說西瓦不是她的責任，她也不想讓自己太過在乎這孩子，可有些事不是她能控制的。

他是個聰明又懂事的孩子，她很難不喜歡他。

這兩天，她也發現自己不太有辦法拒絕他。

悄悄拉開他的小手後，蘇舒替兩個孩子蓋好被子，起身下了床，誰知卻在從床尾朝門口走去時，看到睡在西瓦身後的雷玟醒了過來，坐起身用那雙烏黑圓亮的大眼看著她。

有那麼一瞬間，她不知該怎麼辦，真怕她會出聲問她要去哪裡，待回神已伸出食指示意女孩保持安靜。

女孩沒吵沒鬧，只用那清澈明亮映照著月光的大眼看著她，然後無聲點點頭。

那乖巧的樣子，讓心又一緊。

不自禁的，她勾起嘴角，朝那女孩一笑。

女孩大眼睜得更大，然後也露出有些靦腆羞澀的笑容。

那甜美又害羞的模樣，真是萬般可愛，卻也讓她心意更加堅定。

蘇舒輕輕搖了搖手，無聲說再見，女孩也朝她揮手，然後乖巧安靜的躺回了床上，和西瓦窩在一起。

看著那兩個天使一般的孩子，蘇舒心微暖，她深吸口氣，轉身走出房間，悄悄的打開門，走出去後再小心安靜的關上。

房門外，只有溫暖的燈光，但她能聽見微小的說話聲從樓下傳來。

她下了樓，看見達樂盤腿坐在客廳沙發上，手機擱在前方大桌，雙手擱在腦袋後方，一邊戴著藍牙耳機和人在通話。

「對，我認為在那裡擴廠是可行的，我知道當地有些狀況，但你倒是告訴我，這世上哪裡沒有狀況的？我相信你絕對可以找到解決辦法的——」

「不，萊斯里，我還沒有要回去。我說過了，有什麼事你決定就好。」

「蛤？我不負責任？不是，我花了大把鈔票請你當專業經理人，不就是為了現在這種時候嗎？而且你要不要算算看，我有多久沒休假了？你就當我在休年假不就好了？」

「賣掉公司？可以啊，你若是覺得有必要，想賣也行，記得賣個好價錢，不然我怕你對股東不好交待，你也知道雖然有些股東人不錯，不過也有不少不是很好說話，但友情提醒你，有錢好辦事，有錢雖然不是萬能，但沒錢萬萬不能，OK？」

說著，他自顧自笑了起來，然後在看到她之後，他站了起來，邊和對方說。

「好了好了，總之你自己看著辦吧，除非你想過來和我交換，我也是很樂意的。」

話落，他挑眉等對方問那個問題，接著微笑開口回答。

「我在紅眼。」

他話一出，對方就陷入了沉默，然後他摘下了耳機，下一秒，她就聽到耳機裡傳來了咆哮。

「你他媽瘋了嗎？」

他噙著笑，對著耳麥問：「所以你要交換嗎？」

耳機一陣沉默，然後她看到他手機上顯示通話斷線了。

「哈，我就知道。」他好笑的說著，將手機拿起來，塞到褲口袋裡，一邊朝她走來，笑問：「都睡了？」

「西瓦睡了，雷玟醒來了一下，不過又躺回去了。」她告訴他。

達樂看著她，抬手撫著她的臉，忍不住道：「妳知道，妳可以繼續留在這裡，有什麼問題，我們隨時都能和妳連線確認，妳不用人在現場。」

蘇舒聞言，只看著他，道：「我以為我們已經討論過這件事了，人算不如天算，計劃總是趕不上變化的。你應該很清楚，連線隨時可能會斷，隨機應變，也要人在現場，才有辦法應變。況且，紅眼裡還有誰比我更瞭解那艘船？」

他聽了一笑，同意：「是沒有。」

「既然如此，如果你要回那艘船，有誰比我更適合和你一起回去？肯恩和那位『貝博士』已經先走一步了吧？」

達樂一愣，笑看著她，問。

「妳怎麼知道的？」他之前只和她坦承他要回船上的事，並沒有提到另外一組人馬的打算。

「阿南幫我做健康檢查的時候，我看到他在看貝博士的研究報告。還有，他電腦裡有做面具的軟體，其中一個螢幕畫面顯示著貝博士的臉部資料。」蘇舒瞧著他，淡淡道：「他應該再小心點。」

可惡，這女人真的很聰明。

明白這一點的同時，對她更加心疼，只因他清楚她會如此注意這些微小的細節，都是長年被逼出來的。說真的，他其實希望她能留在耿叔這裡，她已經受了太多的苦難，可同時他卻也能夠理解，她不想也無法躲在這裡等待一切過去，她需要親手鏟除瓦解那個邪惡的組織。

只要阿西米特還存在的一天，西瓦和雷玟就有危險。

他知道她答應武哥加入紅眼的當時，就已經下定了決心。

他清楚這女人一直對之前在組織裡被迫做的那些事情心懷愧疚。和他一起逃亡的那些日子，她常在惡夢中驚醒。每一回她都不曾發出聲音，但她總會緊咬著牙關，緊握著雙拳，冷汗涔涔。每一次她眼裡都有著說不出的驚恐畏懼，還有深深的愧疚，之前她多少還有辦法掩飾，但這幾天，她已經放棄遮掩，他不需要也不想要她在他面前掩飾自己。

她明白，他瞭解。

她有很深的罪惡感，上回的成功，讓她發現自己並非無能為力，他就知道她會主動選擇和他一起去對抗那邪惡的組織，她需要成為那個幫著一磚一瓦拆掉邪惡獵人遊戲的人，彌補曾被逼著做過的事，然後才有辦法好好的活下去。

見她心意已決，他笑著嘆了口氣，朝她伸出了手。

「先說好，若有狀況，妳得聽我的，OK？」

看著眼前的男人，蘇舒心頭一熱，這男人無數次在她從惡夢驚醒時，將她擁入懷中無聲安慰，雖然他從來沒追問過，可她知道他明白。

情不自禁的，她握住那溫暖結實的大手，和他一起朝外走，邊啞聲道。

「別傻了，如果不是我，你在假扮荷西時早就穿幫了，在那艘船上，你最好要聽我的話。」

他笑了出來，推開大門，邊點頭邊走出去。

「啊，也是，好吧，我聽妳的。」

「我不是在和你開玩笑。」她走在他身旁，忍不住擰眉警告。

「我知道。」他再點頭，回頭笑看著她說：「妳那麼喜歡我，絕不會拿我的小命開玩笑。」

這話，讓她一怔，教熱紅上了臉。

夜涼如水，寒風迎面而來，但仍無法讓熱紅從臉上消退。

他見了，笑著低下頭來，偷了她一個吻，悄聲說。

「放心，我不會玩命的，一定乖乖聽妳的，我還想和妳白頭到老呢。」

剎那間，臉更紅，耳更熱。

達樂臉上笑意更甚，緊緊牽握著她的手，朝前方車子走去。

「喏，妳說，我們之後也在這裡買塊地怎麼樣？我一直覺得耿叔這地方很不錯，老了回來養老應該還不賴。」

蘇舒聽了，再忍不住，脫口。

「為什麼？」

聽到她的問題，他停下了腳步，轉頭看來。

話出口她就有些後悔，但她真的太困惑了，這男人又帥又有錢，雖然有點小潔癖，但那問題也不是很大，這世上比她好的女人成千上萬，如果不是因為同情，她不瞭解他為什麼會選擇和她一輩子走下去？

所以，即便可能會讓他清醒過來，她還是提著心，看著他的眼，強迫自己啞聲開口問。

「為什麼是我？」

眼前的男人聽了，只用那黑亮的眼看著她，笑著說。

「因為我不是王子。」

她一愣，卻聽他道。

「我不需要一位公主。」達樂輕輕牽握著她的小手，微笑柔聲告訴她：「我需要的是一個不管遇到什麼困難，都願意和我一起往前走的人。而妳知道世界是什麼樣子的，知道人可以多麼愚蠢糟糕，可即便如此妳還是不曾放棄希望，那天當我在消防隊看到妳回來時，唉啊，可惡，當下我真的是心頭狂跳，那一刻我就知道我想成為妳的依靠，因為我知道，若有萬一，妳一定也會是我的依靠。」

聽到這話，蘇舒愣看著他，只覺一股熱氣由心口竄升至四肢百骸，眼又濕，不覺握緊他的手。

她的模樣讓達樂心一緊，不禁也收緊大手，忍不住低頭偷了她一個吻，輕笑。

「喏，哪天妳要是願意給我靠了，就和我說一聲好嗎？」

他本來只是說說而已，沒想要她回答，誰知卻聽見她應了一聲。

「好。」

達樂一愣，就見那女人在月下瞧著他，眼裡有著讓人心動的柔情，輕聲道。

「若我們能活下來，而你還沒改變主意，我就給你靠。」

一時間，有些激動，他知道她一直不敢去想未來，覺得自己不值得，這是她第一次，明確鬆口承諾願意與他一起擁有未來。

情不自禁，他一把將她拉進懷中，開心得笑了出來。

蘇舒忍不住伸手環抱著他的腰，感覺這男人的開心、溫暖與熱情。

她有一個願望。

好人一生平安。

是個好人，就該一生平安。

她願傾盡所有，保他平安回來。

如果運氣好，或許她也能活下來，與他牽手一生。

聽著他的心跳，她期盼真能如此，這將是她衷心所求，真心所望。

黑潔明

明月彎彎掛在山頭，夜風悄悄吹過田野，迎面襲來。

要入冬了，風有點冷，但他與她的心都是暖的。

很暖很暖……

註：文中情歌《Why》的歌詞為 Peter De Angelis 和 Bob Marcucci 共同創作。

把愛傳出去

嗨嗨大家好，我是小黑。

紅眼猛男好久不見了對嗎？

當年因為想把《魔影魅靈》系列收起來，於是就讓紅眼猛男先暫停中場休息一下。本以為我能速速把阿澪和少爺寫完，結果因為那兩位太難搞，紅眼的中場休息一個不小心就休到了現在，真是不好意思。

說起來，人生總是計劃趕不上變化。

時代在改變，因為各種原因，紅眼如今來到了春光繼續出版，我很謝謝禾馬文化對我的照顧，也很感謝春光出版社願意接手出版實體書，讓喜愛紙本的大家能繼續收藏紅眼的實體紙本。

新的合作，有許多新的改變要去適應，新編輯非常認真小心，但有些事情我有自己的習慣，我在寫小說時，會針對我角色的性格去用字，有時也會看情況來用較為通俗的用字。當然也有許多標點符號是我的習慣用法，可能不符一般正式的使用習慣，但我認為標點符號是一種工具，是用來更適切的表達作者的意思。

所以有些通用字和標點符號，我和編輯討論溝通過後，還是請編輯盡量依照我的想法去使用，請大家不要誤會編輯沒將字校對出來。(笑)她們真的很小心認真，每一個有疑慮的字都會和我再三確認，所以若有些前後不一的通用字出現，那就是我的堅持，在此非常感謝春光編輯和工作人員。

再來，就讓我們聊一下主角吧。還沒看過書就先看後記的朋友，下文會提及書中內文喔，請小心服用。(笑)

關於達樂。

其實我很多年前就想寫他了，他本來應該是要在小肥肥的猛男日記裡就要出現了，認真算起來，他其實是紅眼元老啊，哈哈哈。

他是當年去幫阿南的大明星姊姊艾瑪抬棺的其中一位。（笑）

之前一直藏起來，是因為我要是講了就會一直被追稿啊，加上他年齡較小，早期又被送去學藝，中間後來還跑掉了。所以想想，嗯，好，那就讓他和阿萬阿峰他們一起吧。

這傢伙真的毛很多，各種內心小心思，武哥確實在他身上看到自己的影子，其實很疼他的，但因為這傢伙很彆扭，中間又出了很多事，最後才想，算了，就放他出去闖闖看吧，沒想到一闖就闖出了個超級大名堂，變成他的另類小金庫，真的是武哥當年千萬想不到的。他真心想讓這小子接手的，都培養那麼多年了，不過事到如今，只能繼續幹下去了。（大笑）

達樂因為環境的關係，對人缺乏信任，是遇到武哥才慢慢學會了許多事，武哥曾想送他去老家那邊，但當年他還沒追到小嵐，又丟個陌生孩子過去，他真的沒那個臉，所以最後才送達樂去學一技之長。

武哥對達樂來說，是恩人，是兄長，是朋友，也幾乎就像父親了，不過他是不會承認的，武哥也不會承認自己有個那麼大的兒子的，哈哈哈哈。

從黃色小鴨鴨事件就能看出這兩個人之間的彆扭感情。

達樂很多事都是來到臺灣後才開始學的，包括寫字，中文和英文都是，所以如果文中有些用字的問題，我要推到他頭上，哈哈哈哈～～

達樂的易容術老師是武哥用了很多心思拜託才真的願意收這個徒弟的，所以他年輕時就住在老師那邊，還有專人幫他補習，讓他能夠達到同等學歷，好能銜接上學校的課業。當年他壓力也很大，所以才會畫畫來舒壓，他個人也覺得，沒想到小時候拿來賺錢填飽肚子的東西，竟然最後變成他舒壓的方式，甚至成為了興趣。

他愛錢當然和有錢就有飯吃有關係，認為有錢雖然不是萬能，沒錢真的萬萬不能，賺錢是他的一生志業。（笑）

雖然我私底下都叫他潔癖鬼，但他其實情況沒那麼嚴重啦，不過他和鳳力剛一起出任務時，應該會很好笑。

達樂原本沒有想要找老婆的，因為他也知道自己各種問題，真的沒料到會中了武哥的紅娘魔咒，沒想到這魔咒竟然是真的，哈哈哈，但他個人對命運給他的酷酷小甜心很滿意很開心就是了。

關於蘇舒。

蘇舒是一個命運多舛的人，因為遭遇到的事情，她的心思也被逼得很複雜，不然一開始她就像路上我們隨處可看到的女生一樣。不過很不幸的是，因為一時錯誤的決定，讓她走上了無比艱難的道路。

她的遭遇，讓人十分心疼，因為無依無靠，本來在這世上就已經很不容易生存下去，她無法信任朋友，也是因為當年那個她聽信友人的話之後，自己下的錯誤決定讓她無法脫身，從此更不敢相信別人。

如果不是達樂，如果不是因為達樂曾如她一般清楚獨自一人掙扎求生的感受，如果不是因為武哥決定對他伸出那隻手，那麼事情應該會走向讓人難以接受的狀態。

因為武哥對達樂伸出手，後來達樂才能對蘇舒伸出手。

黑潔明

這是一個正向的循環，也是我真心希望我們這個世界會發生的事。

蘇舒還在走她的人生旅途，我相信達樂會讓她的人生越來越好的，從此和他一樣成為一個好命人。（笑）

生而為人，我們的一生，總是不斷的在做選擇，有時候那個選擇，不一定是對的，我們總會犯錯，可錯了我們就盡力去彌補挽救吧。

人非生而平等，但人間必定有愛。

武哥對達樂傳達了愛，達樂對蘇舒傳達了愛，蘇舒也會學會怎麼去傳達她所接收到的愛，就讓我們把愛傳出去吧。

所以，是的，紅眼就是一個把愛傳出去的公司，哈哈哈哈～～

如果想看武哥的紅娘魔咒到底還會怎樣發揮，就讓我們繼續看下去吧。

最後，我想說，我很幸運生在這個年代，能夠寫我想寫的故事，能夠遇到喜歡我小說的讀者，因為有讀者的支持，我才能一直寫下去，就像我之前在國家圖書館的座談會中說的，如果可以，我想用紅眼猛男養老啊（笑），所以只要讀者還願意支持，我就會繼續寫下去的。

人生有苦有樂，願我們遇到苦時，有能力去處理解決，遇見樂時，也能歡暢開懷大笑。

接下來，我會一邊養身體，一邊努力快快來寫紅眼猛男的。（笑）

PS：聽說這次會有實體見面活動，大家有空歡迎來聽我爆紅眼的八卦啊，哈哈～

國家圖書館出版品預行編目資料

鬼牌．下冊/黑潔明作. -- 初版. -- 臺北市：春光出版,
城邦文化事業股份有限公司出版：英屬蓋曼群島商家
庭傳媒股份有限公司城邦分公司發行, 2025.08
冊； 公分

ISBN 978-626-7578-42-1（下冊：平裝）

863.57 114009617

鬼牌．下冊

作　　者／黑潔明
企劃選書人／王雪莉
責 任 編 輯／王雪莉、高雅婷

版權行政暨數位業務專員／陳玉鈴
資深版權專員／許儀盈
行銷企劃主任／陳姿億
業 務 協 理／范光杰
總　編　輯／王雪莉
發　行　人／何飛鵬
法 律 顧 問／台英法律事務所　羅明通律師
出　　　版／春光出版
臺北市 115 臺北市南港區昆陽街 16 號 4 樓
電話：（02） 2500-7008　傳真：（02） 2502-7676
E-mail：stareast_service@cite.com.tw
發　　　行／英屬蓋曼群島商家庭傳媒股份有限公司城邦分公司
臺北市115臺北市南港區昆陽街 16 號 8 樓
書虫客服服務專線：（02） 2500-7718 /（02） 2500-7719
24小時傳真服務：（02） 2500-1990 /（02） 2500-1991
服務時間：週一至週五上午9:30～12:00，下午13:30～17:00
郵撥帳號：19863813　戶名：書虫股份有限公司
讀者服務信箱E-mail: service@readingclub.com.tw
歡迎光臨城邦讀書花園 網址：www.cite.com.tw
香港發行所／城邦（香港）出版集團有限公司
香港灣仔駱克道193號東超商業中心1樓
電話：（852）2508-6231　傳真：（852） 2578-9337
E-mail : hkcite@biznetvigator.com
馬新發行所／城邦（馬新）出版集團　Cite（M）Sdn. Bhd
41, Jalan Radin Anum, Bandar Baru Sri Petaling,
57000 Kuala Lumpur, Malaysia.
Tel:（603） 90578822 Fax:（603） 90576622　E-mail:cite@cite.com.my

封 面 設 計／曾家瑜
內 頁 排 版／芯澤有限公司
印　　　刷／高典印刷有限公司

■ 2025 年 7 月 31 日初版一刷
■ 2025 年 8 月 15 日初版 6.5 刷
Printed in Taiwan

售價／420元

城邦讀書花園
www.cite.com.tw

ISBN 978-626-7578-42-1

廣　告　回　函
北區郵政管理登記證
臺北廣字第000791號
郵資已付，免貼郵票

臺北市 115 臺北市南港區昆陽街 16 號 8 樓
英屬蓋曼群島商家庭傳媒股份有限公司
城邦分公司

請沿虛線對折，謝謝！

愛情．生活．心靈
閱讀春光，生命從此神采飛揚

春光出版

書號：OF0112　　書名：鬼牌．下冊

請於此處用膠水黏貼

讀者回函卡

謝您購買我們出版的書籍！請費心填寫此回函卡，我們將不定期寄上城邦集
最新的出版訊息。亦可掃描 QR CODE，填寫電子版回函卡

姓名：＿＿＿＿＿＿＿＿＿＿＿＿＿＿＿＿

性別：☐男　☐女

生日：西元＿＿＿＿＿＿年＿＿＿＿＿＿月＿＿＿＿＿＿日

地址：＿＿＿＿＿＿＿＿＿＿＿＿＿＿＿＿＿＿＿＿＿＿＿＿

聯絡電話：＿＿＿＿＿＿＿＿＿＿ 傳真：＿＿＿＿＿＿＿＿＿＿

E-mail：＿＿＿＿＿＿＿＿＿＿＿＿＿＿＿＿＿＿＿＿＿＿＿＿

職業：☐ 1. 學生 ☐ 2. 軍公教 ☐ 3. 服務 ☐ 4. 金融 ☐ 5. 製造 ☐ 6. 資訊

☐ 7. 傳播 ☐ 8. 自由業 ☐ 9. 農漁牧 ☐ 10. 家管 ☐ 11. 退休

☐ 12. 其他 ＿＿＿＿＿＿＿＿＿＿＿＿＿＿＿＿＿＿＿＿

您從何種方式得知本書消息？

☐ 1. 書店 ☐ 2. 網路 ☐ 3. 報紙 ☐ 4. 雜誌 ☐ 5. 廣播 ☐ 6. 電視

☐ 7. 親友推薦 ☐ 8. 其他 ＿＿＿＿＿＿＿＿＿＿＿＿＿＿＿

您通常以何種方式購書？

☐ 1. 書店 ☐ 2. 網路 ☐ 3. 傳真訂購 ☐ 4. 郵局劃撥 ☐ 5. 其他 ＿＿＿＿

您喜歡閱讀哪些類別的書籍？

☐ 1. 財經商業 ☐ 2. 自然科學 ☐ 3. 歷史 ☐ 4. 法律 ☐ 5. 文學

☐ 6. 休閒旅遊 ☐ 7. 小說 ☐ 8. 人物傳記 ☐ 9. 生活、勵志

☐ 10. 其他 ＿＿＿＿＿＿＿＿＿＿＿＿＿＿＿＿＿＿＿＿

請於此處用膠水黏貼